D1403332

COLLECTION
FOLIO CLASSIQUE

Guy de Maupassant

Une vie

Édition présentée
par André Fermigier

Gallimard

PRÉFACE

Lorsqu'il publie en 1883 Une vie, Maupassant est déjà un écrivain connu, un des tout premiers parmi ceux qui entourent Zola et assurent, au style près, la relève du réalisme tel que l'a défini Flaubert et tel que le public l'a accepté. On peut trouver, hier comme aujourd'hui, qu'il est assez facilement brutal, un peu gros, un peu court, un peu bas de plafond, plus journaliste qu'écrivain ; on ne conteste pas qu'il a « ramené en France le goût violent du conte et de la nouvelle », comme lui-même le dira plus tard. Invente-t-il ? Guère et d'ailleurs à quoi bon ? La vie a tellement plus d'imagination que les hommes de lettres. Il écoute, regarde, sollicite et saisit au vol les histoires qui traînent dans les conversations familiales, les bureaux des ministères, les auberges que fréquentent les représentants de commerce et les calicots des dimanches d'Argenteuil. Dès 1874, il écrit à sa mère : « Essaie de me trouver des sujets de nouvelles » et un peu plus tard : « Je pourrai faire un petit livre assez amusant et vrai en choisissant les meilleures des histoires de canotiers que je connais, en les augmentant, brodant, etc. » Mais de ce répertoire mineur de « tradition orale », de ces fabliaux de la petite bourgeoisie, il sait tirer le plus vif ou le plus drôle, le plus inattendu ou le plus significatif avec une telle intelligence littéraire et tant de naturel, que l'on doute parfois que la moindre intervention se soit glissée entre la réalité et le récit. Jean Paulhan le dit fort

bien : « Je ne connais aucun autre écrivain qui donne au
même point que Maupassant le sentiment que la littérature est
une chose aisée, qui va de soi. »

Mais un roman, un premier roman surtout, c'est une autre
affaire et qui ne va pas de soi. Si l'on admet que « l'idée » de
roman dont Maupassant entretient Flaubert à la fin de 1877[1]
*est bien le point de départ d'*Une vie, *l'ouvrage est demeuré*
sur le chantier pendant près de six ans, bien que Maupassant
n'y ait pas travaillé de façon continue et semble même l'avoir
à certains moments abandonné, soit qu'il ait été requis par
d'autres tâches, soit qu'il ait été effrayé, découragé parfois,
par l'ampleur du projet. Malgré la modestie de l'épigraphe
(« l'humble vérité ») et du titre qui évoque le climat d'affaisse-
ment, de neurasthénie résignée, de bilan négatif propre à la
sensibilité naturaliste, l'entreprise est en effet remarquable-
*ment ambitieuse, puisque « l'idée » d'*Une vie *conduit Mau-*
passant à côtoyer dangereusement les territoires de Flaubert, et
presque à refaire Madame Bovary *(et non* Un cœur simple,
comme on le dit quelquefois, même si Jeanne, l'héroïne, a de
la « simplicité » à revendre), puisque le propos du roman n'est
pas de raconter une anecdote ou une histoire individuelle, mais
d'analyser, de façon générale et significative, la condition
morale, conjugale, sexuelle même de la femme dans une société
où celle-ci ne peut être qu'esclave, objet passif et passager de
désir, présence vaguement décorative, créature aliénée et
mystifiée, si l'on ose employer ces qualificatifs rebattus mais
qui ne semblent pas être utilisés ici, pour une fois, à tort et à
travers. Histoire d'un couple ou plutôt d'un ménage, Une vie
veut être aussi le constat de faillite de cette institution
aberrante qu'est aux yeux de Maupassant le mariage, le

---

1. Le 10 décembre 1877 exactement, dans une lettre où Maupassant
écrit : « J'aurai achevé de refaire mon drame vers le 15 janvier... J'ai
fait aussi le plan d'un roman que je commencerai aussitôt mon drame
terminé. » Flaubert fut « enthousiasmé », s'écriant : « Ah ! oui, cela
est excellent, voilà un vrai roman, une vraie idée. » Pour la genèse
d'*Une vie*, on peut se reporter à la notice de cette édition (p. 287).

mariage qui est le contraire de l'amour, lequel d'ailleurs n'existe pas. Tout cela encore très flaubertien, un cran au-dessous dans le pessimisme, le sentiment que la vie est une défaite, que la vie, l'adolescence passée, est une chose qui ne peut que se défaire, qui, au mieux, s'arrange dans les derniers jours, lorsque l'on a renoncé à tout et que l'on n'attend plus rien. « Ça n'est pas toujours gai, la vie », dit Jeanne à son père, avec cette platitude désolante dont Maupassant marque sadiquement presque tous ses propos. Et le baron répond « Que veux-tu, fillette, nous n'y pouvons rien »; absolument rien en effet, fillette, surtout lorsqu'on a un peu de cœur, et à moins d'être une canaille genre « Bel-Ami ». Telle est « l'humble vérité », que corrige seulement la phrase de la fin, « la vie, voyez-vous, ça n'est jamais si bon ni si mauvais qu'on croit », expression d'une sagesse populaire qui conclut opportunément le livre, peut-être parce qu'elle est la seule vraie devant le néant des choses, et aussi parce qu'il convient de ne pas complètement décourager les lecteurs et surtout les lectrices Une vie : toutes les vies, les hommes ayant quand même, en général, et à n'y pas regarder de trop près, un peu plus de chance.

Pauvre Jeanne! Pauvre Emma! Pauvres femmes! Quoique, après tout, si elles étaient un peu moins bêtes, elles seraient peut-être un peu moins malheureuses (c'est Maupassant qui parle, ici, non l'auteur de cette préface). Jeanne est bien la sœur cadette d'Emma : mieux partagée sur le plan social et familial, elle lui est humainement inférieure, parce que Maupassant, toujours au nom de « l'humble vérité », a refusé de faire de sa vie un symbole et un destin. Evidemment Emma n'est pas très futée, mais au moins elle ose, elle aime, elle entreprend, elle trompe son mari, ce qui, sans aller très loin, est, dans sa situation, la première chose à faire. Superbe de vitalité, la poitrine toujours soulevée par la houle des passions, belle, sensuelle, solaire, pleine de rêves (idiots, mais qu'est-ce que cela peut faire? nous en sommes tous là, selon Flaubert), véritable Vénus rustique et Cybèle normande à laquelle a été épargné le caractère stupidement maternel qui achève le calvaire de la pauvre Jeanne, elle vit et meurt comme une héroïne de tragédie, comme une diva, une prima donna d'opéra romantique dont les imprécations amoureuses et l'agonie dépassent en lyrisme tout ce que Verdi a inventé de plus époustouflant. Elle ne renonce pas, regarde toujours au loin, préfère en finir plutôt que d'admettre son échec, et cela avec un courage qui paraît assez exceptionnel à une époque où les femmes ne se suicident guère que sur les planches et dans le demi-monde. Elle est, elle aussi, une esclave et une victime ; mais elle appartient encore à la grande génération des George Sand, Louise Colet, Marie d'Agoult et autres terreurs romantiques et surtout on la sent toujours au bord de la délivrance, de la terre promise, prête à recevoir la révélation de cette liberté qui lui échappera, mais que son exemple aidera d'autres femmes à conquérir.

Emma est partie de rien : elle n'a pas connu sa mère, le brave père Rouault ne dépasse pas le niveau du végétal ; toute son éducation s'est faite au couvent, à travers les bavardages des bonnes sœurs et quelques romans de cabinets de lecture ; elle ne sait rien, n'a rien dans la tête, tombe sur Charles et l'épouse avec la même tranquille indifférence que si elle brodait un napperon ou étalait de la pâte à tarte. Sur le plan familial, Jeanne est plus favorisée qu'Emma et elle appartient à un milieu aimable, relativement cultivé, que Maupassant connaissait bien et qu'il a décrit avec une bienveillance ironique et charmante. Le père, le baron Simon-Jacques Le Perthuis des Vauds, est un gentilhomme campagnard rousseauiste de tempérament et de conviction qui adore avec « des tendresses d'amant », la nature, la liberté et les bêtes. La mère, « Madame Adélaïde », énorme, essoufflée, débordant d'une sentimentalité d'obèse, est une sorte de Madame de Cambremer férue de généalogie, grande lectrice de Madame de Staël, Béranger et Walter Scott. Deux cœurs purs, deux âmes parfaitement innocentes qui, protégées par leur fortune, ignorent tout des « réalités » de la vie et n'ont qu'un défaut :

la bonté, « une bonté de créateur, éparse, sans résistance, comme l'engourdissement d'un nerf de la volonté, une lacune dans l'énergie, presque un vice », une bonté qui « tarissait l'argent dans leurs mains comme le soleil tarit l'eau des marécages. »

Si la famille est plus agréable, l'éducation ne vaut pas mieux, c'est-à-dire qu'elle est nulle, comme il était de rigueur pour les jeunes filles de cette époque. Le baron a médité « tout un plan d'éducation pour sa fille » mais ce plan s'est limité à l'enfermer dans un couvent où il l'a tenue « cloîtrée, ignorée, et ignorante des choses humaines » et d'où il la sort « chaste à dix-sept ans pour la tremper lui-même dans une sorte de bain de poésie raisonnable » et lui apprendre les « lois sereines de la vie ». Des principes aussi innocents ne peuvent avoir que des résultats catastrophiques et ils laisseront la jeune fille totalement désarmée devant la dure réalité de l'existence qui, dans la vision cynique et amère de Maupassant, est toujours impitoyable pour les tendres et les purs. Mais ils feront au moins d'elle une créature saine et honnête, parfaitement accordée à la beauté robuste et plantureuse de ce pays de Caux qui est le cadre du roman. Jeanne est belle comme « un portrait de Véronèse », athlétique, excellente sportive, nageuse intrépide, amazone aussi accomplie qu'une Guermantes, persuadée que « trois choses seulement étaient belles dans la création : la lumière, l'espace et l'eau ». Ce n'est pas un si mauvais point de départ et Maupassant a gonflé, illuminé le personnage de tout son amour pour la mer, les promenades en bateau, les randonnées de chasse, les arbres et les vallées de son pays natal.

Car sur ce plan encore, Maupassant qui littérairement est un « fils », un héritier, n'a pas hésité à relever le gant et, comme roman normand, Une vie soutient la comparaison avec Madame Bovary. Par la richesse, la générosité des descriptions de nature, de l'évocation des saisons, des bruits et des travaux de la terre, descriptions parfois un peu intempestives et d'un lyrisme bien naïf, mais qui, touchantes de sincérité, de

*tendresse émue, rafraîchissantes et inattendues au milieu de la
pathologie urbaine du naturalisme, mettent un peu de clarté,
d'espoir dans cette mélancolique histoire : « la lumière,
l'espace et l'eau ». On pense à la Touraine de Balzac, au* Lys
dans la vallée, *à George Sand, à toute cette tradition de poésie
champêtre que Maupassant, qui n'était pas pour rien un
contemporain de l'impressionnisme, même s'il n'en a rien su,
conclut, renouvelle grâce à son exceptionnelle connaissance du
milieu rural, de la psychologie, du langage et des mœurs des
paysans. Dans ce domaine il paraît même supérieur à ses
prédécesseurs, plus intense, plus vrai, et rien n'est plus
remarquable que la série des personnages secondaires qu'il fait
participer au drame, très discrètement d'ailleurs, et sans
jamais cesser de tenir serré le fil de son histoire : le vieux
pêcheur, le père Lastique, les fermiers, les Couillard, les
Martin, l'abbé Picot, excellente silhouette de prêtre campagnard, digne pendant du curé Bournisien, le funeste abbé
Tolbiac, la veuve Dentu qui assiste avec le même flegme les
femmes enceintes et les agonisants, Désiré Lecoq qui après un
marchandage homérique accepte d'épouser Rosalie et de
prendre en charge l'enfant né des ardeurs ancillaires du mari
de Jeanne, Rosalie elle-même enfin, l'extraordinaire, la
merveilleuse Rosalie, le plus beau portrait de paysanne, de
servante au grand cœur qu'il y ait dans notre littérature entre
la Félicité d'*Un cœur simple *et la Françoise de Proust,
Rosalie qui, comme il convient à ceux qui incarnent le génie,
la bonté de la terre, sera le « deus ex machina » de la
conclusion pacificatrice. Les gens des châteaux, les hobereaux
sont peut-être un peu moins convaincants (leurs noms en
particulier ne sont pas aussi heureusement inventés). Mais
nous parlerons plus tard de la petite noblesse de Normandie,
revenons à la pauvre Jeanne.*

*Donc, physiquement, c'est une réussite ; mais pour l'esprit,
zéro, un zéro pointé et définitif. Car, comme il arrive souvent
aux êtres jeunes que rien n'occupe, aucune étude, aucune
ambition, à la jachère de l'intellect (congénitalement assez*

*faible dans le cas de Jeanne) correspond une efferverscence
affective qui s'exprime sous la forme de rêves exaltés de
pensionnaire, « d'espoirs insaisissables », de « frissons surhumains », d'attente éperdue du bien-aimé. « Ils se promèneraient, vaticine Jeanne lors de sa première nuit aux Peuples,
par les soirs pareils à celui-ci, sous la cendre lumineuse qui
tombait des étoiles. Ils iraient, les mains dans les mains, serrés
l'un contre l'autre, entendant battre leurs cœurs, sentant la
chaleur de leurs épaules, etc. » A quoi rêvent les jeunes filles ?
On n'a jamais posé de question aussi inutile. A quoi voulez-
vous qu'elles rêvent (au XIXᵉ siècle, bien entendu, le M.L.F.
a changé tout cela), sinon à la moustache de leur futur époux ?
« L'amour ! Il l'emplissait depuis deux années de l'anxiété
croissante de son approche. Maintenant elle était libre
d'aimer ; elle n'avait plus qu'à le rencontrer, lui ! Comment
serait-il ? Elle ne le savait pas au juste et ne se le demandait
même pas. Il serait lui, voilà tout. » Autrement dit, Jeanne
n'attend que l'occasion de se jeter à la tête du premier venu qui
prend la forme d'un voisin présenté par l'abbé Picot, le
vicomte Julien de Lamare, bellâtre de province et coureur de
dot, à la parole enjôleuse et à la moustache irrésistible, genre
Rodolphe et « Bel Ami » ou plutôt genre Maupassant lui-
même car celui-ci a donné à Julien ses traits et son apparence
physique : personne n'était plus homme à femme et misogyne
que Maupassant, mais Une vie apparaît par certains côtés
comme une sorte d'autocritique, de manifestation directe ou à
demi consciente des remords qu'il pouvait éprouver à l'égard
de la brutalité de son tempérament et de tant de conquêtes aussi
vite abandonnées que facilement obtenues.*

*Jeanne s'apercevra très vite qu'elle a fait une erreur,
l'erreur de sa vie, que son mari est un mufle, grossier,
indélicat, malpropre, ignoblement avare, porté sur la boisson
et coureur de jupons ; mais il sera trop tard et elle n'aura
d'autre ressource que d'échanger sa condition de femme
délaissée pour celle de mère abusive, évolution d'ailleurs
parfaitement classique. Lorsqu'elle apprend que Julien a été*

trouver Rosalie dans sa chambre, le soir même de sa première visite aux Peuples, et que celle-ci n'a pas protesté, parce qu'elle le trouvait « gentil », elle s'écrie : « Elle aussi l'avait trouvé gentil ; et c'est uniquement pour cela qu'elle s'était donnée, liée pour la vie, qu'elle avait renoncé à toute autre espérance, à tous les projets entrevus, à tout l'inconnu de demain. Elle était tombée dans le mariage, dans ce trou sans bords pour remonter dans cette misère, dans cette tristesse, dans ce désespoir, parce que, comme Rosalie, elle l'avait trouvé gentil ! » Et il faut aller plus loin que cette misère et cette tristesse, car, et c'est un des sens du livre, même si Julien n'avait pas été une brute et un mari infidèle, le mariage serait quand même un « trou sans bords » ; Jeanne le comprend dès son retour aux Peuples, après son voyage de noces, quelques semaines en Corse, le seul moment heureux de sa vie. « Alors elle s'aperçut qu'elle n'avait plus rien à faire, plus jamais rien à faire... La douce réalité des premiers jours allait devenir la réalité quotidienne qui fermait la porte aux espoirs indéfinis, aux charmantes inquiétudes de l'inconnu. Oui, c'était fini d'attendre. Alors plus rien à faire, aujourd'hui, ni demain ni jamais. » Et voilà la condition de la femme à l'époque de Maupassant : rien à faire, l'inexistence absolue que seuls peuvent interrompre le voyage de noces et le malheur. Le roman féminin, le roman de la condition féminine, des aspirations et des revendications féminines qui emplit tout le XIXe siècle de son intéressante rumeur s'achève sur ce constat de nullité.

Pour le malheur, la pauvre Jeanne est gâtée. Son mari la trompe sans trêve ni relâche ; elle fait une fièvre cérébrale, connaît un accouchement particulièrement difficile ; enceinte une seconde fois, elle met au monde un enfant mort, son mari disparaît dans des circonstances tragiques ; son fils s'enfuit avec une prostituée, ne donne plus signe de vie, fait des dettes, met la famille au bord du déshonneur, la ruine ; elle voit mourir tous les siens et feuilletant la correspondance de sa mère lors de la veillée funèbre, elle découvre que celle-ci avait un amant, perdant ainsi « sa dernière confiance avec sa dernière croyance »; elle doit quitter, vendre les Peuples et si Rosalie n'était miraculeusement survenue, elle finirait à l'hospice. Quelle dérive! Si au moins elle se défendait un peu! On finit par se demander si tout cela n'est pas un peu de sa faute, si Maupassant qui n'a pas, comme Zola, le goût de la catastrophe, n'a pas pris un malin plaisir à accumuler sur la tête de son héroïne humiliations et débâcles, à mesure que croissait l'exaspération que lui inspirait sa mollesse, son « hérédité de sentimentalité rêveuse », cette paralysie de la volonté qui la rend parfois très proche de certains personnages des romans russes mais que Maupassant à observée avec beaucoup moins de sympathie que Tourguéniev ou Tchekhov : si Jeanne est une « mouette », le charme slave lui fait cruellement défaut. Et n'oublions pas que Maupassant a vécu près de six ans avec elle, beaucoup plus longtemps qu'avec aucune des femmes qu'il a connues, et que c'est beaucoup plus qu'il n'en faut pour prendre une femme en grippe, surtout une femme malheureuse, une femme qui pleure. Et ce qu'elle peut pleurer, la pauvre Jeanne! Le nombre de syncopes, d'évanouissements prolongés, de crises de nerfs, de sanglots convulsifs qu'elle totalise tout au long du roman est tout simplement prodigieux. C'est peut-être avec l'intention de forcer le succès (il pratiquait mieux que personne la course à la vente) et de conquérir un autre public que celui de Boule de Suif que Maupassant a voulu que le roman commence sous une averse et se termine dans un torrent de larmes. Le dénouement sauve tout, dont la chaleur, la bonté, la force peuvent être comparées, ici sans restriction, à celles des grands romanciers russes. Mais pour en arriver là, ce qu'il faut barboter! Quant au comportement maternel de Jeanne, il est terrifiant. Poulet par-ci! Poulet par-là! As-tu froid? As-tu chaud! Non, il n'ira pas au collège! Tu n'aimes plus ta vieille maman que tu as tant fait souffrir?, etc. N'insistons pas. Elle est à tuer.

Cette débauche de sentimentalité, qui n'est pas dans la nature de Maupassant, est sans doute destinée à faire passer

*les hardiesses du roman, la franchise avec laquelle il aborde
les problèmes de la condition intime de la femme. Sur ce plan,
les romanciers du XIXe siècle sont muets ; Balzac et la
description de quelques anomalies exceptés, ils évoquent la
sexualité de façon globale, comme une chose qui va de soi,
peut être plus ou moins intense selon les individus, mais ne
donne pas lieu à un manque, à une perturbation profonde ; ce
sont les cœurs qui souffrent, il n'y a pas de sexualité
malheureuse. Maupassant est le premier à en avoir dit un peu
plus (rappelons qu'*Une vie* a été publiée en 1883, deux ans
avant l'arrivée de Freud à Paris, dix-sept ans avant la
parution de* Die Traumdeutung), et à avoir insisté sur cet
aspect-là aussi de la vie d'une femme : la confondante
ignorance de Jeanne au moment de son mariage, le petit
discours embarrassé du baron qui essaie de la mettre un peu au
courant, la nuit de noces, une des scènes les plus fortes du
roman et qui a visiblement pour Maupassant valeur d'exemple, véritable scène de viol où se manifeste à plein l'inégalité
de l'homme et de la femme dans le droit au plaisir. C'est
d'ailleurs un peu la faute de Jeanne ; claquer des dents de
terreur parce que l'on rencontre la jambe poilue de son mari
n'est quand même pas tout à fait normal. Jeanne cependant
n'est pas frigide, comme le montre bien l'épisode de la source,
pendant le voyage en Corse, dont le symbolisme est évident.
Mais sa sensualité ne résistera pas aux blessures psychologi-
ques que lui infligera son mari ; elle prend le plaisir en horreur
(jusqu'à la ménopause qui, curieusement, la calmera un peu),
meurt « aux besoins charnels » et se réfugie dans ce qui paraît
bien être une forme d'hystérie. Tout le roman d'ailleurs,
Maupassant étant orfèvre en la matière, est placé sous le signe
de la sexualité, qu'il s'agisse de ce malheureux obsédé qu'est
l'abbé Tolbiac, de Julien (projection culpabilisée du romancier lui-même), des gars et des filles qui s'accouplent derrière
les haies ou du personnage si curieux de la comtesse de
Fourville, dont la nervosité ne s'apaise que lorsqu'elle passe
des bras d'un mari visiblement incapable de la satisfaire dans*

*ceux d'un amant plus habile. Tout cela est discrètement dit,
mais par rapport à Balzac, à Flaubert, à Zola (qui est sur ce
point d'une naïveté emphatique et sans nuances), on sent bien
que l'on a changé de registre.*

Roman de la condition féminine et roman normand, Une
vie *est encore une chronique sociale qui, à travers l'histoire
d'une famille, décrit un milieu, celui de la noblesse de
province, que Maupassant connaissait bien et pour lequel il ne
semble pas avoir éprouvé de sympathie particulière. Maupassant n'était pas un homme de gauche (ni de droite), mais un
esprit indépendant, dépourvu de tout préjugé politique ou
social, que sa lucidité, sa droiture de jugement rendaient sans
complaisance et sans illusion à l'égard de toutes les formes de
pouvoir et d' « establishment ». En 1877, il écrit à Flaubert :
« Je demande la suppression des classes dirigeantes, de ce
ramassis de beaux messieurs stupides qui batifolent dans les
jupes de cette vieille traînée dévote et bête que l'on appelle la
bonne société. Ils fourrent le doigt dans son vieux c... en
murmurant que la société est en péril, que la liberté de pensée
les menace... Je trouve maintenant que 93 a été doux » et il
convient de « noyer les beaux messieurs crétins avec les belles
dames catins ». Quelques années plus tard, à une époque
pourtant où Maupassant commence à se laisser récupérer par
la bonne société, l'expression, dans une lettre à Mme Lecomte
du Noüy, est plus châtiée, mais le sentiment n'a pas varié :
« Il est facile de constater que ce n'est pas par les Idées que
périra la noblesse d'aujourd'hui comme son aînée de 89. »
C'est exactement le genre de réflexion qui vient à l'esprit
lorsque Maupassant nous met en présence des hobereaux qui
constituent la toile de fond du roman, les Briseville, les
Coutelier, les Fourville, les Le Perthuis des Vauds eux-mêmes, malgré leur gentillesse native et leur simplicité, tous
également nuls, véritables « conserves de noblesse », vivant
dans un monde de cérémonies désuètes où l'on ne pense rien, où
l'on ne parle de rien, où il n'arrive rien. Maupassant a pris*

soin d'indiquer de façon très précise la chronologie du roman :
celui-ci commence en 1819 et se termine au début du Second
Empire. Or aucun des événements qui constituent l'histoire de
cette époque ne trouve le moindre écho dans le récit : pourtant
de l'assassinat du duc de Berry aux Ordonnances, à l'épidé-
mie de choléra et à la révolution de Février, la matière ne
manquait pas pour alimenter les conversations des châteaux.
Il n'en est jamais question. C'est que dans le milieu de Jeanne,
l'histoire n'existe pas, n'existe plus ; on vit à l'écart de tout (il
faudra des circonstances dramatiques pour que notre héroïne
prenne le train), quelques visites protocolaires, des rapports de
caste aussi pauvres que soigneusement codifiés constituent toute
l'activité de cette noblesse de province que Balzac encore nous
avait montrée vivante, troublée, capable d'agir et de désirer.
Ainsi les Briseville auxquels Jeanne, elle-même pétrifiée par
le caractère funèbre du château, demande ce qu'ils peuvent
bien faire toute l'année : « Les Briseville s'étonnèrent de la
question ; car ils s'occupaient sans cesse, écrivant beaucoup à
leurs parents nobles semés par toute la France, passant leurs
journées en des occupations microscopiques, cérémonieux l'un
vis-à-vis de l'autre comme en face des étrangers, et causant
majestueusement des affaires les plus insignifiantes. » De quoi
est-il question dans ces lettres adressées en écho par des
fantômes à d'autres fantômes ? De mariages et de décès sans
doute, de généalogie surtout, le seul sujet qui parvienne à tirer
la baronne de sa léthargie et puisse même lui redonner
temporairement une énergie extraordinaire, lorsqu'elle
apprend, par exemple, que le père de Julien avait connu un
ami intime de son père, à elle, M. des Curtaux (Labiche n'est
pas loin). « La découverte de cette connaissance enfanta une
conversation d'alliances, de dates, de parentés interminable.
La baronne faisait des tours de force de mémoire, rétablissant
les ascendances et les descendances d'autres familles, circu-
lant, sans jamais se perdre, dans le labyrinthe compliqué des
généalogies. » Et l'image de l'écho revient : « Ils parlaient de
gens qu'ils n'avaient jamais vus comme s'ils les connaissaient

beaucoup ; et ces gens-là, dans d'autres contrées, parlaient d'eux de la même façon ; et ils se sentaient familiers de loin, presque amis, presque alliés, par le seul fait d'appartenir à la même classe, à la même caste, d'être d'un sang équivalent. » On comprend que les révolutions et les faits du siècle ne les intéressent pas : les généalogies, « les mariages de ces familles égales prenaient dans leurs esprits l'importance des grands événements publics ».

Si nous n'étions pas avertis que le roman commence en 1819, nous aurions l'impression qu'il se déroule dans le dernier quart du siècle, tous les personnages paraissant contemporains de Maupassant (il est vrai qu'à cette époque la France rurale ne change guère) et l'on peut se demander à quoi correspond ce déplacement de la chronologie. C'est sans doute qu'elle était nécessaire à la démonstration que veut être Une vie de la décadence d'une famille et d'une classe sociale, l'idée de décadence étant à la fois l'obsession personnelle de Maupassant (comme de la plupart des écrivains de sa génération) et la clef de son sentiment, à vrai dire limité et beaucoup moins profond que celui de Balzac, de l'histoire, de l'évolution des mœurs, des fortunes, du pouvoir social.

Sans vouloir ici se substituer à l'historien, qui serait beaucoup plus nuancé, et en se fondant sur l'image de l'histoire de la noblesse petite ou grande que nous a laissée le roman du XIXe siècle, on peut dire que cette histoire est à peu près la suivante. Il y a d'abord l'ancien régime, ceux qui l'ont connu ou lui ont survécu. On vit largement, on dépense plus largement encore et parfois sans compter, quelles que soient les ressources dont on dispose, persuadé qu'on finira bien par trouver l'argent quelque part, héritage ou pension, et qu'il n'est nullement déshonorant pour un homme bien né d'accumuler les dettes et de ne pas les payer. On s'entend bien avec ses paysans et ses domestiques dont on ne conçoit pas qu'ils puissent espérer, en fait et en droit, un sort différent du leur. On est souvent généreux à leur endroit, volontiers philanthrope, amateur d'idées nouvelles et de réformes ; on lit les philosophes, on se moque des prêtres. Ajoutons que l'on ne manque pas de cœur, que l'on sait être sensible, humain, tolérant, très libre dans sa vie privée, et même dévergondé, indifférent aux conventions, sans grande idée d'interdit ou de scandale.

La Révolution arrive, on émigre, ou l'on meurt (pas tellement), ou l'on se bat (moins encore), ou l'on fait le gros dos, ou l'on se rallie à l'Empire. En 1815, on revient, sans avoir rien oublié mais en ayant tout de même un peu plus appris qu'on ne l'a dit en général. On sait en particulier que l'argent et le pouvoir sont des biens qu'il convient de ne pas gaspiller, de ne pas laisser passer en d'autres mains, et que cela implique quelques sacrifices par rapport à la frivolité d'antan. La noblesse de province dispose alors, et c'est la première fois, du pouvoir politique : c'est elle qui vote, c'est dans ses rangs que se recrutent les députés. Le pouvoir politique dépendant du pouvoir économique, on dépense moins, on surveille la rente, on commence à spéculer, on flirte avec les gens de finance (ainsi Rastignac, de Marsay et tous les lions de Balzac) et surtout on s'occupe de récupérer, de faire fructifier ce qui a été, demeure et demeurera longtemps encore, bien au-delà de Proust, la base de la puissance et du prestige social de l'aristocratie : la terre. On constitue des majorats, on augmente les domaines, on surveille de très près les paysans, on évite le morcellement par héritage ; l'obsession de la noblesse balzacienne, voir par exemple Mme de Mortsauf, c'est la reconstitution et la mise en valeur du patrimoine foncier. Des maîtresses encore, le jeu parfois, à Paris, et la vie à grandes guides mais dans l'ensemble, fini de rire : on pense bien, on va à la messe, on croit à la famille, à l'alliance du trône et de l'autel et Mathilde de La Mole est quand même obligée de se cacher un peu pour lire Voltaire dans la bibliothèque paternelle.

Arrive 1845, les chemins de fer, les Rothschild, les saint-simoniens, les parvenus de l'Empire, les délices de la banque, l'époque des grands mouvements de capitaux, des « fabriques » qui deviennent usines, de la spéculation immobilière et *des fortunes coloniales. Certains boudent ou ne quittent pas leurs terres qui, d'ailleurs, suffisent largement à leurs besoins. D'autres entrent dans le circuit, s'y débrouillent parfois fort bien, fondent des compagnies, prêtent leur nom ou, plus simplement, épousent les héritières des industriels orléanistes et des financiers juifs, en attendant les Américaines, les irrésistibles de l'acier ou du pétrole. En somme trois étapes correspondant à trois générations : la douceur de vivre ; le repliement sur la vertu, la religion, la rentabilité agricole ; le passage aux grandes affaires, l'argent.*

Ces trois étapes sont exactement décrites dans Une vie, *à cette nuance près que, sauf pour la première, le tableau est fort noir, sans nulle complaisance ou mythologie balzacienne. Voici d'abord les parents de Jeanne : généreux, gais, tenant pour rien l'argent, fort libres dans leur vie privée, se faisant de la religion une conception aussi tolérante que vague, ils ont toutes les qualités (réelles ou supposées) de l'ancienne noblesse ; leur seul tort est de se ruiner à plaisir et d'avoir mal pris le tournant de 1815, les projets agraires du baron étaient du même niveau de sérieux que les velléités d'énergie de l'oncle de* La Cerisaie. *Puis vient Julien : une brute ignare et arrogante, férocement entichée de noblesse (voir la scène des armoiries), traitant les paysans comme des bêtes de somme, le réactionnaire type, véritable graine de fasciste (on a vu ce genre de personnage resurgir et faire florès dans les années trente de ce siècle et sous le régime de Vichy), futur croix de feu et lecteur de* L'Action *française. Il trompe sa femme mais est fort exact à remplir ses devoirs religieux : malgré son fanatisme de vertu, l'abbé Tolbiac lui plaît, parce qu' « il ne pactise pas », prêche l'alliance de l'église et du château : « Il faut que nous soyons unis pour être puissants et respectés. L'église et le château se donnant la main, la chaumière nous craindra et nous obéira. » C'est qu'à cette époque, on ne badine plus avec la religion ; la marquise de Coutelier ne l'envoie pas dire à Jeanne qui, découragée par les fureurs de l'affreux Tolbiac, néglige l'instruction religieuse de son fils :*

« *La société se divise en deux classes : les gens qui croient en Dieu et ceux qui n'y croient pas. Les uns, même les plus humbles, sont nos amis, nos égaux ; les autres ne sont rien pour nous... Le prêtre porte le drapeau de l'Eglise, Madame ; quiconque ne suit pas le drapeau est contre lui, et contre nous.* » *Et Jeanne de répondre :* « *Vous croyez, Madame, au Dieu d'un parti. Moi, je crois au Dieu des honnêtes gens !* » *Excellente scène, qui annonce* Bel-Ami, *et digne de Balzac, un Balzac qui y verrait clair, ce qui, dans ce domaine lui arrive rarement. Religion ou pas, Julien manque lui aussi le tournant. La première version du roman nous le montrait préoccupé de réformes, discutant avec son beau-père de projets de modernisation, de mise en valeur du domaine. Dans la version définitive, il n'est plus qu'avare ; obsédé par l'argent, il ne sait en gagner qu'en faisant des économies de bouts de chandelles et en pressurant les paysans ; c'est-à-dire fort peu. Voilà une famille bien mal partie, une de ces familles dont la chronique locale, la conversation des personnes âgées racontent souvent la décadence et la disparition et qui, jadis puissante et honorée, n'est plus qu'une tombe abandonnée dans un cimetière de campagne.*

Avec la dernière génération, celle des affaires, celle de Paul, la chute est consommée. On ne voit pas Paul : il est l'absent, le vide qui achève de détruire Jeanne ; mais on le sent aussi tellement dérisoire que Maupassant n'a pas pris la peine de nous le montrer et de nous raconter le détail de sa déconfiture classique de fils de famille qui a mal tourné. Il spécule à tort et à travers, fonde une compagnie de navigation, fait faillite, laisse un lourd passif, la famille paie, le baron meurt. Jeanne ruinée doit vendre ses chers « *Peuples* » *et bien sûr à un* « *M. Jeoffrin, ancien raffineur de sucre* » *: cette bourgeoisie-là n'a pas perdu son temps. Tout serait fini, sans Rosalie qui, visiblement, n'a jamais cessé de penser à son ancienne maîtresse, la prend en charge, ramasse les débris de la fortune et ramènera en Normandie l'enfant de Paul. (Paul lui aussi reviendra mais on n'assiste pas à son retour, cela vaut* *beaucoup mieux.) Telle est « l'Idée » du roman, qui plaisait tant à Flaubert : une femme trompée par son mari avec sa servante est recueillie par elle, dans sa vieillesse et son infortune. Et c'est la conclusion, si émouvante et généreuse, cette conclusion à laquelle on revient toujours, et je ne résisterai pas au plaisir, je l'espère partagé, de dire encore une fois qu'elle est digne des grands écrivains russes, qu'elle est le seul épisode véritablement russe de notre XIXe siècle au moment où celui-ci essaie de quitter les terres froides et la sécheresse analytique du positivisme. Maupassant très vite se perdra, gaspillera son talent, moins par la faute de la maladie que par celle de ses mauvaises fréquentations (Paul Bourget, femmes du monde, etc.). Avec un peu plus de chance, il aurait pu être une version française, en somme très honorable, de Tolstoï.*

André Fermigier.

GUY DE MAUPASSANT

Une Vie

(L'humble vérité.)

NOUVELLE ÉDITION REVUE

PARIS

PAUL OLLENDORFF, ÉDITEUR

28 *bis*, RUE DE RICHELIEU, 28 *bis*

—

1893

A
MADAME BRAINNE

*Hommage d'un ami dévoué, et en souvenir
d'un ami mort,*

GUY DE MAUPASSANT [1].

I

Jeanne, ayant fini ses malles, s'approcha de la fenêtre, mais la pluie ne cessait pas.

L'averse, toute la nuit, avait sonné contre les carreaux et les toits. Le ciel bas et chargé d'eau semblait crevé, se vidant sur la terre, la délayant en bouillie, la fondant comme du sucre. Des rafales passaient pleines d'une chaleur lourde. Le ronflement des ruisseaux débordés emplissait les rues désertes où les maisons, comme des éponges, buvaient l'humidité qui pénétrait au-dedans et faisait suer les murs de la cave au grenier.

Jeanne, sortie la veille du couvent, libre enfin pour toujours, prête à saisir tous les bonheurs de la vie dont elle rêvait depuis si longtemps, craignait que son père hésitât à partir si le temps ne s'éclaircissait pas ; et pour la centième fois depuis le matin elle interrogeait l'horizon.

Puis elle s'aperçut qu'elle avait oublié de mettre son calendrier dans son sac de voyage. Elle cueillit sur le mur le petit carton divisé par mois, et portant au milieu d'un dessin la date de l'année courante 1819[1] en chiffres d'or. Puis elle biffa à coups de crayon les quatre premières colonnes, rayant chaque nom de saint jusqu'au 2 mai, jour de sa sortie du couvent.

Une voix, derrière la porte, appela : « Jeannette ! »

Jeanne répondit : « Entre, papa. » Et son père parut.

Le baron Simon-Jacques Le Perthuis des Vauds était un gentilhomme de l'autre siècle, maniaque et bon. Disciple enthousiaste de J.-J. Rousseau, il avait des tendresses d'amant pour la nature, les champs, les bois, les bêtes.

Aristocrate de naissance, il haïssait par instinct quatre-vingt-treize ; mais, philosophe par tempérament et libéral par éducation, il exécrait la tyrannie d'une haine inoffensive et déclamatoire.

Sa grande force et sa grande faiblesse, c'était la bonté, une bonté qui n'avait pas assez de bras pour caresser, pour donner, pour étreindre, une bonté de créateur, éparse, sans résistance, comme l'engourdissement d'un nerf de la volonté, une lacune dans l'énergie, presque un vice.

Homme de théorie, il méditait tout un plan d'éducation pour sa fille, voulant la faire heureuse, bonne, droite et tendre.

Elle était demeurée jusqu'à douze ans dans la maison, puis, malgré les pleurs de la mère, elle fut mise au Sacré-Cœur [1].

Il l'avait tenue là sévèrement enfermée, cloîtrée, ignorée, et ignorante des choses humaines. Il voulait qu'on la lui rendît chaste à dix-sept ans pour la tremper lui-même dans une sorte de bain de poésie raisonnable ; et, par les champs, au milieu de la terre fécondée, ouvrir son âme, dégourdir son ignorance à l'aspect de l'amour naïf, des tendresses simples des animaux, des lois sereines de la vie.

Elle sortait maintenant du couvent, radieuse, pleine de sèves et d'appétits de bonheur, prête à toutes les joies, à tous les hasards charmants que dans le désœuvrement des jours, la longueur des nuits, la solitude des espérances, son esprit avait déjà parcourus.

Elle semblait un portrait de Véronèse avec ses cheveux d'un blond luisant qu'on aurait dit avoir déteint sur sa chair, une chair d'aristocrate à peine nuancée de rose, ombrée d'un léger duvet, d'une sorte de velours pâle qu'on apercevait un peu quand le soleil la caressait. Ses yeux étaient bleus, de ce bleu opaque qu'ont ceux des bonshommes en faïence de Hollande[1].

Elle avait, sur l'aile gauche de la narine, un petit grain de beauté, un autre à droite, sur le menton, où frisaient quelques poils si semblables à sa peau qu'on les distinguait à peine. Elle était grande, mûre de poitrine, ondoyante de la taille. Sa voix nette semblait parfois trop aiguë; mais son rire franc jetait de la joie autour d'elle. Souvent, d'un geste familier, elle portait ses deux mains à ses tempes comme pour lisser sa chevelure.

Elle courut à son père et l'embrassa, en l'étreignant : « Eh bien, partons-nous ? » dit-elle.

Il sourit, secoua ses cheveux déjà blancs, et qu'il portait assez longs, et, tendant la main vers la fenêtre :

« Comment veux-tu voyager par un temps pareil ? »

Mais elle le priait, câline et tendre : « Oh, papa, partons, je t'en supplie. Il fera beau dans l'après-midi.

— Mais ta mère n'y consentira jamais.

— Si, je te le promets, je m'en charge.

— Si tu parviens à décider ta mère, je veux bien, moi. »

Et elle se précipita vers la chambre de la baronne. Car elle avait attendu ce jour du départ avec une impatience grandissante.

Depuis son entrée au Sacré-Cœur elle n'avait pas quitté Rouen, son père ne permettant aucune distraction avant l'âge qu'il avait fixé. Deux fois seulement on l'avait emmenée quinze jours à Paris, mais c'était une ville encore, et elle ne rêvait que la campagne[2].

Elle allait maintenant passer l'été dans leur propriété des Peuples, vieux château de famille planté sur la falaise auprès d'Yport[3]; et elle se promettait une joie infinie de cette vie libre au bord des flots. Puis il était entendu qu'on lui faisait don de ce manoir qu'elle habiterait toujours lorsqu'elle serait mariée.

Et la pluie, tombant sans répit depuis la veille au soir, était le premier gros chagrin de son existence.

Mais, au bout de trois minutes, elle sortit, en courant, de la chambre de sa mère, criant par toute la maison : « Papa, papa ! maman veut bien ; fais atteler. »

Le déluge ne s'apaisait point ; on eût dit même qu'il redoublait quand la calèche s'avança devant la porte.

Jeanne était prête à monter en voiture lorsque la baronne descendit l'escalier, soutenue d'un côté par son mari, et, de l'autre, par une grande fille de chambre forte et bien découplée comme un gars. C'était une Normande du pays de Caux, qui paraissait au moins vingt ans, bien qu'elle en eût au plus dix-huit. On la traitait dans la famille un peu comme une seconde fille, car elle avait été la sœur de lait de Jeanne. Elle s'appelait Rosalie.

Sa principale fonction consistait d'ailleurs à guider les pas de sa maîtresse devenue énorme depuis quelques années par suite d'une hypertrophie du cœur dont elle se plaignait sans cesse.

La baronne atteignit, en soufflant beaucoup, le perron du vieil hôtel, regarda la cour où l'eau ruisselait et murmura : « Ce n'est vraiment pas raisonnable. »

Son mari, toujours souriant, répondit : « C'est vous qui l'avez voulu, madame Adélaïde. »

Comme elle portait ce nom pompeux d'Adélaïde, il le faisait toujours précéder de « madame » avec un certain air de respect un peu moqueur.

Puis elle se remit en marche et monta péniblement dans la voiture dont tous les ressorts plièrent. Le baron s'assit à son côté, Jeanne et Rosalie prirent place sur la banquette à reculons.

La cuisinière Ludivine apporta des masses de manteaux qu'on disposa sur les genoux, plus deux paniers qu'on dissimula sous les jambes ; puis elle grimpa sur le siège à côté du père Simon ; et s'enveloppa d'une grande couverture qui la coiffait entièrement. Le concierge et sa femme vinrent saluer en fermant la portière ; ils reçurent les dernières recommandations pour les malles qui devaient suivre dans une charrette ; et on partit.

Le père Simon, le cocher, la tête baissée, le dos arrondi sous la pluie, disparaissait dans son carrick à triple collet. La bourrasque gémissante battait les vitres, inondait la chaussée.

La berline, au grand trot des deux chevaux, dévala rondement sur le quai, longea la ligne des grands navires dont les mâts, les vergues, les cordages se dressaient tristement dans le ciel ruisselant, comme des arbres dépouillés ; puis elle s'engagea sur le long boulevard du mont Riboudet[1].

Bientôt on traversa les prairies ; et de temps en temps un saule noyé, les branches pendantes[2] avec un abandonnement de cadavre, se dessinait gravement à travers un brouillard d'eau. Les fers des chevaux clapotaient et les quatre roues faisaient des soleils de boue.

On se taisait ; les esprits eux-mêmes semblaient mouillés comme la terre. Petite mère se renversant appuya sa tête et ferma ses paupières. Le baron considérait d'un œil morne les campagnes monotones et trempées. Rosalie, un paquet sur les genoux, songeait de cette songerie animale des gens du peuple. Mais Jeanne, sous ce ruissellement tiède, se sentait revivre ainsi qu'une plante enfermée qu'on vient de remettre à l'air ; et l'épaisseur de sa joie, comme un feuillage, abritait son cœur de la tristesse. Bien qu'elle ne parlât pas, elle avait envie de chanter, de tendre au-dehors sa main pour l'emplir d'eau qu'elle boirait ; et elle jouissait d'être emportée au grand trot des chevaux, de voir la désolation des paysages, et de se sentir à l'abri au milieu de cette inondation.

Et sous la pluie acharnée les croupes luisantes des deux bêtes exhalaient une buée d'eau bouillante.

La baronne, peu à peu, s'endormait. Sa figure qu'enca-
draient six boudins réguliers de cheveux pendillants
s'affaissa peu à peu, mollement soutenue par les trois
grandes vagues de son cou dont les dernières ondulations
se perdaient dans la pleine mer de sa poitrine. Sa tête,
soulevée à chaque aspiration, retombait ensuite ; les joues
s'enflaient, tandis qu'entre ses lèvres entrouvertes passait
un ronflement sonore. Son mari se pencha vers elle, et
posa doucement, dans ses mains croisées sur l'ampleur de
son ventre, un petit portefeuille en cuir.

Ce toucher la réveilla ; et elle considéra l'objet d'un
regard noyé, avec cet hébétement des sommeils interrom-
pus. Le portefeuille tomba, s'ouvrit. De l'or et des billets
de banque s'éparpillèrent dans la calèche. Elle s'éveilla
tout à fait ; et la gaieté de sa fille partit en une fusée de
rires.

Le baron ramassa l'argent, et, le lui posant sur les
genoux : « Voici, ma chère amie, tout ce qui reste de ma
ferme d'Eletot[1]. Je l'ai vendue pour faire réparer les
Peuples où nous habiterons souvent désormais. »

Elle compta six mille et quatre cents francs et les mit
tranquillement dans sa poche.

C'était la neuvième ferme vendue ainsi sur trente et une
que leurs parents avaient laissées. Ils possédaient cependant encore vingt mille livres de rentes en terres qui, bien
administrées, auraient facilement rendu trente mille
francs par an[2].

Comme ils vivaient simplement, ce revenu aurait suffi
s'il n'y avait eu dans la maison un trou sans fond toujours
ouvert, la bonté. Elle tarissait l'argent dans leurs mains
comme le soleil tarit l'eau des marécages. Cela coulait,
fuyait, disparaissait. Comment ? Personne n'en savait
rien. A tout moment l'un d'eux disait : « Je ne sais
comment cela s'est fait, j'ai dépensé cent francs aujour-
d'hui sans rien acheter de gros. »

Cette facilité de donner était du reste un des grands

bonheurs de leur vie ; et ils s'entendaient sur ce point d'une façon superbe et touchante.

Jeanne demanda : « Est-ce beau, maintenant, mon château ? »

Le baron répondit gaiement : « Tu verras, fillette. »

Mais peu à peu la violence de l'averse diminuait ; puis ce ne fut plus qu'une sorte de brume, une très fine poussière de pluie voltigeant. La voûte des nuées semblait s'élever, blanchir ; et soudain, par un trou qu'on ne voyait point, un long rayon de soleil oblique descendit sur les prairies.

Et, les nuages s'étant fendus, le fond bleu du firmament parut ; puis la déchirure s'agrandit comme un voile qui se déchire ; et un beau ciel pur d'un azur net et profond se développa sur le monde.

Un souffle frais et doux passa, comme un soupir heureux de la terre ; et, quand on longeait des jardins ou des bois, on entendait parfois le chant alerte d'un oiseau qui séchait ses plumes.

Le soir venait. Tout le monde dormait maintenant dans la voiture, excepté Jeanne. Deux fois on s'arrêta dans des auberges pour laisser souffler les chevaux et leur donner un peu d'avoine avec de l'eau.

Le soleil s'était couché ; des cloches sonnaient au loin. Dans un petit village on alluma les lanternes ; et le ciel aussi s'illumina d'un fourmillement d'étoiles. Des maisons éclairées apparaissaient de place en place, traversant les ténèbres d'un point de feu ; et tout d'un coup, derrière une côte, à travers des branches de sapins, la lune, rouge, énorme, et comme engourdie de sommeil, surgit.

Il faisait si doux que les vitres demeuraient baissées. Jeanne, épuisée de rêves, rassasiée de visions heureuses, se reposait maintenant. Parfois l'engourdissement d'une position prolongée lui faisait rouvrir les yeux ; alors elle regardait au-dehors, voyait dans la nuit lumineuse passer les arbres d'une ferme, ou bien quelques vaches çà et là couchées en un champ, et qui relevaient la tête. Puis elle cherchait une posture nouvelle, essayait de ressaisir un songe ébauché ; mais le roulement continu de la voiture emplissait ses oreilles, fatiguait sa pensée et elle refermait les yeux, se sentant l'esprit courbaturé comme le corps.

Cependant on s'arrêta. Des hommes et des femmes se tenaient debout devant les portières avec des lanternes à la main. On arrivait. Jeanne subitement réveillée sauta bien vite. Père et Rosalie, éclairés par un fermier, portèrent presque la baronne tout à fait exténuée, geignant de détresse, et répétant sans cesse d'une petite voix expirante : « Ah ! mon Dieu ! mes pauvres enfants ! » Elle ne voulut rien boire, rien manger, se coucha et tout aussitôt dormit.

Jeanne et le baron soupèrent en tête à tête.

Ils souriaient en se regardant, se prenaient les mains à travers la table ; et, saisis tous deux d'une joie enfantine, ils se mirent à visiter le manoir réparé.

C'était une de ces hautes et vastes demeures normandes tenant de la ferme et du château, bâties en pierres blanches devenues grises, et spacieuses à loger une race [1].

Un immense vestibule séparait en deux la maison et la traversait de part en part, ouvrant ses grandes portes sur les deux faces. Un double escalier semblait enjamber cette entrée, laissant vide le centre, en joignant au premier ses deux montées à la façon d'un pont.

Au rez-de-chaussée, à droite, on entrait dans le salon démesuré, tendu de tapisseries à feuillages où se promenaient des oiseaux. Tout le meuble, en tapisserie au petit point, n'était que l'illustration des Fables de La Fontaine ; et Jeanne eut un tressaillement de plaisir en retrouvant une chaise qu'elle avait aimée, étant tout enfant, et qui représentait l'histoire du Renard et de la Cigogne.

A côté du salon s'ouvraient la bibliothèque pleine de livres anciens, et deux autres pièces inutilisées ; à gauche, la salle à manger en boiseries neuves, la lingerie, l'office, la cuisine et un petit appartement contenant une baignoire.

Un corridor coupait en long tout le premier étage. Les dix portes des dix chambres s'alignaient sur cette allée. Tout au fond, à droite, était l'appartement de Jeanne. Ils y entrèrent. Le baron venait de le faire remettre à neuf, ayant employé simplement des tentures et des meubles restés sans usage dans les greniers.

Des tapisseries d'origine flamande[1], et très vieilles, peuplaient ce lieu de personnages singuliers.

Mais, en apercevant son lit, la jeune fille poussa des cris de joie. Aux quatre coins, quatre grands oiseaux de chêne, tout noirs et luisants de cire, portaient la couche et paraissaient en être les gardiens. Les côtés représentaient deux larges guirlandes de fleurs et de fruits sculptés ; et quatre colonnes finement cannelées, que terminaient des chapiteaux corinthiens, soulevaient une corniche de roses et d'amours enroulés.

Il se dressait monumental, et tout gracieux cependant, malgré la sévérité du bois bruni par le temps.

Le couvre-pied et la tenture du ciel de lit scintillaient comme deux firmaments. Ils étaient faits d'une soie antique d'un bleu foncé qu'étoilaient par places de grandes fleurs de lis brodées en or.

Quand elle l'eut bien admiré, Jeanne, élevant sa lumière, examina les tapisseries pour en comprendre le sujet.

Un jeune seigneur et une jeune dame habillés en vert, en rouge et en jaune, de la façon la plus étrange, causaient sous un arbre bleu où mûrissaient des fruits blancs. Un gros lapin de même couleur broutait un peu d'herbe grise.

Juste au-dessus des personnages, dans un lointain de convention, on apercevait cinq petites maisons rondes, aux toits aigus ; et là-haut, presque dans le ciel, un moulin à vent tout rouge.

De grands ramages, figurant des fleurs, circulaient dans tout cela.

Les deux autres panneaux ressemblaient beaucoup au premier, sauf qu'on voyait sortir des maisons quatre petits bonshommes vêtus à la façon des Flamands et qui levaient les bras au ciel en signe d'étonnement et de colère extrêmes.

Mais la dernière tenture représentait un drame. Près du lapin qui broutait toujours, le jeune homme étendu semblait mort. La jeune dame, le regardant, se perçait le sein d'une épée ; et les fruits de l'arbre étaient devenus noirs.

Jeanne renonçait à comprendre quand elle découvrit dans un coin une bestiole microscopique, que le lapin, s'il eût vécu, aurait pu manger comme un brin d'herbe. Et cependant c'était un lion.

Alors elle reconnut les malheurs de Pyrame et de Thisbé[1] ; et, quoiqu'elle sourît de la simplicité des dessins, elle se sentit heureuse d'être enfermée dans cette aventure d'amour qui parlerait sans cesse à sa pensée des espoirs chéris, et ferait planer, chaque nuit, sur son sommeil, cette tendresse antique et légendaire.

Tout le reste du mobilier unissait les styles les plus divers. C'étaient ces meubles que chaque génération laisse dans la famille et qui font des anciennes maisons des sortes de musées où tout se mêle. Une commode Louis XIV superbe, cuirassée de cuivres éclatants, était flanquée de deux fauteuils Louis XV encore vêtus de leur soie à bouquets. Un secrétaire en bois de rose faisait face à la cheminée qui présentait, sous un globe rond, une pendule de l'Empire.

C'était une ruche de bronze, suspendue par quatre colonnes de marbre au-dessus d'un jardin de fleurs dorées. Un mince balancier sortant de la ruche par une fente allongée promenait éternellement sur ce parterre une petite abeille aux ailes d'émail.

Le cadran était en faïence peinte et encadré dans le flanc de la ruche.

Elle se mit à sonner onze heures. Le baron embrassa sa fille, et se retira chez lui.

Alors, Jeanne, avec regret, se coucha.

D'un dernier regard elle parcourut sa chambre, et puis éteignit sa bougie. Mais le lit, dont la tête seule s'appuyait à la muraille, avait une fenêtre sur sa gauche, par où entrait un flot de lune qui répandait à terre une flaque de clarté.

Des reflets rejaillissaient aux murs, des reflets pâles caressant faiblement les amours immobiles de Pyrame et de Thisbé.

Par l'autre fenêtre, en face de ses pieds, Jeanne apercevait un grand arbre tout baigné de lumière douce. Elle se tourna sur le côté, ferma les yeux, puis, au bout de quelque temps, les rouvrit.

Elle croyait se sentir encore secouée par les cahots de la voiture dont le roulement continuait dans sa tête. Elle resta d'abord immobile, espérant que ce repos la ferait enfin s'endormir ; mais l'impatience de son esprit envahit bientôt tout son corps.

Elle avait des crispations dans les jambes, une fièvre qui grandissait. Alors elle se leva, et, nu-pieds, nu-bras, avec sa longue chemise qui lui donnait l'aspect d'un fantôme, elle traversa la mare de lumière répandue sur son plancher, ouvrit sa fenêtre et regarda.

La nuit était si claire qu'on y voyait comme en plein jour ; et la jeune fille reconnaissait tout ce pays aimé jadis dans sa première enfance.

C'était d'abord, en face d'elle, un large gazon jaune comme du beurre sous la lumière nocturne. Deux arbres géants se dressaient aux pointes devant le château, un platane au nord, un tilleul au sud.

Tout au bout de la grande étendue d'herbe, un petit bois en bosquet terminait ce domaine garanti des ouragans du

large par cinq rangs d'ormes antiques, tordus, rasés,
rongés, taillés en pente comme un toit par le vent de mer
toujours déchaîné.

Cette espèce de parc était borné à droite et à gauche par
deux longues avenues de peupliers démesurés, appelés
peuples en Normandie, qui séparaient la résidence des
maîtres des deux fermes y attenantes, occupées, l'une par
la famille Couillard, l'autre par la famille Martin.

Ces *peuples* avaient donné leur nom au château. Au-delà
de cet enclos, s'étendait une vaste plaine inculte, semée
d'ajoncs, où la brise sifflait et galopait jour et nuit. Puis
soudain la côte s'abattait en une falaise de cent mètres,
droite et blanche, baignant son pied dans les vagues.

Jeanne regardait au loin la longue surface moirée des
flots qui semblaient dormir sous les étoiles.

Dans cet apaisement du soleil absent, toutes les senteurs de la terre se répandaient. Un jasmin grimpé autour
des fenêtres d'en bas exhalait continuellement son haleine
pénétrante qui se mêlait à l'odeur plus légère des feuilles
naissantes. De lentes rafales passaient apportant les
saveurs fortes de l'air salin et de la sueur visqueuse des
varechs.

La jeune fille s'abandonna d'abord au bonheur de
respirer ; et le repos de la campagne la calma comme un
bain frais.

Toutes les bêtes qui s'éveillent quand vient le soir, et
cachent leur existence obscure dans la tranquillité des
nuits, emplissaient les demi-ténèbres d'une agitation
silencieuse. De grands oiseaux qui ne criaient point
fuyaient dans l'air comme des taches, comme des ombres ;
des bourdonnements d'insectes invisibles effleuraient
l'oreille ; des courses muettes traversaient l'herbe pleine
de rosée ou le sable des chemins déserts.

Seuls quelques crapauds mélancoliques poussaient vers
la lune leur note courte et monotone.

Il semblait à Jeanne que son cœur s'élargissait, plein de

murmures comme cette soirée claire, fourmillant soudain de mille désirs rôdeurs, pareils à ces bêtes nocturnes dont le frémissement l'entourait. Une affinité l'unissait à cette poésie vivante ; et dans la molle blancheur de la nuit elle sentait courir des frissons surhumains, palpiter des espoirs insaisissables, quelque chose comme un souffle de bonheur.

Et elle se mit à rêver d'amour.

L'amour ! Il l'emplissait depuis deux années de l'anxiété croissante de son approche. Maintenant elle était libre d'aimer ; elle n'avait plus qu'à le rencontrer, lui !

Comment serait-il ? Elle ne le savait pas au juste et ne se le demandait même pas. *Il* serait *lui*, voilà tout.

Elle savait seulement qu'elle l'adorerait de toute son âme et qu'il la chérirait de toute sa force. Ils se promèneraient par les soirs pareils à celui-ci, sous la cendre lumineuse qui tombait des étoiles. Ils iraient, les mains dans les mains, serrés l'un contre l'autre, entendant battre leurs cœurs, sentant la chaleur de leurs épaules, mêlant leur amour à la limpidité suave des nuits d'été, tellement unis qu'ils pénétreraient aisément, par la seule puissance de leur tendresse, jusqu'à leurs plus secrètes pensées.

Et cela continuerait indéfiniment, dans la sérénité d'une affection indestructible [1].

Et il lui sembla soudain qu'elle le sentait là, contre elle ; et brusquement un vague frisson de sensualité lui courut des pieds à la tête. Elle serra ses bras contre sa poitrine, d'un mouvement inconscient, comme pour étreindre son rêve ; et sur sa lèvre tendue vers l'inconnu quelque chose passa qui la fit presque défaillir, comme si l'haleine du printemps lui eût donné un baiser d'amour.

Tout à coup, là-bas, derrière le château, sur la route elle entendit marcher dans la nuit. Et dans un élan de son âme affolée, dans un transport de foi à l'impossible, aux hasards providentiels, aux pressentiments divins, aux romanesques combinaisons du sort, elle pensa : « Si c'était lui ? » Elle écoutait anxieusement le pas rythmé du marcheur, sûre qu'il allait s'arrêter à la grille pour demander l'hospitalité.

Lorsqu'il fut passé, elle se sentit triste comme après une déception. Mais elle comprit l'exaltation de son espoir et sourit de sa démence.

Alors, un peu calmée, elle laissa flotter son esprit au courant d'une rêverie plus raisonnable, cherchant à pénétrer l'avenir, échafaudant son existence.

Avec lui, elle vivrait ici, dans ce calme château qui dominait la mer. Elle aurait sans doute deux enfants, un fils pour lui, une fille pour elle. Et elle les voyait courant sur l'herbe entre le platane et le tilleul, tandis que le père et la mère les suivaient d'un œil ravi, en échangeant par-dessus leurs têtes des regards pleins de passion.

Et elle resta longtemps, longtemps, à rêvasser ainsi, tandis que la lune, achevant son voyage à travers le ciel, allait disparaître dans la mer. L'air devenait plus frais. Vers l'orient, l'horizon pâlissait. Un coq chanta dans la ferme de droite ; d'autres répondirent dans la ferme de gauche. Leurs voix enrouées semblaient venir de très loin à travers la cloison des poulaillers ; et dans l'immense voûte du ciel, blanchie insensiblement, les étoiles disparaissaient.

Un petit cri d'oiseau s'éveilla quelque part. Des gazouillements, timides d'abord, sortirent des feuilles ; puis ils s'enhardirent, devinrent vibrants, joyeux, gagnant de branche en branche, d'arbre en arbre.

Jeanne soudain se sentit dans une clarté ; et, levant la tête qu'elle avait cachée en ses mains, elle ferma les yeux, éblouie par le resplendissement de l'aurore.

Une montagne de nuages empourprés, cachés en partie derrière la grande allée de peuples, jetait des lueurs de sang sur la terre réveillée.

Et lentement, crevant les nuées éclatantes, criblant de

feu les arbres, les plaines, l'Océan, tout l'horizon, l'immense globe flamboyant parut.

Et Jeanne se sentait devenir folle de bonheur. Une joie délirante, un attendrissement infini devant la splendeur des choses noya son cœur qui défaillait. C'était son soleil ! son aurore ! le commencement de sa vie ! le lever de ses espérances ! Elle tendit les bras vers l'espace rayonnant, avec une envie d'embrasser le soleil ; elle voulait parler, crier quelque chose de divin comme cette éclosion du jour ; mais elle demeurait paralysée dans un enthousiasme impuissant. Alors, posant son front dans ses mains, elle sentit ses yeux pleins de larmes ; et elle pleura délicieusement.

Lorsqu'elle releva la tête, le décor superbe du jour naissant avait déjà disparu. Elle se sentit elle-même apaisée, un peu lasse, comme refroidie. Sans fermer sa fenêtre, elle alla s'étendre sur son lit, rêva encore quelques minutes et s'endormit si profondément qu'à huit heures elle n'entendit point les appels de son père et se réveilla seulement lorsqu'il entra dans sa chambre.

Il voulait lui montrer les embellissements du château, de *son* château.

La façade qui donnait sur l'intérieur des terres était séparée du chemin par une vaste cour plantée de pommiers. Ce chemin, dit vicinal, courant entre les enclos des paysans, joignait, une demi-lieue plus loin, la grande route du Havre à Fécamp.

Une allée droite venait de la barrière de bois jusqu'au perron. Les communs, petits bâtiments en caillou de mer, coiffés de chaume, s'alignaient des deux côtés de la cour, le long des fossés des deux fermes.

Les couvertures étaient refaites à neuf ; toute la menuiserie avait été restaurée, les murs réparés, les chambres retapissées, tout l'intérieur repeint. Et le vieux manoir terni portait, comme des taches, ses

contrevents frais, d'un blanc d'argent, et ses replâ-
trages sur sa grande façade grisâtre.

L'autre façade, celle où s'ouvrait une des fenêtres de
Jeanne, regardait au loin la mer par-dessus le bosquet
et la muraille d'ormes rongés du vent.

Jeanne et le baron, bras dessus bras dessous, visitèrent tout, sans omettre un coin ; puis ils se promenè-
rent lentement dans les longues avenues de peupliers,
qui enfermaient ce qu'on appelait le parc. L'herbe
avait poussé sous les arbres, étalant son tapis vert. Le
bosquet, tout au bout, était charmant, mêlait ses petits
chemins tortueux, séparés par des cloisons de feuilles.
Un lièvre partit brusquement, qui fit peur à la jeune
fille, puis il sauta le talus et détala dans les joncs
marins vers la falaise.

Après le déjeuner, comme madame Adélaïde, encore
exténuée, déclarait qu'elle allait se reposer, le baron
proposa de descendre jusqu'à Yport.

Ils partirent, traversant d'abord le hameau d'Etouvent[1], où se trouvaient les Peuples. Trois paysans les
saluèrent comme s'ils les eussent connus de tout
temps.

Ils entrèrent dans les bois en pente qui s'abaissent
jusqu'à la mer en suivant une vallée tournante.

Bientôt apparut le village d'Yport. Des femmes qui
raccommodaient des hardes, assises sur le seuil de
leurs demeures, les regardaient passer. La rue inclinée,
avec un ruisseau dans le milieu et des tas de débris
traînant devant les portes, exhalait une odeur forte de
saumure. Les filets bruns, où restaient de place en
place des écailles luisantes pareilles à des piécettes
d'argent, séchaient contre les portes des taudis d'où
sortaient les senteurs des familles nombreuses grouil-
lant dans une seule pièce.

Quelques pigeons se promenaient au bord du ruisseau, cherchant leur vie.

Jeanne regardait tout cela qui lui semblait curieux et nouveau comme un décor de théâtre.

Mais brusquement, en tournant un mur, elle aperçut la mer, d'un bleu opaque et lisse, s'étendant à perte de vue.

Ils s'arrêtèrent, en face de la plage, à regarder. Des voiles, blanches comme des ailes d'oiseaux, passaient au large. A droite comme à gauche, la falaise énorme se dressait. Une sorte de cap arrêtait le regard d'un côté, tandis que de l'autre la ligne des côtes se prolongeait indéfiniment jusqu'à n'être qu'un trait insaisissable.

Un port et des maisons apparaissaient dans une de ses déchirures prochaines ; et de tout petits flots qui faisaient à la mer une frange d'écume roulaient sur le galet avec un bruit léger.

Les barques du pays, halées sur la pente de cailloux ronds, reposaient sur le flanc, tendant au soleil leurs joues rondes vernies de goudron. Quelques pêcheurs les préparaient pour la marée du soir [1].

Un matelot s'approcha pour offrir du poisson, et Jeanne acheta une barbue qu'elle voulut rapporter elle-même aux Peuples.

Alors l'homme proposa ses services pour des promenades en mer, répétant son nom coup sur coup afin de le faire bien entrer dans les mémoires : « Lastique, Joséphin Lastique. »

Le baron promit de ne pas l'oublier.

Ils reprirent le chemin du château.

Comme le gros poisson fatiguait Jeanne, elle lui passa dans les ouïes la canne de son père, dont chacun d'eux prit un bout ; et ils allaient gaiement en remontant la côte, bavardant comme deux enfants, le front au vent et les yeux brillants, tandis que la barbue, qui lassait peu à peu leurs bras, balayait l'herbe de sa queue grasse.

II

Une vie charmante et libre commença pour Jeanne.
Elle lisait, rêvait et vagabondait, toute seule, aux environs. Elle errait à pas lents le long des routes, l'esprit parti
dans les rêves ; ou bien, elle descendait, en gambadant, les
petites vallées tortueuses, dont les deux croupes portaient, comme une chape d'or, une toison de fleurs
d'ajoncs. Leur odeur forte et douce, exaspérée par la
chaleur, la grisait à la façon d'un vin parfumé ; et, au bruit
lointain des vagues roulant sur une plage, une houle
berçait son esprit.

Une mollesse parfois la faisait s'étendre sur l'herbe
drue d'une pente ; et parfois, lorsqu'elle apercevait tout à
coup au détour du val, dans un entonnoir de gazon, un
triangle de mer bleue étincelante au soleil avec une
voile à l'horizon, il lui venait des joies désordonnées
comme à l'approche mystérieuse de bonheurs planant sur
elle.

Un amour de la solitude l'envahissait dans la douceur
de ce frais pays, et dans le calme des horizons arrondis ; et
elle restait si longtemps assise sur le sommet des collines
que des petits lapins sauvages passaient en bondissant à
ses pieds.

Elle se mettait souvent à courir sur la falaise, fouettée
par l'air léger des côtes, toute vibrante d'une jouissance

exquise à se mouvoir sans fatigue comme les poissons dans l'eau ou les hirondelles dans l'air.

Elle semait partout des souvenirs comme on jette des graines en terre, de ces souvenirs dont les racines tiennent jusqu'à la mort. Il lui semblait qu'elle jetait un peu de son cœur à tous les plis de ces vallons.

Elle se mit à prendre des bains avec passion. Elle nageait à perte de vue, étant forte et hardie et sans conscience du danger. Elle se sentait bien dans cette eau froide, limpide et bleue qui la portait en la balançant. Lorsqu'elle était loin du rivage, elle se mettait sur le dos, les bras croisés sur sa poitrine, les yeux perdus dans l'azur profond du ciel que traversait vite un vol d'hirondelle, ou la silhouette blanche d'un oiseau de mer. On n'entendait plus aucun bruit que le murmure éloigné du flot contre le galet et une vague rumeur de la terre glissant encore sur les ondulations des vagues, mais confuse, presque insaisissable. Et puis Jeanne se redressait et, dans un affolement de joie, poussait des cris aigus en battant l'eau de ses deux mains [1].

Quelquefois, quand elle s'aventurait trop loin, une barque venait la chercher.

Elle rentrait au château, pâle de faim, mais légère, alerte, du sourire à la lèvre et du bonheur plein les yeux.

Le baron de son côté méditait de grandes entreprises agricoles ; il voulait faire des essais, organiser le progrès, expérimenter des instruments nouveaux, acclimater des races étrangères ; et il passait une partie de ses journées en conversation avec les paysans qui hochaient la tête, incrédules à ses tentatives.

Souvent aussi il allait en mer avec les matelots d'Yport. Quand il eut visité les grottes, les fontaines et les aiguilles des environs, il voulut pêcher comme un simple marin.

Dans les jours de brise, lorsque la voile pleine de vent fait courir sur le dos des vagues la coque joufflue des barques, et que, par chaque bord, traîne jusqu'au fond de la mer la grande ligne fuyante que poursuivent les hordes

de maquereaux, il tenait dans sa main tremblante
d'anxiété la petite corde qu'on sent vibrer sitôt qu'un
poisson pris se débat.

Il partait au clair de lune pour lever les filets posés la
veille. Il aimait à entendre craquer le mât, à respirer les
rafales sifflantes et fraîches de la nuit ; et, après avoir
longtemps louvoyé pour retrouver les bouées en se
guidant sur une crête de roche, le toit d'un clocher et le
phare de Fécamp, il jouissait à demeurer immobile sous
les premiers feux du soleil levant qui faisait reluire sur le
pont du bateau le dos gluant des larges raies en éventail et
le ventre gras des turbots[1].

A chaque repas, il racontait avec enthousiasme ses
promenades ; et petite mère à son tour lui disait combien
de fois elle avait parcouru la grande allée de peuples, celle
de droite, contre la ferme des Couillard, l'autre n'ayant
pas assez de soleil.

Comme on lui avait recommandé de « prendre du
mouvement », elle s'acharnait à marcher. Dès que la
fraîcheur de la nuit s'était dissipée, elle descendait
appuyée sur le bras de Rosalie, enveloppée d'une mante et
de deux châles, et la tête étouffée d'une capeline noire que
recouvrait encore un tricot rouge.

Alors, traînant son pied gauche, un peu plus lourd et
qui avait déjà tracé, dans toute la longueur du chemin,
l'un à l'aller, l'autre au retour, deux sillons poudreux où
l'herbe était morte, elle recommençait sans fin un interminable voyage en ligne droite depuis l'encoignure du
château jusqu'aux premiers arbustes du bosquet. Elle
avait fait placer un banc à chaque extrémité de cette piste ;
et toutes les cinq minutes elle s'arrêtait, disant à la pauvre
bonne patiente qui la soutenait : « Asseyons-nous, ma
fille, je suis un peu lasse. »

Et à chaque arrêt elle laissait sur un des bancs tantôt le
tricot qui lui couvrait la tête, tantôt un châle, et puis
l'autre, puis la capeline, puis la mante ; et tout cela faisait,

aux deux bouts de l'allée deux gros paquets de vêtements que Rosalie rapportait sur son bras libre quand on rentrait pour déjeuner.

Et dans l'après-midi, la baronne recommençait d'une allure plus molle, avec des repos plus allongés, sommeillant même une heure de temps en temps sur une chaise longue qu'on lui roulait dehors.

Elle appelait cela faire « son exercice », comme elle disait « mon hypertrophie ».

Un médecin consulté dix ans auparavant parce qu'elle éprouvait des étouffements avait parlé d'hypertrophie. Depuis lors ce mot, dont elle ne comprenait guère la signification, s'était établi dans sa tête. Elle faisait tâter obstinément au baron, à Jeanne et à Rosalie son cœur que personne ne sentait plus, tant il était enseveli sous la bouffissure de sa poitrine ; mais elle refusait avec énergie de se laisser examiner par aucun nouveau médecin, de peur qu'on lui découvrît d'autres maladies ; et elle parlait de « son » hypertrophie à tout propos et si souvent qu'il semblait que cette affection lui fût spéciale, lui appartînt comme une chose unique sur laquelle les autres n'avaient aucun droit.

Le baron disait « l'hypertrophie de ma femme » et Jeanne « l'hypertrophie de maman », comme ils auraient dit « la robe, le chapeau, ou le parapluie ».

Elle avait été fort jolie dans sa jeunesse et plus mince qu'un roseau. Après avoir valsé dans les bras de tous les uniformes de l'Empire, elle avait lu *Corinne*[1] qui l'avait fait pleurer ; et elle était demeurée depuis comme marquée de ce roman.

A mesure que sa taille s'était épaissie, son âme avait pris des élans plus poétiques ; et quand l'obésité l'eut clouée sur un fauteuil, sa pensée vagabonda à travers des aventures tendres dont elle se croyait l'héroïne. Elle en avait de préférées qu'elle faisait toujours revenir dans ses rêves, comme une boîte à musique dont on remonte la

manivelle répète interminablement le même air. Toutes
les romances langoureuses où l'on parle de captives et
d'hirondelles lui mouillaient infailliblement les paupières ; et elle aimait même certaines chansons grivoises
de Béranger à cause des regrets qu'elles expriment.

Elle demeurait souvent pendant des heures immobile,
éloignée dans ses songeries ; et son habitation des Peuples
lui plaisait infiniment parce qu'elle prêtait un décor aux
romans de son âme, lui rappelant et par les bois d'alentour, et par la lande déserte, et par le voisinage de la mer,
les livres de Walter Scott qu'elle lisait depuis quelques
mois [1].

Dans les jours de pluie elle restait enfermée en sa
chambre à visiter ce qu'elle appelait ses « reliques ».
C'étaient toutes ses anciennes lettres, les lettres de son
père et de sa mère, les lettres du baron quand elle était sa
fiancée, et d'autres encore.

Elle les avait enfermées dans un secrétaire d'acajou
portant à ses angles des sphinx de cuivre ; et elle disait
d'une voix particulière : « Rosalie, ma fille, apporte-moi
le tiroir aux *souvenirs*. »

La petite bonne ouvrait le meuble, prenait le tiroir, le
posait sur une chaise à côté de sa maîtresse qui se mettait à
lire lentement, une à une, ces lettres, en laissant tomber
une larme dessus de temps en temps.

Jeanne parfois remplaçait Rosalie et promenait petite
mère qui lui racontait des souvenirs d'enfance. La jeune
fille se retrouvait dans ces histoires d'autrefois, s'étonnant
de la similitude de leurs pensées, de la parenté de leurs
désirs ; car chaque cœur s'imagine ainsi avoir tressailli
avant tout autre sous une foule de sensations qui ont fait
battre ceux des premières créatures et feront palpiter
encore ceux des derniers hommes et des dernières
femmes.

Leur marche lente suivait la lenteur du récit que des
oppressions parfois interrompaient quelques secondes ; et

la pensée de Jeanne alors, bondissant par-dessus les aventures commencées, s'élançait vers l'avenir peuplé de joies, se roulait dans les espérances.

Un après-midi, comme elles se reposaient sur le banc du fond, elles aperçurent tout à coup, au bout de l'allée, un gros prêtre qui s'en venait vers elles.

Il salua de loin, prit un air souriant, salua de nouveau quand il fut à trois pas et s'écria : « Eh bien, madame la Baronne, comment allons-nous ? » C'était le curé du pays.

Petite mère, née dans le siècle des philosophes, élevée par un père peu croyant, aux jours de la Révolution, ne fréquentait guère l'église, bien qu'elle aimât les prêtres par une sorte d'instinct religieux de femme.

Elle avait totalement oublié l'abbé Picot, son curé, et rougit en le voyant. Elle s'excusa de n'avoir point prévenu sa démarche. Mais le bonhomme n'en semblait point froissé ; il regarda Jeanne, la complimenta sur sa bonne mine, s'assit, mit son tricorne sur ses genoux et s'épongea le front. Il était fort gros, fort rouge, et suait à flots. Il tirait de sa poche à tout instant un énorme mouchoir à carreaux imbibé de transpiration, et se le passait sur le visage et sur le cou ; mais à peine le linge humide était-il rentré dans les profondeurs noires[1] de sa robe que de nouvelles gouttes poussaient sur sa peau, et, tombant sur la soutane rebondie au ventre, fixaient en petites taches rondes la poussière volante des chemins.

Il était gai, vrai prêtre campagnard, tolérant, bavard et brave homme. Il raconta des histoires, parla des gens du pays, ne sembla pas s'être aperçu que ses deux paroissiennes n'étaient pas encore venues aux offices, la baronne accordant son indolence avec sa foi confuse, et Jeanne trop heureuse d'être délivrée du couvent où elle avait été repue de cérémonies pieuses.

Le baron parut. Sa religion panthéiste le laissait indifférent aux dogmes. Il fut aimable pour l'abbé qu'il connaissait de loin, et le retint à dîner.

Le prêtre sut plaire grâce à cette astuce inconsciente que le maniement des âmes donne aux hommes les plus médiocres appelés par le hasard des événements à exercer un pouvoir sur leurs semblables.

La baronne le choya, attirée peut-être par une de ces affinités qui rapprochent les natures semblables, la figure sanguine et l'haleine courte du gros homme plaisant à son obésité soufflante.

Vers le dessert il eut une verve de curé en goguette, ce laisser-aller familier des fins de repas joyeuses.

Et tout à coup il s'écria comme si une idée heureuse lui eût traversé l'esprit : « Mais j'ai un nouveau paroissien qu'il faut que je vous présente, M. le vicomte de Lamare ! »

La baronne qui connaissait sur le bout du doigt tout l'armorial de la province, demanda : « Est-il de la famille de Lamare de l'Eure ? »

Le prêtre s'inclina : « Oui, Madame, c'est le fils du vicomte Jean de Lamare, mort l'an dernier. » Alors madame Adélaïde, qui aimait par-dessus tout la noblesse, posa une foule de questions, et apprit que, les dettes du père payées, le jeune homme, ayant vendu son château de famille, s'était organisé un petit pied-à-terre dans une des trois fermes qu'il possédait dans la commune d'Etouvent. Ces biens représentaient en tout cinq à six mille livres de rente ; mais le vicomte était d'humeur économe et sage et comptait vivre simplement pendant deux ou trois ans dans ce modeste pavillon afin d'amasser de quoi faire figure dans le monde pour se marier avec avantage sans contracter de dettes ou hypothéquer ses fermes.

Le curé ajouta : « C'est un bien charmant garçon ; et si rangé, si paisible. Mais il ne s'amuse guère dans le pays. »

Le baron dit : « Amenez-le chez nous, monsieur l'Abbé, cela pourra le distraire de temps en temps. »

Et on parla d'autre chose.

Quand on passa dans le salon, après avoir pris le café, le

prêtre demanda la permission de faire un tour dans le jardin, ayant l'habitude d'un peu d'exercice après ses repas. Le baron l'accompagna. Ils se promenaient lentement tout le long de la façade blanche du château pour revenir ensuite sur leurs pas. Leurs ombres, l'une maigre, l'autre ronde et coiffée d'un champignon, allaient et venaient tantôt devant eux, tantôt derrière eux, selon qu'ils marchaient vers la lune ou qu'ils lui tournaient le dos. Le curé mâchonnait une sorte de cigarette qu'il avait tirée de sa poche. Il en expliqua l'utilité avec le franc parler des hommes de campagne : « C'est pour favoriser les renvois, parce que j'ai les digestions un peu lourdes. »

Puis, soudain, regardant le ciel où voyageait l'astre clair, il prononça : « On ne se lasse jamais de ce spectacle-là. »

Et il rentra prendre congé des dames.

III

Le dimanche suivant, la baronne et Jeanne allèrent à la messe, poussées par un délicat sentiment de déférence pour leur curé.

Elles l'attendirent après l'office afin de l'inviter à déjeuner pour le jeudi. Il sortit de la sacristie avec un grand jeune homme élégant qui lui donnait le bras familièrement. Dès qu'il aperçut les deux femmes, il fit un geste de joyeuse surprise et s'écria : « Comme ça tombe ! Permettez-moi, madame la Baronne et mademoiselle Jeanne, de vous présenter votre voisin, M. le vicomte de Lamare. »

Le vicomte s'inclina, dit son désir ancien déjà de faire la connaissance de ces dames et se mit à causer avec aisance, en homme comme il faut, ayant vécu. Il possédait une de ces figures heureuses dont rêvent les femmes et qui sont désagréables à tous les hommes. Ses cheveux noirs et frisés ombraient son front lisse et bruni ; et deux grands sourcils réguliers comme s'ils eussent été artificiels rendaient profonds et tendres ses yeux sombres dont le blanc semblait un peu teinté de bleu.

Ses cils serrés et longs prêtaient à son regard cette éloquence passionnée qui trouble dans les salons la belle dame hautaine, et fait se retourner la fille en bonnet qui porte un panier par les rues.

Le charme langoureux de cet œil faisait croire à la profondeur de la pensée et donnait de l'importance aux moindres paroles.

La barbe drue, luisante et fine, cachait une mâchoire un peu trop forte [1].

On se sépara après beaucoup de compliments.

M. de Lamare, deux jours après, fit sa première visite.

Il arriva comme on essayait un banc rustique posé le matin même sous le grand platane en face des fenêtres du salon. Le baron voulait qu'on en plaçât un autre, pour faire pendant, sous le tilleul ; petite mère, ennemie de la symétrie, ne voulait pas. Le vicomte consulté fut de l'avis de la baronne.

Puis il parla du pays, qu'il déclarait très « pittoresque », ayant trouvé, dans ses promenades solitaires, beaucoup de « sites » ravissants. De temps en temps ses yeux, comme par hasard, rencontraient ceux de Jeanne ; et elle éprouvait une sensation singulière de ce regard brusque, vite détourné, où apparaissaient une admiration caressante et une sympathie éveillée.

M. de Lamare le père, mort l'année précédente, avait justement connu un ami intime de M. des Cultaux dont petite mère était fille ; et la découverte de cette connaissance enfanta une conversation d'alliances, de dates, de parentés interminable. La baronne faisait des tours de force de mémoire, rétablissant les ascendances et les descendances d'autres familles, circulant, sans jamais se perdre, dans le labyrinthe compliqué des généalogies.

« Dites-moi, Vicomte, avez-vous entendu parler des Saunoy de Varfleur ? le fils aîné, Gontran avait épousé une demoiselle de Coursil, une Coursil-Courville, et le cadet, une de mes cousines, mademoiselle de la Roche-Aubert qui était alliée aux Crisange. Or M. de Crisange était l'intime de mon père et a dû connaître aussi le vôtre.

— Oui, Madame. N'est-ce pas ce M. de Crisange qui émigra et dont le fils s'est ruiné ?

— Lui-même. Il avait demandé en mariage ma tante, après la mort de son mari, le comte d'Eretry ; mais elle ne voulut pas de lui parce qu'il prisait. Savez-vous, à ce propos, ce que sont devenus les Viloise ? Ils ont quitté la Touraine vers 1813, à la suite de revers de fortune, pour se fixer en Auvergne, et je n'en ai plus entendu parler.

— Je crois, Madame, que le vieux marquis est mort d'une chute de cheval, laissant une fille mariée avec un Anglais, et l'autre avec un certain Bassolle, un commerçant, riche dit-on, et qui l'avait séduite. »

Et des noms appris et retenus dès l'enfance dans les conversations des vieux parents revenaient. Et les mariages de ces familles égales prenaient dans leurs esprits l'importance des grands événements publics. Ils parlaient de gens qu'ils n'avaient jamais vus comme s'ils les connaissaient beaucoup ; et ces gens-là, dans d'autres contrées, parlaient d'eux de la même façon ; et ils se sentaient familiers de loin, presque amis, presque alliés, par le seul fait d'appartenir à la même classe, à la même caste, d'être d'un sang équivalent.

Le baron, d'une nature assez sauvage et d'une éducation qui ne s'accordait point avec les croyances et les préjugés des gens de son monde, ne connaissait guère les familles des environs, il interrogea sur elles le vicomte.

M. de Lamare répondit : « Oh ! il n'y a pas beaucoup de noblesse dans l'arrondissement », du même ton dont il aurait déclaré qu'il y avait peu de lapins sur les côtes ; et il donna des détails. Trois familles seulement se trouvaient dans un rayon assez rapproché : le marquis de Coutelier, une sorte de chef de l'aristocratie normande ; le vicomte et la vicomtesse de Briseville, des gens d'excellente race, mais se tenant assez isolés ; enfin le comte de Fourville, sorte de croquemitaine qui passait pour faire mourir sa femme de chagrin et qui vivait en chasseur dans son château de la Vrillette, bâti sur un étang.

Quelques parvenus qui frayaient entre eux avaient

acheté des domaines par-ci, par-là. Le vicomte ne les connaissait point.

Il prit congé ; et son dernier regard fut pour Jeanne, comme s'il lui eût adressé un *adieu* particulier, plus cordial et plus doux.

La baronne le trouva charmant et surtout très comme il faut. Petit père répondit : « Oui, certes, c'est un garçon très bien élevé. »

On l'invita à dîner la semaine suivante. Il vint alors régulièrement.

Il arrivait le plus souvent vers quatre heures de l'après-midi, rejoignait petite mère dans « son allée » et lui offrait le bras pour faire « son exercice ». Quand Jeanne n'était point sortie, elle soutenait la baronne de l'autre côté, et tous trois marchaient lentement d'un bout à l'autre du grand chemin tout droit, allant et revenant sans cesse. Il ne parlait guère à la jeune fille. Mais son œil, qui semblait en velours noir, rencontrait souvent l'œil de Jeanne, qu'on aurait dit en agate bleue.

Plusieurs fois ils descendirent tous les deux à Yport avec le baron.

Comme ils se trouvaient sur la plage, un soir, le père Lastique les aborda, et, sans quitter sa pipe, dont l'absence aurait étonné peut-être davantage que la disparition de son nez, il prononça : « Avec ce vent-lé, m'sieu l' Baron, y aurait d' quoi aller d'main jusqu'E-tretat, et r'venir sans s' donner d' peine. »

Jeanne joignit les mains : « Oh ! papa, si tu voulais ? » Le baron se tourna vers M. de Lamare :

« En êtes-vous, Vicomte ? Nous irions déjeuner là-bas. »

Et la partie fut tout de suite décidée.

Dès l'aurore, Jeanne était debout. Elle attendit son père plus lent à s'habiller, et ils se mirent à marcher dans la rosée, traversant d'abord la plaine, puis le bois

tout vibrant de chants d'oiseaux. Le vicomte et le père
Lastique étaient assis sur un cabestan.

Deux autres marins aidèrent au départ. Les hommes,
appuyant leurs épaules aux bordages, poussaient de toute
leur force. On avançait avec peine sur la plate-forme de
galet. Lastique glissait sous la quille des rouleaux de bois
graissés, puis, reprenant sa place, modulait d'une voix
traînante son interminable « Ohée hop ! » qui devait
régler l'effort commun.

Mais lorsqu'on parvint à la pente, le canot tout d'un
coup partit, dévala sur les cailloux ronds avec un grand
bruit de toile déchirée. Il s'arrêta net à l'écume des petites
vagues, et tout le monde prit place sur les bancs ; puis les
deux matelots restés à terre le mirent à flot.

Une brise légère et continue, venant du large, effleurait
et ridait la surface de l'eau. La voile fut hissée, s'arrondit
un peu, et la barque s'en alla paisiblement, à peine bercée
par la mer.

On s'éloigna d'abord. Vers l'horizon, le ciel se baissant
se mêlait à l'Océan. Vers la terre, la haute falaise droite
faisait une grande ombre à son pied, et des pentes de
gazon pleines de soleil l'échancraient par endroits. Là-
bas, en arrière, des voiles brunes sortaient de la jetée
blanche de Fécamp, et là-bas, en avant, une roche d'une
forme étrange, arrondie et percée à jour, avait à peu près
la figure d'un éléphant énorme enfonçant sa trompe dans
les flots. C'était la petite porte d'Etretat [1].

Jeanne, tenant le bordage d'une main, un peu étourdie
par le bercement des vagues, regardait au loin ; et il lui
semblait que trois seules choses étaient vraiment belles
dans la création : la lumière, l'espace et l'eau [2].

Personne ne parlait. Le père Lastique, qui tenait la
barre et l'écoute, buvait un coup de temps en temps à
même une bouteille cachée sous son banc ; et il fumait,
sans repos, son moignon de pipe qui semblait inextingui-
ble. Il en sortait toujours un mince filet de fumée bleue

tandis qu'un autre tout pareil s'échappait du coin de sa bouche. Et on ne voyait jamais le matelot rallumer le fourneau de terre plus noir que l'ébène, ou le remplir de tabac. Quelquefois il le prenait d'une main, l'ôtait de ses lèvres, et du même coin d'où sortait la fumée lançait à la mer un long jet de salive brune.

Le baron, assis à l'avant, surveillait la voile, tenant la place d'un homme. Jeanne et le vicomte se trouvaient côte à côte, un peu troublés tous les deux. Une force inconnue faisait se rencontrer leurs yeux qu'ils levaient au même moment comme si une affinité les eût avertis ; car entre eux flottait déjà cette subtile et vague tendresse qui naît si vite entre deux jeunes gens, lorsque le garçon n'est pas laid et que la fille est jolie. Ils se sentaient heureux l'un près de l'autre, peut-être parce qu'ils pensaient l'un à l'autre.

Le soleil montait comme pour considérer de plus haut la vaste mer étendue sous lui ; mais elle eut comme une coquetterie et s'enveloppa d'une brume légère qui la voilait à ses rayons. C'était un brouillard transparent, très bas, doré, qui ne cachait rien, mais rendait les lointains plus doux. L'astre dardait ses flammes, faisait fondre cette nuée brillante ; et, lorsqu'il fut dans toute sa force, la buée s'évapora, disparut ; et la mer, lisse comme une glace, se mit à miroiter dans la lumière.

Jeanne, tout émue, murmura : « Comme c'est beau ! » Le vicomte répondit : « Oh oui, c'est beau. » La clarté sereine de cette matinée faisait s'éveiller comme un écho dans leurs cœurs.

Et soudain on découvrit les grandes arcades d'Etretat, pareilles à deux jambes de la falaise marchant dans la mer, hautes à servir d'arche à des navires ; tandis qu'une aiguille de roche blanche et pointue se dressait devant la première.

On aborda, et pendant que le baron, descendu le premier, retenait la barque au rivage en tirant sur une

corde, le vicomte prit dans ses bras Jeanne pour la
déposer à terre sans qu'elle se mouillât les pieds ; puis ils
montèrent la dure banque de galet, côte à côte, émus tous
deux de ce rapide enlacement, et ils entendirent tout à
coup le père Lastique disant au baron : « M'est avis que
ça ferait un joli couple tout de même. »

Dans une petite auberge, près de la plage, le déjeuner
fut charmant. L'Océan, engourdissant la voix et la
pensée, les avait rendus silencieux ; la table les fit bavards,
et bavards comme des écoliers en vacance.

Les choses les plus simples leur donnaient d'interminables gaietés.

Le père Lastique, en se mettant à table, cacha soigneusement dans son béret sa pipe qui fumait encore ; et l'on
rit. Une mouche, attirée sans doute par son nez rouge,
s'en vint à plusieurs reprises se poser dessus ; et, lorsqu'il
l'avait chassée d'un coup de main trop lent pour la saisir,
elle allait se poster sur un rideau de mousseline, que
beaucoup de ses sœurs avaient déjà maculé, et elle
semblait guetter avidement le pif enluminé du matelot,
car elle reprenait aussitôt son vol pour revenir s'y
installer.

A chaque voyage de l'insecte un rire fou jaillissait ; et,
lorsque le vieux, ennuyé par ce chatouillement, murmura : « Elle est bougrement obstinée », Jeanne et le
vicomte se mirent à pleurer de gaieté, se tordant,
étouffant, la serviette sur la bouche pour ne pas crier.

Lorsqu'on eut pris le café : « Si nous allions nous
promener », dit Jeanne. Le vicomte se leva ; mais le baron
préférait faire son lézard au soleil sur le galet : « Allez-
vous-en, mes enfants, vous me retrouverez ici dans une
heure. »

Ils traversèrent en ligne droite les quelques chaumières
du pays ; et, après avoir dépassé un petit château qui
ressemblait à une grande ferme, ils se trouvèrent dans une
vallée découverte allongée devant eux.

Le mouvement de la mer les avait alanguis, troublant leur équilibre ordinaire, le grand air salin les avait affamés, puis le déjeuner les avait étourdis et la gaieté les avait énervés. Ils se sentaient maintenant un peu fous avec des envies de courir éperdument dans les champs. Jeanne entendait bourdonner ses oreilles, toute remuée par des sensations nouvelles et rapides.

Un soleil dévorant tombait sur eux. Des deux côtés de la route les récoltes mûres se penchaient, pliées sous la chaleur. Les sauterelles s'égosillaient nombreuses comme les brins d'herbe, jetant partout, dans les blés, dans les seigles, dans les joncs marins des côtes, leur cri maigre et assourdissant.

Aucune autre voix ne montait sous le ciel torride, d'un bleu miroitant et jauni comme s'il allait tout d'un coup devenir rouge, à la façon des métaux trop rapprochés d'un brasier.

Ayant aperçu un petit bois, plus loin, à droite, ils y allèrent.

Encaissée entre deux talus, une allée droite s'avançait sous de grands arbres impénétrables au soleil. Une espèce de fraîcheur moisie les saisit en entrant, cette humidité qui fait frissonner la peau et pénètre dans les poumons. L'herbe avait disparu, faute de jour et d'air libre; mais une mousse cachait le sol.

Ils avançaient : « Tiens, là-bas, nous pourrons nous asseoir un peu », dit-elle. Deux vieux arbres étaient morts et, profitant du trou fait dans la verdure, une averse de lumière tombait là, chauffait la terre, avait réveillé des germes de gazon, de pissenlits et de lianes, fait éclore des petites fleurs blanches, fines comme un brouillard, et des digitales pareilles à des fusées. Des papillons, des abeilles, des frelons trapus, des cousins démesurés qui ressemblaient à des squelettes de mouches[1], mille insectes volants, des bêtes à bon Dieu roses et tachetées, des bêtes d'enfer aux reflets verdâtres, d'autres noires avec des cornes, peuplaient ce puits lumineux et chaud, creusé dans l'ombre glacée des lourds feuillages.

Ils s'assirent, la tête à l'abri et les pieds dans la chaleur. Ils regardaient toute cette vie grouillante et petite qu'un rayon fait apparaître ; et Jeanne attendrie répétait : « Comme on est bien ! que c'est bon la campagne ! Il y a des moments où je voudrais être mouche ou papillon pour me cacher dans les fleurs. »

Ils parlèrent d'eux, de leurs habitudes, de leurs goûts, sur ce ton plus bas, intime, dont on fait les confidences. Il se disait déjà dégoûté du monde, las de sa vie futile ; c'était toujours la même chose ; on n'y rencontrait rien de vrai, rien de sincère.

Le monde ! elle aurait bien voulu le connaître ; mais elle était convaincue d'avance qu'il ne valait pas la campagne.

Et plus leurs cœurs se rapprochaient, plus ils s'appelaient avec cérémonie « Monsieur et Mademoiselle », plus aussi leurs regards se souriaient, se mêlaient ; et il leur semblait qu'une bonté nouvelle entrait en eux, une affection plus épandue, un intérêt à mille choses dont ils ne s'étaient jamais souciés.

Ils revinrent ; mais le baron était parti à pied jusqu'à la Chambre-aux-Demoiselles [1], grotte suspendue dans une crête de falaise ; et ils l'attendirent à l'auberge.

Il ne reparut qu'à cinq heures du soir, après une longue promenade sur les côtes.

On remonta dans la barque. Elle s'en allait mollement, vent arrière, sans secousse aucune, sans avoir l'air d'avancer. La brise arrivait par souffles lents et tièdes qui tendaient la voile une seconde, puis la laissaient retomber, flasque, le long du mât. L'onde opaque semblait morte ; et le soleil épuisé d'ardeurs, suivant sa route arrondie, s'approchait d'elle tout doucement.

L'engourdissement de la mer faisait de nouveau taire tout le monde.

Jeanne dit enfin : « Comme j'aimerais voyager ! »

Le vicomte reprit : « Oui, mais c'est triste de voyager seul, il faut être au moins deux pour se communiquer ses impressions. »

Elle réfléchit : « C'est vrai... j'aime à me promener seule cependant... comme on est bien quand on rêve, toute seule... »

Il la regarda longuement : « On peut aussi rêver à deux. »

Elle baissa les yeux. Etait-ce une allusion ? Peut-être. Elle considéra l'horizon comme pour découvrir encore plus loin ; puis, d'une voix lente : « Je voudrais aller en Italie... ; et en Grèce... ah oui, en Grèce... et en Corse ! ce doit être si sauvage et si beau ! »

Il préférait la Suisse à cause des chalets et des lacs.

Elle disait : « Non, j'aimerais les pays tout neufs comme la Corse, ou les pays très vieux et pleins de souvenirs, comme la Grèce. Ce doit être si doux de retrouver les traces de ces peuples dont nous savons l'histoire depuis notre enfance, de voir les lieux où se sont accomplies les grandes choses. »

Le vicomte, moins exalté, déclara : « Moi, l'Angleterre m'attire beaucoup ; c'est une région fort instructive. »

Alors ils parcoururent l'univers, discutant les agréments de chaque pays, depuis les pôles jusqu'à l'équateur, s'extasiant sur des paysages imaginaires et les mœurs invraisemblables de certains peuples comme les Chinois ou les Lapons ; mais ils en arrivèrent à conclure que le plus beau pays du monde, c'était la France, avec son climat tempéré, frais l'été et doux l'hiver, ses riches campagnes, ses vertes forêts, ses grands fleuves calmes et ce culte des beaux-arts qui n'avait existé nulle part ailleurs, depuis les grands siècles d'Athènes [1].

Puis ils se turent.

Le soleil, plus bas, semblait saigner ; et une large traînée lumineuse, une route éblouissante courait sur l'eau depuis la limite de l'Océan jusqu'au sillage de la barque.

Les derniers souffles de vent tombèrent ; toute ride s'aplanit ; et la voile immobile était rouge. Une accalmie illimitée semblait engourdir l'espace, faire le silence autour de cette rencontre d'élements ; tandis que, cambrant sous le ciel son ventre luisant et liquide, la mer, fiancée monstrueuse, attendait l'amant de feu qui descendait vers elle. Il précipitait sa chute, empourpré comme par le désir de leur embrassement. Il la joignit ; et, peu à peu, elle le dévora.

Alors de l'horizon une fraîcheur accourut ; un frisson plissa le sein mouvant de l'eau comme si l'astre englouti eût jeté sur le monde un soupir d'apaisement.

Le crépuscule fut court ; la nuit se déploya criblée d'astres. Le père Lastique prit les rames ; et on s'aperçut que la mer était phosphorescente. Jeanne et le vicomte, côte à côte, regardaient ces lueurs mouvantes que la barque laissait derrière elle. Ils ne songeaient presque plus, contemplant vaguement, aspirant le soir dans un bien-être délicieux ; et comme Jeanne avait une main appuyée sur le banc, un doigt de son voisin se posa, comme par hasard, contre sa peau ; elle ne remua point, surprise, heureuse, et confuse de ce contact si léger.

Quand elle fut rentrée le soir, dans sa chambre, elle se sentit étrangement remuée et tellement attendrie que tout lui donnait envie de pleurer. Elle regarda sa pendule, pensa que la petite abeille battait à la façon d'un cœur, d'un cœur ami ; qu'elle serait le témoin de toute sa vie, qu'elle accompagnerait ses joies et ses chagrins de ce tic-tac vif et régulier ; et elle arrêta la mouche dorée pour mettre un baiser sur ses ailes. Elle aurait embrassé n'importe quoi. Elle se souvint d'avoir caché dans le fond d'un tiroir une vieille poupée d'autrefois ; elle la recher-cha, la revit avec la joie qu'on a en retrouvant des amies adorées ; et, la serrant contre sa poitrine, elle cribla de baisers ardents les joues peintes et la filasse frisée du joujou.

Et, tout en le gardant en ses bras, elle songea.

Etait-ce bien LUI l'époux promis par mille voix secrètes, qu'une Providence souverainement bonne avait ainsi jeté sur sa route ? Etait-ce bien l'être créé pour elle, à qui elle dévouerait son existence ? Etaient-ils ces deux prédestinés dont les tendresses se joignant devaient s'étreindre, se mêler indissolublement, engendrer L'AMOUR ?

Elle n'avait point encore ces élans tumultueux de tout son être, ces ravissements fous, ces soulèvements profonds qu'elle croyait être la passion ; il lui semblait cependant qu'elle commençait à l'aimer, car elle se sentait parfois toute défaillante en pensant à lui ; et elle y pensait sans cesse. Sa présence lui remuait le cœur ; elle rougissait et pâlissait en rencontrant son regard, et frissonnait en entendant sa voix.

Elle dormit bien peu cette nuit-là.

Alors de jour en jour le troublant désir d'aimer l'envahit davantage. Elle se consultait sans cesse, consultait aussi les marguerites, les nuages, des pièces de monnaie jetées en l'air.

Or, un soir, son père lui dit : « Fais-toi belle demain matin. » Elle demanda : « Pourquoi, papa ? » Il reprit : « C'est un secret. »

Et quand elle descendit le lendemain toute fraîche dans une toilette claire, elle trouva la table du salon couverte de boîtes de bonbons ; et, sur une chaise, un énorme bouquet.

Une voiture entra dans la cour. On lisait dessus : « Lerat, pâtissier à Fécamp. Repas de noces » ; et Ludivine, aidée d'un marmiton, tirait d'une trappe ouvrant derrière la carriole beaucoup de grands paniers plats qui sentaient bon.

Le vicomte de Lamare parut. Son pantalon était tendu

et retenu sous de mignonnes bottes vernies qui faisaient voir la petitesse de son pied. Sa longue redingote serrée à la taille laissait sortir par l'échancrure sur la poitrine la dentelle de son jabot ; et une cravate fine, à plusieurs tours, le forçait à porter haut sa belle tête brune empreinte d'une distinction grave. Il avait un autre air que de coutume, cet aspect particulier que la toilette donne subitement aux visages les mieux connus. Jeanne, stupéfaite, le regardait comme si elle ne l'avait point encore vu ; elle le trouvait souverainement gentil-homme, grand seigneur de la tête aux pieds.

Il s'inclina, en souriant : « Eh bien, ma commère, êtes-vous prête ? »

Elle balbutia : « Mais quoi ? Qu'y a-t-il donc ?

— Tu le sauras tout à l'heure », dit le baron.

La calèche attelée s'avança, madame Adélaïde descendit de sa chambre en grand apparat au bras de Rosalie, qui parut tellement émue par l'élégance de M. de Lamare que petit père murmura : « Dites donc, Vicomte, je crois que notre bonne vous trouve à son goût. » Il rougit jusqu'aux oreilles, fit semblant de n'avoir pas entendu, et, s'emparant du gros bouquet, le présenta à Jeanne. Elle le prit plus étonnée encore. Tous les quatre montèrent en voiture ; et la cuisinière Ludivine, qui apportait à la baronne un bouillon froid pour la soutenir, déclara : « Vrai, Madame, on dirait une noce. »

On mit pied à terre en entrant dans Yport et, à mesure qu'on avançait à travers le village, les matelots dans leurs hardes neuves, dont les plis se voyaient, sortaient de leurs maisons, saluaient, serraient la main du baron et se mettaient à suivre comme derrière une procession.

Le vicomte avait offert son bras à Jeanne et marchait en tête avec elle.

Lorsqu'on arriva devant l'église, on s'arrêta ; et la

grande croix d'argent parut, tenue droite par un enfant de chœur précédant un autre gamin rouge et blanc qui portait l'urne d'eau bénite où trempait le goupillon.

Puis passèrent trois vieux chantres dont l'un boitait, puis le serpent [1], puis le curé soulevant de son ventre pointu l'étole dorée, croisée dessus. Il dit bonjour d'un sourire et d'un signe de tête ; puis, les yeux mi-clos, les lèvres remuées d'une prière, la barrette enfoncée jusqu'au nez, il suivit son état-major en surplis en se dirigeant vers la mer.

Sur la plage une foule attendait autour d'une barque neuve enguirlandée. Son mât, sa voile, ses cordages étaient couverts de longs rubans qui voltigeaient dans la brise, et son nom JEANNE apparaissait en lettres d'or, à l'arrière.

Le père Lastique, patron de ce bateau construit avec l'argent du baron, s'avança au-devant du cortège. Tous les hommes, d'un même mouvement, ôtèrent ensemble leurs coiffures ; et une rangée de dévotes, encapuchonnées sous de vastes mantes noires à grands plis tombant des épaules, s'agenouillèrent en cercle à l'aspect de la croix.

Le curé, entre les deux enfants de chœur, s'en vint à l'un des bouts de l'embarcation, tandis qu'à l'autre, les trois vieux chantres, crasseux dans leur blanche vêture, le menton poileux, l'air grave, l'œil sur le livre de plain-chant, détonnaient à pleine gueule dans la claire matinée.

Chaque fois qu'ils reprenaient haleine, le serpent tout seul continuait son mugissement ; et dans l'enflure de ses joues pleines de vent ses petits yeux gris disparaissaient. La peau du front même, et celle du cou, semblaient décollées de la chair tant il se gonflait en soufflant.

La mer immobile et transparente semblait assister recueillie, au baptême de sa nacelle, roulant à peine, avec un tout petit bruit de râteau grattant le galet, des vaguettes hautes comme le doigt. Et les grandes mouettes blanches aux ailes déployées passaient en décrivant des

courbes dans le ciel bleu, s'éloignaient, revenaient d'un
vol arrondi au-dessus de la foule agenouillée, comme pour
voir aussi ce qu'on faisait là.

Mais le chant s'arrêta après un amen hurlé cinq
minutes ; et le prêtre, d'une voix empâtée, gloussa
quelques mots latins dont on ne distinguait que les
terminaisons sonores.

Il fit ensuite le tour de la barque en l'aspergeant d'eau
bénite, puis il commença à murmurer des orémus en se
tenant à présent le long d'un bordage en face du parrain et
de la marraine qui demeuraient immobiles, la main dans
la main.

Le jeune homme gardait sa figure grave de beau
garçon, mais la jeune fille, étranglée par une émotion
soudaine, défaillante, se mit à trembler tellement, que ses
dents s'entrechoquaient. Le rêve qui la hantait depuis
quelque temps, venait de prendre tout à coup, dans une
espèce d'hallucination, l'apparence d'une réalité. On avait
parlé de noce, un prêtre était là, bénissant, des hommes
en surplis psalmodiaient des prières ; n'était-ce pas elle
qu'on mariait !

Eut-elle dans les doigts une secousse nerveuse, l'obsession de son cœur avait-elle couru le long de ses veines
jusqu'au cœur de son voisin ? Comprit-il, devina-t-il, fut-
il comme elle envahi par une sorte d'ivresse d'amour ? ou
bien, savait-il seulement par expérience qu'aucune femme
ne lui résistait ? Elle s'aperçut soudain qu'il pressait sa
main, doucement d'abord, puis plus fort, plus fort, à la
briser. Et, sans que sa figure remuât, sans que personne
s'en aperçût, il dit, oui certes, il dit très distinctement :
« Oh, Jeanne, si vous vouliez, ce seraient nos fiançailles. »

Elle baissa la tête d'un mouvement très lent qui peut-
être voulait dire « oui ». Et le prêtre qui jetait encore de
l'eau bénite leur en envoya quelques gouttes sur les
doigts.

C'était fini. Les femmes se relevaient. Le retour fut une

débandade. La croix, entre les mains de l'enfant de
chœur, avait perdu sa dignité ; elle filait vite, oscillant de
droite et de gauche, ou bien penchée en avant, prête à
tomber sur le nez. Le curé, qui ne priait plus, galopait
derrière ; les chantres et le serpent avaient disparu par une
ruelle pour être plus tôt[1] déshabillés ; et les matelots, par
groupes, se hâtaient. Une même pensée, qui mettait en
leur tête comme une odeur de cuisine, allongeait les
jambes, mouillait les bouches de salive, descendait jusqu'au fond des ventres où elle faisait chanter les boyaux.

Un bon déjeuner les attendait aux Peuples.

La grande table était mise dans la cour sous les
pommiers. Soixante personnes y prirent place ; marins et
paysans. La baronne, au centre, avait à ses côtés les deux
curés, celui d'Yport et celui des Peuples. Le baron, en
face, était flanqué du maire et de sa femme, maigre
campagnarde déjà vieille, qui adressait de tous les côtés
une multitude de petits saluts. Elle avait une figure étroite
serrée dans son grand bonnet normand, une vraie tête de
poule à huppe blanche, avec un œil tout rond et toujours
étonné ; et elle mangeait par petits coups rapides comme
si elle eût picoté son assiette avec son nez[2].

Jeanne, à côté du parrain, voyageait dans le bonheur.
Elle ne voyait plus rien, ne savait plus rien, et se taisait, la
tête brouillée de joie.

Elle lui demanda : « Quel est donc votre petit nom ? »

Il dit : « Julien. Vous ne saviez pas ? »

Mais elle ne répondit point, pensant : « Comme je le
répéterai souvent, ce nom-là ! »

Quand le repas fut fini, on laissa la cour aux matelots et
on passa de l'autre côté du château. La baronne se mit à
faire son exercice, appuyée sur le baron, escortée de ses
deux prêtres. Jeanne et Julien allèrent jusqu'au bosquet,
entrèrent dans les petits chemins touffus ; et tout à coup il
lui saisit les mains : « Dites, voulez-vous être ma
femme ? »

Elle baissa encore la tête ; et comme il balbutiait :
« Répondez, je vous en supplie ! » elle releva ses yeux
vers lui, tout doucement ; et il lut la réponse dans son
regard.

IV

Le baron, un matin, entra dans la chambre de Jeanne avant qu'elle fût levée, et, s'asseyant sur les pieds du lit : « M. le vicomte de Lamare nous a demandé ta main. »

Elle eut envie de cacher sa figure sous ses draps.

Son père reprit : « Nous avons remis notre réponse à tantôt. » Elle haletait, étranglée par l'émotion. Au bout d'une minute le baron, qui souriait, ajouta : « Nous n'avons voulu rien faire sans t'en parler. Ta mère et moi ne sommes pas opposés à ce mariage, sans prétendre cependant t'y engager. Tu es beaucoup plus riche que lui, mais, quand il s'agit du bonheur d'une vie, on ne doit pas se préoccuper de l'argent. Il n'a plus aucun parent ; si tu l'épousais donc, ce serait un fils qui entrerait dans notre famille, tandis qu'avec un autre, c'est toi, notre fille, qui irais chez des étrangers. Le garçon nous plaît. Te plairait-il... à toi ? »

Elle balbutia, rouge jusqu'aux cheveux : « Je veux bien, papa. »

Et petit père, en la regardant au fond des yeux, et riant toujours, murmura : « Je m'en doutais un peu, Mademoiselle. »

Elle vécut jusqu'au soir comme si elle était grise, sans savoir ce qu'elle faisait, prenant machinalement des objets pour d'autres, et les jambes toutes molles de fatigue sans qu'elle eût marché.

Vers six heures, comme elle était assise avec petite mère sous le platane, le vicomte parut.

Le cœur de Jeanne se mit à battre follement. Le jeune homme s'avançait sans paraître ému. Lorsqu'il fut tout près, il prit les doigts de la baronne et les baisa, puis soulevant à son tour la main frémissante de la jeune fille, il y déposa de toutes ses lèvres un long baiser tendre et reconnaissant.

Et la radieuse saison des fiançailles commença. Ils causaient seuls dans les coins du salon ou bien assis sur le talus au fond du bosquet devant la lande sauvage. Parfois, ils se promenaient dans l'allée de petite mère, lui, parlant d'avenir, elle, les yeux baissés sur la trace poudreuse du pied de la baronne.

Une fois la chose décidée, on voulut hâter le dénouement ; il fut donc convenu que la cérémonie aurait lieu dans six semaines, au 15 août ; et que les jeunes mariés partiraient immédiatement pour leur voyage de noce. Jeanne consultée sur le pays qu'elle voulait visiter se décida pour la Corse où l'on devait être plus seuls que dans les villes d'Italie.

Ils attendaient le moment fixé pour leur union sans impatience trop vive, mais enveloppés, roulés dans une tendresse délicieuse, savourant le charme exquis des insignifiantes caresses, des doigts pressés, des regards passionnés si longs que les âmes semblent se mêler ; et vaguement tourmentés par le désir indécis des grandes étreintes.

On résolut de n'inviter personne au mariage, à l'exception de tante Lison, la sœur de la baronne, qui vivait comme dame pensionnaire dans un couvent de Versailles [1].

Après la mort de leur père, la baronne avait voulu garder sa sœur avec elle ; mais la vieille fille, poursuivie par l'idée qu'elle gênait tout le monde, qu'elle était inutile et importune, se retira dans une de ces maisons religieuses qui louent des appartements aux gens tristes et isolés dans l'existence.

Elle venait, de temps en temps, passer un mois ou deux dans sa famille.

C'était une petite femme qui parlait peu, s'effaçait toujours, apparaissait seulement aux heures des repas, et remontait ensuite dans sa chambre où elle restait enfermée sans cesse.

Elle avait un air bon et vieillot, bien qu'elle fût âgée seulement de quarante-deux ans, un œil doux et triste[1] ; elle n'avait jamais compté pour rien dans sa famille. Toute petite, comme elle n'était point jolie ni turbulente, on ne l'embrassait guère ; et elle restait tranquille et douce dans les coins. Depuis elle demeura toujours sacrifiée. Jeune fille, personne ne s'occupa d'elle.

C'était quelque chose comme une ombre ou un objet familier, un meuble vivant qu'on est accoutumé à voir chaque jour, mais dont on ne s'inquiète jamais.

Sa sœur, par habitude prise dans la maison paternelle, la considérait comme un être manqué, tout à fait insignifiant. On la traitait avec une familiarité sans gêne qui cachait une sorte de bonté méprisante. Elle s'appelait Lise et semblait gênée par ce nom pimpant et jeune. Quand on avait vu qu'elle ne se mariait pas, qu'elle ne se marierait sans doute point, de Lise on avait fait Lison. Depuis la naissance de Jeanne, elle était devenue « tante Lison », une humble parente, proprette, affreusement timide, même avec sa sœur et son beau-frère qui l'aimaient pourtant, mais d'une affection vague participant d'une tendresse indifférente, d'une compassion inconsciente et d'une bienveillance naturelle.

Quelquefois, quand la baronne parlait des choses lointaines de sa jeunesse, elle prononçait, pour fixer une date : « C'était à l'époque du coup de tête de Lison. »

On n'en disait jamais plus ; et ce « coup de tête » restait comme enveloppé de brouillard.

Un soir Lise, âgée alors de vingt ans, s'était jetée à l'eau sans qu'on sût pourquoi. Rien dans sa vie, dans ses manières, ne pouvait faire pressentir cette folie. On l'avait repêchée à moitié morte ; et ses parents, levant des bras indignés, au lieu de chercher la cause mystérieuse de cette action, s'étaient contentés de parler du « coup de tête », comme ils parlaient de l'accident du cheval « Coco » qui s'était cassé la jambe un peu auparavant dans une ornière et qu'on avait été obligé d'abattre.

Depuis lors, Lise, bientôt Lison, fut considérée comme un esprit très faible. Le doux mépris qu'elle inspirait à ses proches s'infiltra lentement dans le cœur de tous les gens qui l'entouraient. La petite Jeanne elle-même, avec cette divination naturelle des enfants, ne s'occupait point d'elle, ne montait jamais l'embrasser dans son lit, ne pénétrait jamais dans sa chambre. La bonne Rosalie, qui donnait à cette chambre les quelques soins nécessaires, semblait seule savoir où elle était située.

Quand tante Lison entrait dans la salle à manger pour le déjeuner, la « Petite » allait, par habitude, lui tendre son front[1] ; et voilà tout.

Si quelqu'un voulait lui parler, on envoyait un domestique la quérir ; et, quand elle n'était pas là, on ne s'occupait jamais d'elle, on ne songeait jamais à elle, on n'aurait jamais eu la pensée de s'inquiéter, de demander : « Tiens, mais je n'ai pas vu Lison, ce matin. »

Elle ne tenait point de place ; c'était un de ces êtres qui demeurent inconnus même à leurs proches, comme inexplorés, et dont la mort ne fait ni trou ni vide dans une maison, un de ces êtres qui ne savent entrer ni dans l'existence, ni dans les habitudes, ni dans l'amour de ceux qui vivent à côté d'eux.

Quand on prononçait « tante Lison », ces deux mots n'éveillaient pour ainsi dire aucune affection en l'esprit de personne. C'est comme si on avait dit : « la cafetière ou le sucrier ».

Elle marchait toujours à petits pas pressés et muets ; ne faisait jamais de bruit, ne heurtait jamais rien, semblait communiquer aux objets la propriété de ne rendre aucun son. Ses mains paraissaient faites d'une espèce de ouate, tant elle maniait légèrement et délicatement ce qu'elle touchait.

Elle arriva vers la mi-juillet, toute bouleversée par l'idée de ce mariage. Elle apportait une foule de cadeaux qui, venant d'elle, demeurèrent presque inaperçus.

Dès le lendemain de sa venue on ne remarqua plus qu'elle était là.

Mais en elle fermentait une émotion extraordinaire, et ses yeux ne quittaient point les fiancés. Elle s'occupa du trousseau avec une énergie singulière, une activité fiévreuse, travaillant comme une simple couturière dans sa chambre où personne ne la venait voir.

A tout moment elle présentait à la baronne des mouchoirs qu'elle avait ourlés elle-même, des serviettes dont elle avait brodé les chiffres, en demandant : « Est-ce bien comme ça, Adélaïde ? » Et petite mère, tout en examinant nonchalamment l'objet, répondait : « Ne te donne donc pas tant de mal, ma pauvre Lison. »

Un soir, vers la fin du mois, après une journée de lourde chaleur, la lune se leva dans une de ces nuits claires et tièdes, qui troublent, attendrissent, font s'exalter, semblent éveiller toutes les poésies secrètes de l'âme. Les souffles doux des champs entraient dans le salon tranquille. La baronne et son mari jouaient mollement une partie de cartes dans la clarté ronde que l'abat-jour de la lampe dessinait sur la table ; tante Lison, assise entre eux, tricotait ; et les jeunes gens accoudés à la fenêtre ouverte regardaient le jardin plein de clarté.

Le tilleul et le platane semaient leur ombre sur le

grand gazon qui s'étendait ensuite, pâle et luisant, jusqu'au bosquet tout noir.

Attirée invinciblement par le charme tendre de cette nuit, par cet éclairement vaporeux des arbres et des massifs, Jeanne se tourna vers ses parents : « Petit père, nous allons faire un tour, là, sur l'herbe, devant le château. » Le baron dit, sans quitter son jeu : « Allez, mes enfants », et se remit à sa partie.

Ils sortirent et commencèrent à marcher lentement sur la grande pelouse blanche jusqu'au petit bois du fond.

L'heure avançait sans qu'ils songeassent à rentrer. La baronne fatiguée voulut monter à sa chambre : « Il faut rappeler les amoureux », dit-elle.

Le baron, d'un coup d'œil, parcourut le vaste jardin lumineux, où les deux ombres erraient doucement.

« Laisse-les donc, reprit-il, il fait si bon dehors ! Lison va les attendre ; n'est-ce pas, Lison ? »

La vieille fille releva ses yeux inquiets, et répondit de sa voix timide : « Certainement, je les attendrai. »

Petit père souleva la baronne, et, lassé lui-même par la chaleur du jour : « Je vais me coucher aussi », dit-il. Et il partit avec sa femme.

Alors tante Lison à son tour se leva, et, laissant sur le bras du fauteuil l'ouvrage commencé, sa laine et la grande aiguille, elle vint s'accouder à la fenêtre et contempla la nuit charmante.

Les deux fiancés allaient sans fin, à travers le gazon, du bosquet jusqu'au perron, du perron jusqu'au bosquet. Ils se serraient les doigts et ne parlaient plus, comme sortis d'eux-mêmes, tout mêlés à la poésie visible qui s'exhalait de la terre.

Jeanne tout à coup aperçut dans le cadre de la fenêtre la silhouette de la vieille fille que dessinait la clarté de la lampe.

« Tiens, dit-elle, tante Lison qui nous regarde. »

Le vicomte releva la tête, et, de cette voix indifférente qui parle sans pensée :

« Oui, tante Lison nous regarde. »

Et ils continuèrent à rêver, à marcher lentement, à s'aimer.

Mais la rosée couvrait l'herbe, ils eurent un petit frisson de fraîcheur.

« Rentrons maintenant », dit-elle.

Et ils revinrent.

Lorsqu'ils pénétrèrent dans le salon, tante Lison s'était remise à tricoter ; elle avait le front penché sur son travail ; et ses doigts maigres tremblaient un peu, comme s'ils eussent été très fatigués.

Jeanne s'approcha :

« Tante, on va dormir, à présent. »

La vieille fille tourna les yeux ; ils étaient rouges comme si elle eût pleuré. Les amoureux n'y prirent point garde ; mais le jeune homme aperçut soudain les fins souliers de la jeune fille tout couverts d'eau. Il fut saisi d'inquiétude et demanda tendrement : « N'avez-vous point froid à vos chers petits pieds ? »

Et tout à coup les doigts de la tante furent secoués d'un tremblement si fort que son ouvrage s'en échappa ; la pelote de laine roula au loin sur le parquet ; et, cachant brusquement sa figure dans ses mains, elle se mit à pleurer par grands sanglots convulsifs.

Les deux fiancés la regardaient stupéfaits, immobiles. Jeanne brusquement se mit à ses genoux, écarta ses bras, bouleversée, répétant :

« Mais qu'as-tu, tante Lison ? »

Alors la pauvre femme, balbutiant, avec la voix toute mouillée de larmes, et le corps crispé de chagrin, répondit :

« C'est quand il t'a demandé... N'avez-vous pas froid à... à... à vos chers petits pieds ?... on ne m'a jamais dit de ces choses-là... à moi... jamais... jamais... »

Jeanne, surprise, apitoyée, eut cependant envie de rire à la pensée d'un amoureux débitant des tendresses à Lison ; et le vicomte s'était retourné pour cacher sa gaieté.

Mais la tante se leva soudain, laissa sa laine à terre et son tricot sur le fauteuil, et elle se sauva sans lumière dans l'escalier sombre, cherchant sa chambre à tâtons.

Restés seuls, les deux jeunes gens se regardèrent, égayés et attendris. Jeanne murmura : « Cette pauvre tante !... » Julien reprit : « Elle doit être un peu folle, ce soir [1]. »

Ils se tenaient les mains sans se décider à se séparer, et doucement, tout doucement ils échangèrent leur premier baiser devant le siège vide que venait de quitter tante Lison.

Ils ne pensaient plus guère, le lendemain, aux larmes de la vieille fille.

Les deux semaines qui précédèrent le mariage laissèrent Jeanne assez calme et tranquille comme si elle eût été fatiguée d'émotions douces.

Elle n'eut pas non plus le temps de réfléchir durant la matinée du jour décisif. Elle éprouvait seulement une grande sensation de vide en tout son corps, comme si sa chair, son sang, ses os, se fussent fondus sous la peau ; et elle s'apercevait, en touchant les objets, que ses doigts tremblaient beaucoup.

Elle ne reprit possession d'elle que dans le chœur de l'église pendant l'office.

Mariée ! Ainsi elle était mariée ! La succession de choses, de mouvements, d'événements accomplis depuis l'aube lui paraissait un rêve, un vrai rêve. Il est de ces moments où tout semble changé autour de nous ; les gestes même ont une signification nouvelle ; jusqu'aux heures, qui ne semblent plus à leur place ordinaire.

Elle se sentait étourdie, étonnée surtout. La veille encore rien n'était modifié dans son existence ; l'espoir constant de sa vie devenait seulement plus proche, presque palpable. Elle s'était endormie jeune fille ; elle était femme maintenant.

Donc elle avait franchi cette barrière qui semble cacher l'avenir avec toutes ses joies, ses bonheurs rêvés. Elle sentait comme une porte ouverte devant elle ; elle allait entrer dans l'Attendu.

La cérémonie finissait. On passa dans la sacristie presque vide ; car on n'avait invité personne ; puis on ressortit.

Quand ils apparurent sur la porte de l'église, un fracas formidable fit faire un bond à la mariée et pousser un grand cri à la baronne : c'était une salve de coups de fusil tirée par les paysans ; et jusqu'aux Peuples les détonations ne cessèrent plus.

Une collation était servie pour la famille, le curé des châtelains et celui d'Yport, le maire et les témoins choisis parmi les gros cultivateurs des environs.

Puis on fit un tour dans le jardin pour attendre le dîner. Le baron, la baronne, tante Lison, le maire et l'abbé Picot se mirent à parcourir l'allée de petite mère ; tandis que dans l'allée en face l'autre prêtre lisait son bréviaire en marchant à grands pas.

On entendait, de l'autre côté du château, la gaieté bruyante des paysans qui buvaient du cidre sous les pommiers. Tout le pays endimanché emplissait la cour. Les gars et les filles se poursuivaient.

Jeanne et Julien traversèrent le bosquet, puis montèrent sur le talus, et, muets tous deux, se mirent à regarder la mer. Il faisait un peu frais, bien qu'on fût au milieu d'août ; le vent du nord soufflait, et le grand soleil luisait durement dans le ciel tout bleu.

Les jeunes gens, pour trouver de l'abri, traversèrent la lande en tournant à droite, voulant gagner la vallée ondulante et boisée qui descend vers Yport. Dès qu'ils eurent atteint les taillis, aucun souffle ne les effleura plus, et ils quittèrent le chemin pour prendre un étroit sentier s'enfonçant sous les feuilles. Ils pouvaient à peine marcher de front ; alors elle sentit un bras qui se glissait lentement autour de sa taille.

Elle ne disait rien, haletante, le cœur précipité, la respiration coupée. Des branches basses leur caressaient les cheveux ; ils se courbaient souvent pour passer. Elle cueillit une feuille ; deux bêtes à bon Dieu, pareilles à deux frêles coquillages rouges, étaient blotties dessous.

Alors elle dit, innocente et rassurée un peu : « Tiens, un ménage. »

Julien effleura son oreille de sa bouche : « Ce soir vous serez ma femme. »

Quoiqu'elle eût appris bien des choses dans son séjour aux champs, elle ne songeait encore qu'à la poésie de l'amour, et fut surprise. Sa femme ? ne l'était-elle pas déjà ?

Alors il se mit à l'embrasser à petits baisers rapides sur la tempe et sur le cou, là où frisaient les premiers cheveux. Saisie chaque fois par ces baisers d'homme auxquels elle n'était point habituée, elle penchait instinctivement la tête de l'autre côté pour éviter cette caresse qui la ravissait cependant.

Mais ils se trouvèrent soudain sur la lisière du bois. Elle s'arrêta, confuse d'être si loin. Qu'allait-on penser ? « Retournons », dit-elle.

Il retira le bras dont il serrait sa taille, et, en se tournant tous deux, ils se trouvèrent face à face, si près qu'ils sentirent leurs haleines sur leurs visages ; et ils se regardèrent. Ils se regardèrent d'un de ces regards fixes, aigus, pénétrants, où deux âmes croient se mêler. Ils se cherchèrent dans leurs yeux, derrière leurs yeux, dans cet inconnu impénétrable de l'être ; ils se sondèrent dans une muette et obstinée interrogation. Que seraient-ils l'un pour l'autre ? Que serait cette vie qu'ils commençaient ensemble ? Que se réservaient-ils l'un à l'autre de joies, de bonheurs ou de désillusions en ce long tête-à-tête indissoluble du mariage ? Et il leur sembla, à tous les deux, qu'ils ne s'étaient pas encore vus.

Et tout à coup, Julien, posant ses deux mains sur les épaules de sa femme, lui jeta à pleine bouche un baiser profond comme elle n'en avait jamais reçu. Il descendit, ce baiser, il pénétra dans ses veines et dans ses moelles ; et elle en eut une telle secousse mystérieuse qu'elle repoussa éperdument Julien de ses deux bras, et faillit tomber sur le dos.

« Allons-nous-en. Allons-nous-en », balbutia-t-elle.

Il ne répondit pas, mais il lui prit les mains qu'il garda dans les siennes.

Ils n'échangèrent plus un mot jusqu'à la maison. Le reste de l'après-midi sembla long.

On se mit à table à la nuit tombante.

Le dîner fut simple et assez court, contrairement aux usages normands. Une sorte de gêne paralysait les convives. Seuls les deux prêtres, le maire et les quatre fermiers invités montrèrent un peu de cette grosse gaieté qui doit accompagner les noces.

Le rire semblait mort, un mot du maire le ranima. Il était neuf heures environ ; on allait prendre le café. Au-dehors, sous les pommiers de la première cour, le bal champêtre commençait. Par la fenêtre ouverte on apercevait toute la fête. Des lumignons pendus aux branches donnaient aux feuilles des nuances de vert-de-gris. Rustres et rustaudes sautaient en rond en hurlant un air de danse sauvage qu'accompagnaient faiblement deux violons et une clarinette juchés sur une grande table de cuisine en estrade. Le chant tumultueux des paysans couvrait entièrement parfois la chanson des instruments ; et la frêle musique déchirée par les voix déchaînées semblait tomber du ciel en lambeaux, en petits fragments de quelques notes éparpillées.

Deux grandes barriques entourées de torches flambantes versaient à boire à la foule. Deux servantes étaient occupées à rincer incessamment les verres et les bols dans un baquet, pour les tendre, encore ruisselants d'eau, sous les robinets d'où coulait le filet rouge du vin ou le filet d'or du cidre pur. Et les danseurs assoiffés, les vieux tranquilles, les filles en sueur se pressaient, tendaient les bras pour saisir à leur tour un vase quelconque et se verser à grands flots dans la gorge, en renversant la tête, le liquide qu'ils préféraient.

Sur une table on trouvait du pain, du beurre, du fromage et des saucisses. Chacun avalait une bouchée de temps en temps, et, sous le plafond de feuilles illuminées, cette fête saine et violente donnait aux convives mornes de la salle l'envie de danser aussi, de boire au ventre de ces grosses futailles en mangeant une tranche de pain avec du beurre et un oignon cru.

Le maire qui battait la mesure avec son couteau s'écria : « Sacristi ! Ça va bien, c'est comme qui dirait les noces de Ganache. »

Un frisson de rire étouffé courut. Mais l'abbé Picot, ennemi naturel de l'autorité civile, répliqua : « Vous voulez dire de Cana. » L'autre n'accepta pas la leçon. « Non, monsieur le Curé, je m'entends ; quand je dis Ganache, c'est Ganache. »

On se leva et on passa dans le salon. Puis on alla se mêler un peu au populaire en goguette. Puis les invités se retirèrent [1].

Le baron et la baronne eurent à voix basse une sorte de querelle. Madame Adélaïde, plus essoufflée que jamais, semblait refuser ce que demandait son mari ; enfin elle dit, presque haut : « Non, mon ami, je ne peux pas, je ne saurais comment m'y prendre. »

Petit père alors, la quittant brusquement, s'approcha de Jeanne. « Veux-tu faire un tour avec moi, fillette ? » Tout émue, elle répondit : « Comme tu voudras, papa. » Ils sortirent.

Dès qu'ils furent devant la porte, du côté de la mer, un

petit vent sec les saisit. Un de ces vents froids d'été, qui sentent déjà l'automne.

Des nuages galopaient dans le ciel, voilant, puis redécouvrant les étoiles.

Le baron serrait contre lui le bras de sa fille en lui pressant tendrement la main. Ils marchèrent quelques minutes. Il semblait indécis, troublé. Enfin il se décida.

« Mignonne, je vais remplir un rôle difficile qui devrait revenir à ta mère ; mais, comme elle s'y refuse, il faut bien que je prenne sa place. J'ignore ce que tu sais des choses de l'existence. Il est des mystères qu'on cache soigneusement aux enfants, aux filles surtout, aux filles qui doivent rester pures d'esprit, irréprochablement pures jusqu'à l'heure où nous les remettons entre les bras de l'homme qui prendra soin de leur bonheur. C'est à lui qu'il appartient de lever ce voile jeté sur le doux secret de la vie. Mais elles, si aucun soupçon ne les a encore effleurées, se révoltent souvent devant la réalité un peu brutale cachée derrière les rêves. Blessées en leur âme, blessées même en leur corps, elles refusent à l'époux ce que la loi, la loi humaine et la loi naturelle lui accordent comme un droit absolu. Je ne puis t'en dire davantage, ma chérie ; mais n'oublie point ceci, que tu appartiens tout entière à ton mari. »

Que savait-elle au juste ? que devinait-elle ? Elle s'était mise à trembler, oppressée d'une mélancolie accablante et douloureuse comme un pressentiment.

Ils rentrèrent. Une surprise les arrêta sur la porte du salon. Madame Adélaïde sanglotait sur le cœur de Julien. Ses pleurs, des pleurs bruyants poussés comme par un soufflet de forge, semblaient lui sortir en même temps du nez, de la bouche et des yeux ; et le jeune homme interdit, gauche, soutenait la grosse femme abattue en ses bras pour lui recommander sa chérie, sa mignonne, son adorée fillette.

Le baron se précipita. « Oh ! pas de scène ; pas

d'attendrissement, je vous prie » ; et, prenant sa femme, il l'assit dans un fauteuil pendant qu'elle s'essuyait le visage. Il se tourna ensuite vers Jeanne : « Allons, petite, embrasse ta mère bien vite, et va te coucher. »

Prête à pleurer aussi, elle embrassa ses parents rapidement et s'enfuit.

Tante Lison s'était déjà retirée en sa chambre. Le baron et sa femme restèrent seuls avec Julien. Et ils demeuraient si gênés tous les trois qu'aucune parole ne leur venait, les deux hommes en tenue de soirée, debout, les yeux perdus, madame Adélaïde abattue sur son siège avec des restes de sanglots dans la gorge. Leur embarras devenant intolérable, le baron se mit à parler du voyage que les jeunes gens devaient entreprendre dans quelques jours.

Jeanne, dans sa chambre, se laissait déshabiller par Rosalie qui pleurait comme une source. Les mains errantes au hasard, elle ne trouvait plus ni les cordons ni les épingles et elle semblait assurément plus émue encore que sa maîtresse. Mais Jeanne ne songeait guère aux larmes de sa bonne ; il lui semblait qu'elle était rentrée dans un autre monde, partie sur une autre terre, séparée de tout ce qu'elle avait connu, de tout ce qu'elle avait chéri. Tout lui semblait bouleversé dans sa vie et dans sa pensée ; même cette idée étrange lui vint : « Aimait-elle son mari ? » Voilà qu'il lui apparaissait tout à coup comme un étranger qu'elle connaissait à peine. Trois mois auparavant, elle ne savait point qu'il existait, et maintenant elle était sa femme. Pourquoi cela ? Pourquoi tomber si vite dans le mariage comme dans un trou ouvert sous vos pas ?

Quand elle fut en toilette de nuit, elle se glissa dans son lit ; et ses draps un peu frais, faisant frissonner sa peau, augmentèrent cette sensation de froid, de solitude, de tristesse qui lui pesait sur l'âme depuis deux heures.

Rosalie s'enfuit, toujours sanglotant ; et Jeanne attendit. Elle attendit anxieuse, le cœur crispé, ce je ne sais quoi deviné, et annoncé en termes confus par son père, cette révélation mystérieuse de ce qui est le grand secret de l'amour.

Sans qu'elle eût entendu monter l'escalier, on frappa trois coups légers contre sa porte. Elle tressaillit horriblement et ne répondit point. On frappa de nouveau, puis la serrure grinça. Elle se cacha la tête sous ses couvertures comme si un voleur eût pénétré chez elle. Des bottines craquèrent doucement sur le parquet ; et soudain on toucha son lit.

Elle eut un sursaut nerveux et poussa un petit cri ; et, dégageant sa tête, elle vit Julien debout devant elle, qui souriait en la regardant. « Oh ! que vous m'avez fait peur ! » dit-elle.

Il reprit : « Vous ne m'attendiez donc point ? » Elle ne répondit pas. Il était en grande toilette, avec sa figure grave de beau garçon ; et elle se sentit affreusement honteuse d'être couchée ainsi devant cet homme si correct.

Ils ne savaient plus que dire, que faire, n'osant même pas se regarder à cette heure sérieuse et décisive d'où dépend l'intime bonheur de toute la vie.

Il sentait vaguement peut-être quel danger offre cette bataille, et quelle souple possession de soi, quelle rusée tendresse il faut pour ne froisser aucune des subtiles pudeurs, des infinies délicatesses d'une âme virginale et nourrie de rêves.

Alors, doucement, il lui prit la main qu'il baisa, et, s'agenouillant auprès du lit comme devant un autel, il murmura d'une voix aussi légère qu'un souffle : « Voudrez-vous m'aimer ? » Elle, rassurée tout à coup, souleva sur l'oreiller sa tête ennuagée de dentelles, et elle sourit : « Je vous aime déjà, mon ami. »

Il mit en sa bouche les petits doigts fins de sa

femme, et la voix changée par ce bâillon de chair :
« Voulez-vous me prouver que vous m'aimez ? »

Elle répondit, troublée de nouveau, sans bien comprendre ce qu'elle disait, sous le souvenir des paroles de son
père : « Je suis à vous, mon ami. »

Il couvrit son poignet de baisers mouillés, et, se
redressant lentement, il approchait de son visage qu'elle
recommençait à cacher.

Soudain, jetant un bras en avant par-dessus le lit, il
enlaça sa femme à travers les draps, tandis que, glissant
son autre bras sous l'oreiller, il le soulevait avec la tête :
et, tout bas, tout bas, il demanda : « Alors vous voulez
bien me faire une petite place à côté de vous ? »

Elle eut peur, une peur d'instinct, et balbutia : « Oh,
pas encore, je vous en prie. »

Il sembla désappointé, un peu froissé, et il reprit d'un
ton toujours suppliant, mais plus brusque : « Pourquoi
plus tard puisque nous finirons toujours par là ? »

Elle lui en voulut de ce mot ; mais, soumise et résignée,
elle répéta pour la deuxième fois : « Je suis à vous, mon
ami. »

Alors il disparut bien vite dans le cabinet de toilette ; et
elle entendait distinctement ses mouvements avec des
froissements d'habits défaits, un bruit d'argent dans la
poche, la chute successive des bottines.

Et tout à coup, en caleçon, en chaussettes, il traversa
vivement la chambre pour aller déposer sa montre sur la
cheminée. Puis il retourna, en courant, dans la petite
pièce voisine, remua quelque temps encore, et Jeanne se
retourna rapidement de l'autre côté en fermant les yeux,
quand elle sentit qu'il arrivait.

Elle fit un soubresaut comme pour se jeter à terre
lorsque glissa vivement contre sa jambe une autre jambe
froide et velue ; et, la figure dans ses mains, éperdue,
prête à crier de peur et d'effarement, elle se blottit tout au
fond du lit.

Aussitôt il la prit en ses bras, bien qu'elle lui tournât le dos, et il baisait voracement son cou, les dentelles flottantes de sa coiffure de nuit et le col brodé de sa chemise.

Elle ne remuait pas, raidie dans une horrible anxiété, sentant une main forte qui cherchait sa poitrine cachée entre ses coudes. Elle haletait bouleversée sous cet attouchement brutal; et elle avait surtout envie de se sauver, de courir par la maison, de s'enfermer quelque part, loin de cet homme.

Il ne bougeait plus. Elle recevait sa chaleur dans son dos. Alors son effroi s'apaisa encore et elle pensa brusquement qu'elle n'aurait qu'à se retourner pour l'embrasser.

A la fin il parut s'impatienter, et d'une voix attristée : « Vous ne voulez donc point être ma petite femme ? » Elle murmura à travers ses doigts : « Est-ce que je ne la suis pas ? » Il répondit avec une nuance de mauvaise humeur : « Mais non, ma chère, voyons, ne vous moquez pas de moi. »

Elle se sentit toute remuée par le ton mécontent de sa voix; et elle se tourna tout à coup vers lui pour lui demander pardon.

Il la saisit à bras-le-corps, rageusement, comme affamé d'elle; et il parcourait de baisers rapides, de baisers mordants, de baisers fous toute sa face et le haut de sa gorge, l'étourdissant de caresses. Elle avait ouvert les mains et restait inerte sous ses efforts, ne sachant plus ce qu'elle faisait, ce qu'il faisait, dans un trouble de pensée qui ne lui laissait rien comprendre. Mais une souffrance aiguë la déchira soudain; et elle se mit à gémir, tordue dans ses bras, pendant qu'il la possédait violemment.

Que se passa-t-il ensuite ? Elle n'en eut guère le souvenir, car elle avait perdu la tête; il lui sembla seulement qu'il lui jetait sur les lèvres une grêle de petits baisers reconnaissants.

Puis il dut lui parler et elle dut lui répondre. Puis il fit d'autres tentatives qu'elle repoussa avec épouvante ; et comme elle se débattait, elle rencontra sur sa poitrine ce poil épais qu'elle avait déjà senti sur sa jambe et elle se recula de saisissement.

Las enfin de la solliciter sans succès, il demeura immobile sur le dos.

Alors elle songea ; elle se dit, désespérée jusqu'au fond de son âme, dans la désillusion d'une ivresse rêvée si différente, d'une chère attente détruite, d'une félicité crevée : « Voilà donc ce qu'il appelle être sa femme ; c'est cela ! c'est cela ! »

Et elle resta longtemps ainsi, désolée, l'œil errant sur les tapisseries des murs, sur la vieille légende d'amour qui enveloppait sa chambre.

Mais, comme Julien ne parlait plus, ne remuait plus, elle tourna lentement son regard vers lui, et elle s'aperçut qu'il dormait ! Il dormait, la bouche entrouverte, le visage calme ! Il dormait !

Elle ne le pouvait croire, se sentant indignée, plus outragée par ce sommeil que par sa brutalité, traitée comme la première venue. Pouvait-il dormir une nuit pareille ? Ce qui s'était passé entre eux n'avait donc pour lui rien de surprenant ? Oh ! Elle eût mieux aimé être frappée, violentée encore, meurtrie de caresses odieuses jusqu'à perdre connaissance.

Elle resta immobile, appuyée sur un coude, penchée vers lui, écoutant entre ses lèvres passer un léger souffle qui, parfois, prenait une apparence de ronflement.

Le jour parut, terne d'abord, puis clair, puis rose, puis éclatant. Julien ouvrit les yeux, bâilla, étendit ses bras, regarda sa femme, sourit, et demanda : « As-tu bien dormi, ma chérie ? »

Elle s'aperçut qu'il lui disait « tu » maintenant, et elle répondit, stupéfaite : « Mais oui. Et vous ? » Il dit : « Oh ! moi, fort bien. » Et, se tournant vers elle, il l'embrassa, puis se mit à causer tranquillement. Il lui développait des projets de vie, avec des idées d'économie ; et ce mot revenu plusieurs fois étonnait Jeanne. Elle l'écoutait sans bien saisir le sens des paroles, le regardait, songeait à mille choses rapides qui passaient, effleurant à peine son esprit.

Huit heures sonnèrent. « Allons, il faut nous lever, dit-il, nous serions ridicules en restant tard au lit », et il descendit le premier. Quand il eut fini sa toilette, il aida gentiment sa femme en tous les menus détails de la sienne, ne permettant pas qu'on appelât Rosalie.

Au moment de sortir, il l'arrêta. « Tu sais, entre nous, nous pouvons nous tutoyer maintenant, mais devant tes parents il vaut mieux attendre encore. Ce sera tout naturel en revenant de notre voyage de noces. »

Elle ne se montra qu'à l'heure du déjeuner. Et la journée s'écoula ainsi qu'à l'ordinaire comme si rien de nouveau n'était survenu. Il n'y avait qu'un homme de plus dans la maison.

V

Quatre jours plus tard arriva la berline qui devait les emporter à Marseille.

Après l'angoisse du premier soir, Jeanne s'était habituée déjà au contact de Julien, à ses baisers, à ses caresses tendres, bien que sa répugnance n'eût pas diminué pour leurs rapports plus intimes.

Elle le trouvait beau, elle l'aimait, elle se sentait de nouveau heureuse et gaie.

Les adieux furent courts et sans tristesse. La baronne seule semblait émue ; et elle mit, au moment où la voiture allait partir, une grosse bourse lourde comme du plomb dans la main de sa fille : « C'est pour tes petites dépenses de jeune femme », dit-elle.

Jeanne la jeta dans sa poche ; et les chevaux détalèrent.

Vers le soir Julien lui dit : « Combien ta mère t'a-t-elle donné dans cette bourse ? » Elle n'y pensait plus et elle la versa sur ses genoux. Un flot d'or se répandit : deux mille francs. Elle battit des mains « Je ferai des folies », et elle resserra l'argent.

Après huit jours de route, par une chaleur terrible, ils arrivèrent à Marseille.

Et le lendemain le *Roi-Louis*, petit paquebot qui allait à Naples en passant par Ajaccio, les emportait vers la Corse[1].

La Corse ! les maquis ! les bandits ! les montagnes ! la patrie de Napoléon ! Il semblait à Jeanne qu'elle sortait de la réalité pour entrer, tout éveillée, dans un rêve.

Côte à côte sur le pont du navire, ils regardaient courir les falaises de la Provence. La mer immobile, d'un azur puissant, comme figée, comme durcie dans la lumière ardente qui tombait du soleil, s'étalait sous le ciel infini, d'un bleu presque exagéré.

Elle dit : « Te rappelles-tu notre promenade dans le bateau du père Lastique ? »

Au lieu de répondre, il lui jeta rapidement un baiser dans l'oreille.

Les roues du vapeur battaient l'eau, troublant son épais sommeil ; et par-derrière une longue trace écumeuse, une grande traînée pâle où l'onde remuée moussait comme du champagne, allongeait jusqu'à perte de vue le sillage tout droit du bâtiment.

Soudain, vers l'avant, à quelques brasses seulement, un énorme poisson, un dauphin, bondit hors de l'eau, puis y replongea la tête la première et disparut. Jeanne toute saisie eut peur, poussa un cri, et se jeta sur la poitrine de Julien. Puis elle se mit à rire de sa frayeur, et regarda, anxieuse, si la bête n'allait pas reparaître. Au bout de quelques secondes elle jaillit de nouveau comme un gros joujou mécanique. Puis elle retomba, ressortit encore ; puis elles furent deux, puis trois, puis six qui semblaient gambader autour du lourd bateau, faire escorte à leur frère monstrueux, le poisson de bois aux nageoires de fer. Elles passaient à gauche, revenaient à droite du navire, et tantôt ensemble, tantôt l'une après l'autre, comme dans un jeu, dans une poursuite gaie, elles s'élançaient en l'air par un grand saut qui décrivait une courbe, puis elles replongeaient à la queue leu leu.

Jeanne battait des mains, tressaillait, ravie, à chaque apparition des énormes et souples nageurs. Son cœur bondissait comme eux dans une joie folle et enfantine.

Tout à coup ils disparurent. On les aperçut encore, une fois, très loin, vers la pleine mer ; puis on ne les vit plus, et Jeanne ressentit, pendant quelques secondes, un chagrin de leur départ.

Le soir venait, un soir calme, doux, radieux, plein de clarté, de paix heureuse. Pas un frisson dans l'air ou sur l'eau ; et ce repos illimité de la mer et du ciel s'étendait aux âmes engourdies où pas un frisson non plus ne passait.

Le grand soleil s'enfonçait doucement là-bas, vers l'Afrique invisible, l'Afrique, la terre brûlante dont on croyait déjà sentir les ardeurs ; mais une sorte de caresse fraîche, qui n'était cependant pas même une apparence de brise, effleura les visages lorsque l'astre eut disparu.

Ils ne voulurent pas rentrer dans leur cabine où l'on sentait toutes les horribles odeurs des paquebots ; et ils s'étendirent tous les deux sur le pont, flanc contre flanc, roulés dans leurs manteaux. Julien s'endormit tout de suite ; mais Jeanne restait les yeux ouverts, agitée par l'inconnu du voyage. Le bruit monotone des roues la berçait ; et elle regardait au-dessus d'elle ces légions d'étoiles si claires, d'une lumière aiguë, scintillante et comme mouillée, dans ce ciel pur du Midi.

Vers le matin cependant elle s'assoupit. Des bruits, des voix la réveillèrent. Les matelots, en chantant, faisaient la toilette du navire. Elle secoua son mari, immobile dans le sommeil, et ils se levèrent.

Elle buvait avec exaltation la saveur de la brume salée qui lui pénétrait jusqu'au bout des doigts. Partout la mer. Pourtant, vers l'avant, quelque chose de gris, de confus encore dans l'aube naissante, une sorte d'accumulation de nuages singuliers, pointus, déchiquetés, semblait posée sur les flots.

Puis cela apparut plus distinct ; les formes se marquèrent davantage sur le ciel éclairci ; une grande ligne de montagnes cornues et bizarres surgit : la Corse, enveloppée dans une sorte de voile léger.

Et le soleil se leva derrière, dessinant toutes les saillies des crêtes en ombres noires ; puis tous les sommets s'allumèrent tandis que le reste de l'île demeurait embrumé de vapeurs.

Le capitaine, un vieux petit homme tanné, séché, raccourci, racorni, rétréci par les vents durs et salés, apparut sur le pont : et, d'une voix enrouée par trente ans de commandement, usée par les cris poussés dans les bourrasques, il dit à Jeanne :

« La sentez-vous, cette gueuse-là ? »

Elle sentait en effet une forte et singulière odeur de plantes, d'arômes sauvages.

Le capitaine reprit :

« C'est la Corse qui fleure comme ça, Madame ; c'est son odeur de jolie femme, à elle. Après vingt ans d'absence, je la reconnaîtrais à cinq milles au large. J'en suis. Lui, là-bas, à Sainte-Hélène, il en parle toujours, paraît-il, de l'odeur de son pays. Il est de ma famille. »

Et le capitaine, ôtant son chapeau, salua la Corse, salua là-bas, à travers l'Océan, le grand empereur prisonnier qui était de sa famille.

Jeanne fut tellement émue qu'elle faillit pleurer.

Puis le marin tendit le bras vers l'horizon : « Les Sanguinaires ! » dit-il.

Julien, debout près de sa femme, la tenait par la taille, et tous deux regardaient au loin pour découvrir le point indiqué.

Ils aperçurent enfin quelques rochers en forme de pyramides, que le navire contourna bientôt pour entrer dans un golfe immense et tranquille, entouré d'un peuple de hauts sommets dont les pentes basses semblaient couvertes de mousses.

Le capitaine indiqua cette verdure : « Le maquis ».

A mesure qu'on avançait, le cercle des monts semblait

se refermer derrière le bâtiment qui nageait avec lenteur dans un lac d'azur si transparent qu'on en voyait parfois le fond.

Et la ville apparut soudain, toute blanche, au fond du golfe, au bord des flots, au pied des montagnes.

Quelques petits bateaux italiens étaient à l'ancre dans le port. Quatre ou cinq barques s'en vinrent rôder autour du *Roi-Louis* pour chercher ses passagers.

Julien, qui réunissait les bagages, demanda tout bas à sa femme : « C'est assez, n'est-ce pas, de donner vingt sous à l'homme de service ? »

Depuis huit jours il posait à tout moment la même question, dont elle souffrait chaque fois. Elle répondit avec un peu d'impatience : « Quand on n'est pas sûr de donner assez, on donne trop. »

Sans cesse il discutait avec les maîtres et les garçons d'hôtel, avec les voituriers, avec les vendeurs de n'importe quoi, et quand il avait, à force d'arguties, obtenu un rabais quelconque, il disait à Jeanne en se frottant les mains : « Je n'aime pas être volé. »

Elle tremblait en voyant venir les notes, sûre d'avance des observations qu'il allait faire sur chaque article, humiliée par ces marchandages, rougissant jusqu'aux cheveux sous le regard méprisant des domestiques qui suivaient son mari de l'œil en gardant au fond de la main son insuffisant pourboire.

Il eut encore une discussion avec le batelier qui les mit à terre.

Le premier arbre qu'elle vit, fut un palmier !

Ils descendirent dans un grand hôtel vide, à l'encoignure d'une vaste place, et se firent servir à déjeuner.

Lorsqu'ils eurent fini le dessert, au moment où Jeanne se levait pour aller vagabonder par la ville, Julien, la prenant dans ses bras, lui murmura tendrement à l'oreille : « Si nous nous couchions un peu, ma chatte ? »

Elle resta surprise : « Nous coucher ? Mais je ne me sens pas fatiguée. »

Il l'enlaça. « J'ai envie de toi. Tu comprends ? Depuis deux jours !... »

Elle s'empourpra, honteuse, balbutiant : « Oh ! maintenant ! Mais que dirait-on ? Que penserait-on ? Comment oserais-tu demander une chambre en plein jour ? Oh ! Julien, je t'en supplie. »

Mais il l'interrompit : « Je m'en moque un peu de ce que peuvent dire et penser des gens d'hôtel. Tu vas voir comme ça me gêne. »

Et il sonna.

Elle ne disait plus rien, les yeux baissés, révoltée toujours dans son âme et dans sa chair devant ce désir incessant de l'époux, n'obéissant qu'avec dégoût, résignée, mais humiliée, voyant là quelque chose de bestial, de dégradant, une saleté enfin.

Ses sens dormaient encore ; et son mari la traitait maintenant comme si elle eût partagé ses ardeurs.

Quand le garçon fut arrivé, Julien lui demanda de les conduire à leur chambre. L'homme, un vrai Corse velu jusque dans les yeux, ne comprenait pas, affirmait que l'appartement serait préparé pour la nuit.

Julien impatienté s'expliqua : « Non, tout de suite. Nous sommes fatigués du voyage, nous voulons nous reposer. »

Alors un sourire glissa dans la barbe du valet et Jeanne eut envie de se sauver.

Quand ils redescendirent, une heure plus tard, elle n'osait plus passer devant les gens qu'elle rencontrait, persuadée qu'ils allaient rire et chuchoter derrière son dos. Elle en voulait en son cœur à Julien de ne pas comprendre cela, de n'avoir point ces fines pudeurs, ces délicatesses d'instinct ; et elle sentait entre elle et lui comme un voile, un obstacle, s'apercevant pour la première fois que deux personnes ne se pénètrent jamais

jusqu'à l'âme, jusqu'au fond des pensées, qu'elles mar-
chent côte à côte, enlacées parfois, mais non mêlées, et
que l'être moral de chacun de nous reste éternellement
seul par la vie.

Ils demeurèrent trois jours dans cette petite ville cachée
au fond de son golfe bleu, chaude comme dans une
fournaise derrière son rideau de montagnes qui ne laisse
jamais le vent souffler jusqu'à elle.

Puis un itinéraire fut arrêté pour leur voyage, et, afin de
ne reculer devant aucun passage difficile, ils décidèrent de
louer des chevaux. Ils prirent donc deux petits étalons
corses à l'œil furieux, maigres et infatigables, et se mirent
en route un matin au lever du jour. Un guide monté sur
une mule les accompagnait et portait les provisions, car
les auberges sont inconnues en ce pays sauvage.

La route suivait d'abord le golfe pour s'enfoncer dans
une vallée peu profonde allant vers les grands monts.
Souvent on traversait des torrents presque secs ; une
apparence de ruisseau remuait encore sous les pierres,
comme une bête cachée, faisait un glouglou timide.

Le pays inculte semblait tout nu. Les flancs des côtes
étaient couverts de hautes herbes, jaunes en cette saison
brûlante. Parfois on rencontrait un montagnard soit à
pied, soit sur un petit cheval, soit à califourchon sur un
âne gros comme un chien. Et tous avaient sur le dos le
fusil chargé, vieilles armes rouillées, redoutables en leurs
mains.

Le mordant parfum des plantes aromatiques dont l'île
est couverte semblait épaissir l'air ; et la route allait
s'élevant lentement au milieu des longs replis des monts.

Les sommets de granit rose ou bleu donnaient au vaste
paysage des tons de féerie ; et, sur les pentes plus basses,
des forêts de châtaigniers immenses avaient l'air de
buissons verts tant les vagues de la terre soulevée sont
géantes en ce pays.

Quelquefois le guide, tendant la main vers les hauteurs

escarpées, disait un nom. Jeanne et Julien regardaient, ne voyaient rien, puis découvraient enfin quelque chose de gris pareil à un amas de pierres tombées du sommet. C'était un village, un petit hameau de granit accroché là, cramponné comme un vrai nid d'oiseau, presque invisible sur l'immense montagne.

Ce long voyage au pas énervait Jeanne. « Courons un peu », dit-elle. Et elle lança son cheval. Puis comme elle n'entendait pas son mari galoper près d'elle, elle se retourna et se mit à rire d'un rire fou en le voyant accourir, pâle, tenant la crinière de la bête et bondissant étrangement. Sa beauté même, sa figure de « *beau cavalier* » rendaient plus drôles sa maladresse et sa peur.

Ils se mirent alors à trotter doucement. La route maintenant s'étendait entre deux interminables taillis qui couvraient toute la côte, comme un manteau.

C'était le maquis, l'impénétrable maquis, formé de chênes verts, de genévriers, d'arbousiers, de lentisques, d'alaternes, de bruyères, de lauriers-tins, de myrtes et de buis que reliaient entre eux, les mêlant comme des chevelures, des clématites enlaçantes, des fougères monstrueuses, des chèvrefeuilles, des cystes, des romarins, des lavandes, des ronces, jetant sur le dos des monts une inextricable toison.

Ils avaient faim. Le guide les rejoignit et les conduisit auprès d'une de ces sources charmantes, si fréquentes dans les pays escarpés, fil mince et rond d'eau glacée qui sort d'un petit trou dans la roche et coule au bout d'une feuille de châtaignier disposée par un passant pour amener le courant menu jusqu'à la bouche.

Jeanne se sentait tellement heureuse qu'elle avait grand peine à ne point jeter des cris d'allégresse.

Ils repartirent et commencèrent à descendre, en contournant le golfe de Sagone[1].

Vers le soir ils traversèrent Cargèse, le village grec fondé là jadis par une colonie de fugitifs chassés de leur patrie. De grandes et belles filles, aux reins élégants, aux mains longues, à la taille fine, singulièrement gracieuses, formaient un groupe auprès d'une fontaine. Julien leur ayant crié « Bonsoir », elles répondirent d'une voix chantante dans la langue harmonieuse du pays abandonné[1].

En arrivant à Piana, il fallut demander l'hospitalité comme dans les temps anciens et dans les contrées perdues. Jeanne frissonnait de joie en attendant que s'ouvrît la porte où Julien avait frappé. Oh ! c'était bien un voyage, cela ! avec tout l'imprévu de routes inexplorées.

Ils s'adressaient justement à un jeune ménage. On les reçut comme les patriarches devaient recevoir l'hôte envoyé de Dieu, et ils dormirent sur une paillasse de maïs, dans une vieille maison vermoulue dont toute la charpente piquée des vers, parcourue par les longs tarets mangeurs de poutres, bruissait, semblait vivre et soupirer.

Ils partirent au soleil levant et bientôt ils s'arrêtèrent en face d'une forêt, d'une vraie forêt de granit pourpré. C'étaient des pics, des colonnes, des clochetons, des figures surprenantes modelées par le temps, le vent rongeur et la brume de mer.

Hauts jusqu'à trois cents mètres, minces, ronds, tortus, crochus, difformes, imprévus, fantastiques, ces surprenants rochers semblaient des arbres, des plantes, des bêtes, des monuments, des hommes, des moines en robe, des diables cornus, des oiseaux démesurés, tout un peuple monstrueux, une ménagerie de cauchemar pétrifiée par le vouloir de quelque dieu extravagant[2].

Jeanne ne parlait plus, le cœur serré, et elle prit la main de Julien qu'elle étreignit, envahie d'un besoin d'aimer devant cette beauté des choses.

Et soudain, sortant de ce chaos, ils découvrirent un nouveau golfe ceint tout entier d'une muraille sanglante de granit rouge. Et dans la mer bleue ces roches écarlates se reflétaient.

Jeanne balbutia : « Oh ! Julien ! » sans trouver d'autres mots, attendrie d'admiration, la gorge étranglée ; et deux larmes coulèrent de ses yeux. Il la regardait, stupéfait, demandant : « Qu'as-tu, ma chatte ? »

Elle essuya ses joues, sourit et, d'une voix un peu tremblante : « Ce n'est rien... C'est nerveux... Je ne sais pas... J'ai été saisie. Je suis si heureuse que la moindre chose me bouleverse le cœur. »

Il ne comprenait pas ces énervements de femme, les secousses de ces êtres vibrants affolés d'un rien, qu'un enthousiasme remue comme une catastrophe, qu'une sensation insaisissable révolutionne, affole de joie ou désespère.

Ces larmes lui semblaient ridicules, et, tout entier à la préoccupation du mauvais chemin : « Tu ferais mieux, dit-il, de veiller à ton cheval. »

Par une route presque impraticable ils descendirent au fond de ce golfe, puis tournèrent à droite pour gravir le sombre val d'Ota [1].

Mais le sentier s'annonçait horrible. Julien proposa : « Si nous montions à pied ? » Elle ne demandait pas mieux, ravie de marcher, d'être seule avec lui après l'émotion de tout à l'heure.

Le guide partit en avant avec la mule et les chevaux, et ils allèrent à petits pas.

La montagne, fendue du haut en bas, s'entrouvrait. Le sentier s'enfonce dans cette brèche. Il suit le fond entre deux prodigieuses murailles ; et un gros torrent parcourt cette crevasse. L'air est glacé, le granit paraît noir et tout là-haut ce qu'on voit du ciel bleu étonne et étourdit.

Un bruit soudain fit tressaillir Jeanne. Elle leva les yeux ; un énorme oiseau s'envolait d'un trou : c'était un aigle. Ses ailes ouvertes semblaient chercher les deux parois du puits et il monta jusqu'à l'azur où il disparut.

Plus loin, la fêlure du mont se dédouble ; le sentier grimpe entre les deux ravins, en zigzags brusques. Jeanne

légère et folle allait la première, faisant rouler des
cailloux sous ses pieds, intrépide, se penchant sur les
abîmes. Il la suivait, un peu essouflé, les yeux à terre
par crainte du vertige.

Tout à coup le soleil les inonda ; ils crurent sortir de
l'enfer. Ils avaient soif, une trace humide les guida, à
travers un chaos de pierres, jusqu'à une source toute
petite canalisée dans un bâton creux pour l'usage des
chevriers. Un tapis de mousse couvrait le sol alentour.
Jeanne s'agenouilla pour boire ; et Julien en fit autant.

Et comme elle savourait la fraîcheur de l'eau, il lui
prit la taille et tâcha de lui voler sa place au bout du
conduit de bois. Elle résista ; leurs lèvres se battaient,
se rencontraient, se repoussaient. Dans les hasards de la
lutte, ils saisissaient tour à tour la mince extrémité du
tube et la mordaient pour ne point lâcher. Et le filet
d'eau froide, repris et quitté sans cesse, se brisait et se
renouait, éclaboussait les visages, les cous, les habits,
les mains. Des gouttelettes pareilles à des perles luisaient dans leurs cheveux. Et des baisers coulaient dans
le courant.

Soudain Jeanne eut une inspiration d'amour. Elle
emplit sa bouche du clair liquide, et, les joues gonflées
comme des outres, fit comprendre à Julien que, lèvre à
lèvre, elle voulait le désaltérer.

Il tendit sa gorge, souriant, la tête en arrière, les bras
ouverts ; et il but d'un trait à cette source de chair vive
qui lui versa dans les entrailles un désir enflammé.

Jeanne s'appuyait sur lui avec une tendresse inusitée ;
son cœur palpitait ; ses seins se soulevaient ; ses yeux
semblaient amollis, trempés d'eau. Elle murmura tout
bas : « Julien... je t'aime ! » et, l'attirant à son tour, elle
se renversa et cacha dans ses mains son visage empourpré de honte.

Il s'abattit sur elle, l'étreignant avec emportement.
Elle haletait dans une attente énervée ; et tout à coup

elle poussa un cri, frappée, comme de la foudre, par la sensation qu'elle appelait.

Ils furent longtemps à gagner le sommet de la montée tant elle demeurait palpitante et courbaturée, et ils n'arrivèrent à Evisa que le soir, chez un parent de leur guide, Paoli Palabretti[1].

C'était un homme de grande taille, un peu voûté, avec l'air morne d'un phtisique. Il les conduisit dans leur chambre, une triste chambre de pierre nue, mais belle pour ce pays, où toute élégance reste ignorée ; et il exprimait en son langage, patois corse, bouillie de français et d'italien, son plaisir à les recevoir, quand une voix claire l'interrompit ; et une petite femme brune, avec de grands yeux noirs, une peau chaude de soleil, une taille étroite, des dents toujours dehors dans un rire continu, s'élança, embrassa Jeanne, secoua la main de Julien en répétant : « Bonjour, Madame, bonjour, Monsieur, ça va bien ? »

Elle enleva les chapeaux, les châles, rangea tout avec un seul bras, car elle portait l'autre en écharpe, puis elle fit sortir tout le monde, en disant à son mari : « Va les promener jusqu'au dîner. »

M. Palabretti obéit aussitôt, se plaça entre les deux jeunes gens et leur fit voir le village. Il traînait ses pas et ses paroles, toussant fréquemment, et répétant à chaque minute : « C'est l'air du val qui est fraîche, qui m'est tombée sur la poitrine. »

Il les guida, par un sentier perdu, sous des châtaigniers démesurés. Soudain il s'arrêta et, de son accent monotone : « C'est ici que mon cousin Jean Rinaldi fut tué par Mathieu Lori. Tenez, j'étais là, tout près de Jean, quand Mathieu parut à dix pas de nous. « Jean, cria-t-il, ne va pas à Albertacce ; n'y va pas, Jean, ou je te tue, je te le dis. »

» Je pris le bras de Jean : « N'y va pas, Jean, il le ferait. »

» C'était pour une fille qu'ils suivaient tous deux, Paulina Sinacoupi.

» Mais Jean se mit à crier : « J'irai, Mathieu ; ce n'est pas toi qui m'empêcheras. »

» Alors Mathieu abaissa son fusil, avant que j'aie pu ajuster le mien, et il tira.

» Jean fit un grand saut des deux pieds comme un enfant qui danse à la corde, oui, Monsieur, et il me retomba en plein sur le corps, si bien que mon fusil m'échappa et roula jusqu'au gros châtaignier là-bas.

» Jean avait la bouche grande ouverte, mais il ne dit plus un mot, il était mort. »

Les jeunes gens regardaient, stupéfaits, le tranquille témoin de ce crime. Jeanne demanda : « Et l'assassin ? »

Paoli Palabretti toussa longtemps, puis il reprit : « Il a gagné la montagne. C'est mon frère qui l'a tué, l'an suivant. Vous savez bien, mon frère, Philippi Palabretti, le bandit. »

Jeanne frissonna : « Votre frère ? un bandit ? »

Le Corse placide eut un éclair de fierté dans l'œil. « Oui, Madame, c'était un célèbre, celui-là. Il a mis à bas six gendarmes. Il est mort avec Nicolas Morali, lorsqu'ils ont été cernés dans le Niolo, après six jours de lutte, et qu'ils allaient périr de faim. »

Puis il ajouta, d'un air résigné : « C'est le pays qui veut ça », du même ton qu'il prenait pour dire : « C'est l'air du val qui est fraîche. »

Puis ils rentrèrent dîner, et la petite Corse les traita comme si elle les eût connus depuis vingt ans.

Mais une inquiétude poursuivait Jeanne. Retrouverait-elle encore entre les bras de Julien cette étrange et véhémente secousse des sens qu'elle avait ressentie sur la mousse de la fontaine ?

Lorsqu'ils furent seuls dans la chambre, elle tremblait de rester encore insensible sous ses baisers. Mais elle se rassura bien vite ; et ce fut sa première nuit d'amour.

Et, le lendemain, à l'heure de partir, elle ne se décidait plus à quitter cette humble maison où il lui semblait qu'un bonheur nouveau avait commencé pour elle.

Elle attira dans sa chambre la petite femme de son hôte et, tout en établissant bien qu'elle ne voulait point lui faire de cadeau, elle insista, se fâchant même, pour lui envoyer de Paris, dès son retour, un souvenir, un souvenir auquel elle attachait une idée presque superstitieuse.

La jeune Corse résista longtemps, ne voulant point accepter. Enfin elle consentit : « Eh bien, dit-elle, envoyez-moi un petit pistolet, un tout petit. »

Jeanne ouvrit de grands yeux. L'autre ajouta tout bas, près de l'oreille, comme on confie un doux et intime secret : « C'est pour tuer mon beau-frère. » Et, souriant, elle déroula vivement les bandes qui enveloppaient le bras dont elle ne se servait point, puis, montrant sa chair ronde et blanche, traversée de part en part d'un coup de stylet presque cicatrisé : « Si je n'avais pas été aussi forte que lui, dit-elle, il m'aurait tuée. Mon mari n'est pas jaloux, lui, il me connaît ; et puis il est malade, vous savez ; et cela lui calme le sang. D'ailleurs je suis une honnête femme, moi, Madame ; mais mon beau-frère croit tout ce qu'on lui dit. Il est jaloux pour mon mari ; et il recommencera certainement. Alors, j'aurais un petit pistolet, je serais tranquille, et sûre de me venger. »

Jeanne promit d'envoyer l'arme, embrassa tendrement sa nouvelle amie, et continua sa route.

Le reste de son voyage ne fut plus qu'un songe, un enlacement sans fin, une griserie de caresses. Elle ne vit rien, ni les paysages, ni les gens, ni les lieux où elle s'arrêtait. Elle ne regardait plus que Julien.

Alors commença l'intimité enfantine et charmante des niaiseries d'amour, des petits mots bêtes et délicieux, le baptême avec des noms mignards de tous les détours et contours, et replis de leurs corps où se plaisaient leurs bouches.

Comme Jeanne dormait sur le côté droit, son téton du côté gauche était souvent à l'air au réveil. Julien, l'ayant remarqué, appelait celui-là : « monsieur de Couche-dehors » et l'autre « monsieur Lamoureux », parce que la fleur rosée du sommet semblait plus sensible aux baisers.

La route profonde entre les deux devint « l'allée de petite mère », parce qu'il s'y promenait sans cesse ; et une autre route plus secrète fut dénommée le « chemin de Damas » en souvenir du val d'Ota.

En arrivant à Bastia, il fallut payer le guide. Julien fouilla dans ses poches. Ne trouvant point ce qu'il lui fallait, il dit à Jeanne : « Puisque tu ne te sers pas des deux mille francs de ta mère, donne-les-moi donc à porter. Ils seront plus en sûreté dans ma ceinture ; et cela m'évitera de faire de la monnaie. »

Et elle lui tendit sa bourse.

Ils gagnèrent Livourne, visitèrent Florence, Gênes, toute la Corniche [1].

Par un matin de mistral, ils se retrouvèrent à Marseille.

Deux mois s'étaient écoulés depuis leur départ des Peuples. On était au 15 octobre.

Jeanne, saisie par le grand vent froid qui semblait venir de là-bas, de la lointaine Normandie, se sentait triste. Julien, depuis quelque temps, semblait changé, fatigué, indifférent ; et elle avait peur sans savoir de quoi.

Elle retarda de quatre jours encore leur voyage de rentrée, ne pouvant se décider à quitter ce bon pays du soleil. Il lui semblait qu'elle venait d'accomplir le tour du bonheur.

Ils s'en allèrent enfin.

Ils devaient faire à Paris tous leurs achats pour leur installation définitive aux Peuples ; et Jeanne se réjouissait de rapporter des merveilles, grâce au cadeau de petite mère ; mais la première chose à laquelle elle songea fut le pistolet promis à la jeune Corse d'Evisa [2].

Le lendemain de leur arrivée elle dit à Julien :

« Mon chéri, veux-tu me rendre l'argent de maman parce que je vais faire mes emplettes ? »

Il se tourna vers elle avec un visage mécontent.

« Combien te faut-il ? »

Elle fut surprise et balbutia :

« Mais... ce que tu voudras. »

Il reprit : « Je vais te donner cent francs ; surtout ne les[1] gaspille pas. »

Elle ne savait plus que dire, interdite et confuse.

Enfin elle prononça en hésitant : « Mais... je... t'avais remis cet argent pour... »

Il ne la laissa pas achever.

« Oui, parfaitement. Que ce soit dans ta poche ou dans la mienne, qu'importe, du moment que nous avons la même bourse. Je ne t'en refuse point, n'est-ce pas, puisque je te donne cent francs. »

Elle prit les cinq pièces d'or, sans ajouter un mot, mais elle n'osa plus en demander d'autres et elle n'acheta rien que le pistolet.

Huit jours plus tard, ils se mirent en route pour rentrer aux Peuples.

VI

Devant la barrière blanche aux piliers de brique, la famille et les domestiques attendaient. La chaise de poste s'arrêta, et les embrassades furent longues. Petite mère pleurait ; Jeanne attendrie essuya deux larmes ; père, nerveux, allait et venait.

Puis, pendant qu'on déchargeait les bagages, le voyage fut raconté devant le feu du salon. Les paroles abondantes coulaient des lèvres de Jeanne ; et tout fut dit, tout en une demi-heure, sauf peut-être quelques petits détails oubliés dans ce récit rapide.

Puis la jeune femme alla défaire ses paquets. Rosalie, tout émue aussi, l'aidait. Quand ce fut fini, quand le linge, les robes, les objets de toilette eurent été mis en place, la petite bonne quitta sa maîtresse ; et Jeanne, un peu lasse, s'assit.

Elle se demanda ce qu'elle allait faire maintenant, cherchant une occupation pour son esprit, une besogne pour ses mains. Elle n'avait point envie de redescendre au salon auprès de sa mère qui sommeillait ; et elle songeait à une promenade ; mais la campagne semblait si triste qu'elle sentait en son cœur, rien qu'à la regarder par la fenêtre, une pesanteur de mélancolie.

Alors elle s'aperçut qu'elle n'avait plus rien à faire, plus jamais rien à faire [1]. Toute sa jeunesse au couvent avait été

préoccupée de l'avenir, affairée de songeries. La conti-
nuelle agitation de ses espérances emplissait, en ce
temps-là, ses heures sans qu'elle les sentît passer. Puis,
à peine sortie des murs austères où ses illusions étaient
écloses, son attente d'amour se trouvait tout de suite
accomplie. L'homme espéré, rencontré, aimé, épousé
en quelques semaines, comme on épouse en ces brusques déterminations, l'emportait dans ses bras sans la
laisser réfléchir à rien.

Mais voilà que la douce réalité des premiers jours
allait devenir la réalité quotidienne qui fermait la porte
aux espoirs indéfinis, aux charmantes inquiétudes de
l'inconnu. Oui, c'était fini d'attendre.

Alors plus rien à faire, aujourd'hui, ni demain ni
jamais. Elle sentait tout cela vaguement à une certaine
désillusion, à un affaissement de ses rêves.

Elle se leva et vint coller son front aux vitres froides.
Puis, après avoir regardé quelque temps le ciel où
roulaient des nuages sombres, elle se décida à sortir.

Etaient-ce la même campagne, la même herbe, les
mêmes arbres qu'au mois de mai ? Qu'étaient donc
devenues la gaieté ensoleillée des feuilles, et la poésie
verte du gazon où flambaient les pissenlits, où sai-
gnaient les coquelicots, où rayonnaient les marguerites,
où frétillaient, comme au bout de fils invisibles, les
fantasques papillons jaunes ? Et cette griserie de l'air
chargé de vie, d'arômes, d'atomes féconds n'existait
plus.

Les avenues détrempées par les continuelles averses
d'automne s'allongeaient, couvertes d'un épais tapis de
feuilles mortes, sous la maigreur grelottante des peupliers presque nus. Les branches grêles tremblaient au
vent, agitaient encore quelque feuillage prêt à s'égrener
dans l'espace. Et sans cesse, tout le long du jour,
comme une pluie incessante et triste à faire pleurer, ces
dernières feuilles, toutes jaunes maintenant, pareilles à

de larges sous d'or, se détachaient, tournoyaient, voltigeaient et tombaient.

Elle alla jusqu'au bosquet. Il était lamentable comme la
chambre d'un mourant. La muraille verte qui séparait et
faisait secrètes les gentilles allées sinueuses, s'était éparpillée. Les arbustes emmêlés, comme une dentelle de bois
fin, heurtaient les unes aux autres leurs maigres
branches ; et le murmure des feuilles tombées et sèches
que la brise poussait, remuait, amoncelait en tas par
endroits, semblait un douloureux soupir d'agonie.

De tout petits oiseaux sautaient de place en place avec
un léger cri frileux, cherchant un abri.

Garantis cependant par l'épais rideau des ormes jetés en
avant-garde contre le vent de mer, le tilleul et le platane
encore couverts de leur parure d'été semblaient vêtus l'un
de velours rouge, l'autre de soie orange, teints ainsi par les
premiers froids selon la nature de leurs sèves.

Jeanne allait et venait à pas lents dans l'avenue de petite
mère, le long de la ferme des Couillard. Quelque chose
l'appesantissait comme le pressentiment des longs ennuis
de la vie monotone qui commençait.

Puis elle s'assit sur le talus où Julien, pour la première
fois, lui avait parlé d'amour ; et elle resta là, rêvassant,
presque sans songer, alanguie jusqu'au cœur, avec une
envie de se coucher, de dormir pour échapper à la tristesse
de ce jour.

Tout à coup elle aperçut une mouette qui traversait le
ciel, emportée dans une rafale ; et elle se rappela cet aigle
qu'elle avait vu, là-bas, en Corse, dans le sombre val
d'Ota. Elle reçut au cœur la vive secousse que donne le
souvenir d'une chose bonne et finie ; et elle revit brusquement l'île radieuse avec son parfum sauvage, son soleil qui
mûrit les oranges et les cédrats, ses montagnes aux
sommets roses, ses golfes d'azur, et ses ravins où roulent
des torrents.

Alors l'humide et dur paysage qui l'entourait, avec la

chute lugubre des feuilles, et les nuages gris entraînés par le vent, l'enveloppa d'une telle épaisseur de désolation qu'elle rentra pour ne point sangloter.

Petite mère, engourdie devant la cheminée, sommeillait, accoutumée à la mélancolie des journées, ne la sentant plus. Père et Julien étaient partis se promener en causant de leurs affaires. Et la nuit vint, semant de l'ombre morne dans le vaste salon, qu'éclairaient par éclats les reflets du feu.

Au-dehors, par les fenêtres, un reste de jour laissait distinguer encore cette nature sale de fin d'année, et le ciel grisâtre, comme frotté de boue lui-même.

Le baron bientôt parut, suivi de Julien ; dès qu'il eut pénétré dans la pièce enténébrée, il sonna, criant : « Vite, vite, de la lumière ! il fait triste ici. »

Et il s'assit devant la cheminée. Pendant que ses pieds mouillés fumaient près de la flamme, et que la crotte de ses semelles tombait, séchée par la chaleur, il se frottait gaiement les mains : « Je crois bien, dit-il, qu'il va geler ; le ciel s'éclaircit au nord ; c'est pleine lune ce soir ; ça piquera ferme cette nuit. »

Puis, se tournant vers sa fille : « Eh bien, petite, es-tu contente d'être revenue dans ton pays, dans ta maison, auprès des vieux ? »

Cette simple question bouleversa Jeanne. Elle se jeta dans les bras de son père, les yeux pleins de larmes, et l'embrassa nerveusement, comme pour se faire pardonner ; car, malgré ses efforts de cœur pour être gaie, elle se sentait triste à défaillir. Elle songeait pourtant à la joie qu'elle s'était promise en retrouvant ses parents ; et elle s'étonnait de cette froideur qui paralysait sa tendresse, comme si, lorsqu'on a beaucoup pensé de loin aux gens qu'on aime, et perdu l'habitude de les voir à toute heure, on éprouvait, en les retrouvant, une sorte d'arrêt d'affection jusqu'à ce que les liens de la vie commune fussent renoués.

Le dîner fut long ; on ne parla guère. Julien semblait avoir oublié sa femme.

Au salon, ensuite, elle se laissa engourdir par le feu, en face de petite mère qui dormait tout à fait ; et, un moment réveillée par la voix des deux hommes qui discutaient, elle se demanda, en essayant de secouer son esprit, si elle allait aussi être saisie par cette léthargie morne des habitudes que rien n'interrompt.

La flamme de la cheminée, molle et rougeâtre pendant le jour, devenait vive, claire, crépitante. Elle jetait de grandes lueurs subites sur les tapisseries ternies des fauteuils, sur le renard et la cigogne, sur le héron mélancolique, sur la cigale et la fourmi.

Le baron se rapprocha, souriant, et tendant ses doigts ouverts aux tisons vifs : « Ah ah ! ça flambe bien, ce soir. Il gèle, mes enfants, il gèle. » Puis il posa sa main sur l'épaule de Jeanne, et, montrant le feu : « Vois-tu, fillette, voilà ce qu'il y a de meilleur au monde : le foyer, le foyer avec les siens autour. Rien ne vaut ça. Mais si on allait se coucher. Vous devez être exténués, les enfants ? »

Remontée en sa chambre, la jeune femme se demandait comment deux retours aux mêmes lieux qu'elle croyait aimer pouvaient être si différents. Pourquoi se sentait-elle comme meurtrie, pourquoi cette maison, ce pays cher, tout ce qui, jusque-là, faisait frémir son cœur, lui semblaient-ils aujourd'hui si navrants ?

Mais son œil soudain tomba sur sa pendule. La petite abeille voltigeait toujours de gauche à droite, et de droite à gauche, du même mouvement rapide et continu, au-dessus des fleurs de vermeil. Alors, brusquement, Jeanne fut traversée par un élan d'affection, remuée jusqu'aux larmes devant cette petite mécanique qui semblait vivante, qui lui chantait l'heure et palpitait comme une poitrine.

Certes elle n'avait pas été aussi émue en embrassant père et mère. Le cœur a des mystères qu'aucun raisonnement ne pénètre.

Pour la première fois depuis son mariage elle était seule en son lit, Julien, sous prétexte de fatigue, ayant pris une autre chambre. Il était convenu d'ailleurs que chacun aurait la sienne.

Elle fut longtemps à s'endormir, étonnée de ne plus sentir un corps contre le sien, déshabituée du sommeil solitaire, et troublée par le vent hargneux du nord qui s'acharnait contre le toit.

Elle fut réveillée au matin par une grande lueur qui teignait son lit de sang ; et ses carreaux, tout barbouillés de givre, étaient rouges comme si l'horizon entier brûlait.

S'enveloppant d'un grand peignoir, elle courut à sa fenêtre et l'ouvrit.

Une brise glacée, saine et piquante, s'engouffra dans sa chambre, lui cinglant la peau d'un froid aigu qui fit pleurer ses yeux ; et, au milieu d'un ciel empourpré, un gros soleil rutilant et bouffi comme une figure d'ivrogne apparaissait derrière les arbres. La terre, couverte de gelée blanche, dure et sèche à présent, sonnait sous les pieds des gens de ferme. En cette seule nuit toutes les branches encore garnies des peupliers s'étaient dépouillées ; et derrière la lande apparaissait la grande ligne verdâtre des flots tout parsemés de traînées blanches.

Le platane et le tilleul se dévêtaient rapidement sous les rafales. A chaque passage de la brise glacée des tourbillons de feuilles détachées par la brusque gelée s'éparpillaient dans le vent comme un envolement d'oiseaux. Jeanne s'habilla, sortit, et, pour faire quelque chose, alla voir les fermiers.

Les Martin levèrent les bras, et la maîtresse l'embrassa sur les joues ; puis on la contraignit à boire un petit verre de noyau. Et elle se rendit à l'autre ferme. Les Couillard levèrent les bras ; la maîtresse la bécota sur les oreilles, et il fallut avaler un petit verre de cassis.

Après quoi elle rentra déjeuner.

Et la journée s'écoula comme celle de la veille, froide, au lieu d'être humide. Et les autres jours de la semaine ressemblèrent à ces deux-là ; et toutes les semaines du mois ressemblèrent à la première.

Peu à peu, cependant, son regret des contrées lointaines s'affaiblit. L'habitude mettait sur sa vie une couche de résignation pareille au revêtement de calcaire que certaines eaux déposent sur les objets. Et une sorte d'intérêt pour les mille choses insignifiantes de l'existence quotidienne, un souci des simples et médiocres occupations régulières renaquit en son cœur. En elle se développait une espèce de mélancolie méditante, un vague désenchantement de vivre. Que lui eût-il fallu ? Que désirait-elle ? Elle ne le savait pas. Aucun besoin mondain ne la possédait ; aucune soif de plaisirs, aucun élan même vers des joies possibles ; lesquelles d'ailleurs ? Ainsi que les vieux fauteuils du salon ternis par le temps, tout se décolorait doucement à ses yeux, tout s'effaçait, prenait une nuance pâle et morne.

Ses relations avec Julien avaient changé complètement. Il semblait tout autre depuis le retour de leur voyage de noces, comme un acteur qui a fini son rôle et reprend sa figure ordinaire. C'est à peine s'il s'occupait d'elle, s'il lui parlait même ; toute trace d'amour avait subitement disparu ; et les nuits étaient rares où il pénétrait dans sa chambre.

Il avait pris la direction de la fortune et de la maison, révisait les baux, harcelait les paysans, diminuait les dépenses[1] ; et ayant revêtu lui-même des allures de fermier gentilhomme, il avait perdu son vernis et son élégance de fiancé.

Il ne quittait plus, bien qu'il fût tigré de taches, un vieil habit de chasse en velours, garni de boutons de cuivre, retrouvé dans sa garde-robe de jeune homme, et envahi par la négligence des gens qui n'ont plus besoin de plaire, il avait cessé de se raser, de sorte que sa barbe longue, mal coupée, l'enlaidissait incroyablement. Ses mains n'étaient plus soignées ; et il buvait, après chaque repas, quatre ou cinq petits verres de cognac.

Jeanne ayant essayé de lui faire quelques tendres reproches, il avait répondu si brusquement : « Tu vas me laisser tranquille, n'est-ce pas ? » qu'elle ne se hasarda plus à lui donner des conseils.

Elle avait pris son parti de ces changements d'une façon qui l'étonnait elle-même. Il était devenu un étranger pour elle, un étranger dont l'âme et le cœur lui restaient fermés. Elle y songeait souvent, se demandant d'où venait qu'après s'être rencontrés ainsi, aimés, épousés dans un élan de tendresse, ils se retrouvaient tout à coup presque aussi inconnus l'un à l'autre que s'ils n'avaient pas dormi côte à côte.

Et comment ne souffrait-elle pas davantage de son abandon ? Etait-ce ainsi la vie ? S'étaient-ils trompés ? N'y avait-il plus rien pour elle dans l'avenir ?

Si Julien était demeuré beau, soigné, élégant, séduisant, peut-être eût-elle beaucoup souffert ?

Il était convenu qu'après le jour de l'an les nouveaux mariés resteraient seuls ; et que père et petite mère retourneraient passer quelques mois dans leur maison de Rouen. Les jeunes gens, cet hiver-là, ne devaient point quitter les Peuples, pour achever de s'installer, de s'habituer et de se plaire aux lieux où allait s'écouler toute leur vie. Ils avaient quelques voisins d'ailleurs, à qui Julien présenterait sa femme. C'étaient les Briseville, les Coutelier et les Fourville.

Mais les jeunes gens ne pouvaient encore commencer leurs visites, parce qu'il avait été impossible jusque-là de faire venir le peintre pour changer les armoiries de la calèche.

La vieille voiture de famille avait été cédée en effet à son gendre par le baron ; et Julien, pour rien au monde, n'aurait consenti à se présenter dans les châteaux voisins si l'écusson des de Lamare n'avait été écartelé avec celui des Le Perthuis des Vauds.

Or un seul homme dans le pays conservait la spécialité des ornements héraldiques, c'était un peintre de Bolbec, nommé Bataille, appelé tour à tour dans tous les castels normands pour fixer les précieux ornements sur les portières des véhicules.

Enfin, un matin de décembre, vers la fin du déjeuner, on vit un individu ouvrir la barrière et s'avancer dans le chemin droit. Il portait une boîte sur son dos. C'était Bataille.

On le fit entrer dans la salle et on lui servit à manger comme s'il eût été un monsieur, car sa spécialité, ses rapports incessants avec toute l'aristocratie du département, sa connaissance des armoiries, des termes consacrés, des emblèmes, en avaient fait une sorte d'homme-blason à qui les gentilshommes serraient la main.

On fit apporter aussitôt un crayon et du papier, et, pendant qu'il mangeait, le baron et Julien esquissèrent leurs écussons écartelés. La baronne, toute secouée dès qu'il s'agissait de ces choses, donnait son avis ; et Jeanne elle-même prenait part à la discussion, comme si quelque mystérieux intérêt se fut soudain éveillé en elle.

Bataille, tout en déjeunant, indiquait son opinion, prenait parfois le crayon, traçait un projet, citait des exemples, décrivait toutes les voitures seigneuriales de la contrée, semblait apporter avec lui, dans son esprit, dans sa voix même, une sorte d'atmosphère de noblesse.

C'était un petit homme à cheveux gris et ras, aux mains souillées de couleurs, et qui sentait l'essence. Il avait eu autrefois, disait-on, une vilaine affaire de mœurs ; mais la considération générale de toutes les familles titrées avait depuis longtemps effacé cette tache.

Dès qu'il eut fini son café, on le conduisit sous la remise et on enleva la toile cirée qui recouvrait la voiture. Bataille l'examina, puis il se prononça gravement sur les dimensions qu'il croyait nécessaire de donner à son dessin ; et, après un nouvel échange d'idées, il se mit à la besogne.

Malgré le froid, la baronne fit apporter un siège afin de le regarder travailler ; puis elle demanda une chaufferette pour ses pieds qui se glaçaient : et elle se mit tranquillement à causer avec le peintre, l'interrogeant sur des alliances qu'elle ignorait, sur les morts et les naissances nouvelles, complétant par ses renseignements l'arbre des généalogies qu'elle portait en sa mémoire.

Julien était demeuré près de sa belle-mère, à cheval sur une chaise. Il fumait sa pipe, crachait par terre, écoutait, et suivait de l'œil la mise en couleur de sa noblesse.

Bientôt le père Simon, qui se rendait au potager avec sa bêche sur l'épaule, s'arrêta lui-même pour considérer le travail ; et l'arrivée de Bataille ayant pénétré dans les deux fermes, les deux fermières ne tardèrent point à se présenter. Elles s'extasiaient debout aux deux côtés de la baronne, répétant : « Faut d' l'adresse tout d' même pour fignoler ces machines-là. »

Les écussons des deux portières ne purent être terminés que le lendemain, vers onze heures. Tout le monde aussitôt fut présent ; et on tira la calèche dehors pour mieux juger.

C'était parfait. On complimenta Bataille qui repartit avec sa boîte accrochée au dos. Et le baron, sa femme, Jeanne et Julien tombèrent d'accord sur ce point que le peintre était un garçon de grands moyens qui, si les circonstances l'avaient permis, serait devenu, sans aucun doute, un artiste.

Mais, par mesure d'économie, Julien avait accompli des réformes, qui nécessitaient des modifications nouvelles.

Le vieux cocher était devenu jardinier, le vicomte se chargeant de conduire lui-même et ayant vendu les carrossiers pour n'avoir plus à payer leur nourriture.

Puis, comme il fallait quelqu'un pour tenir les bêtes

quand les maîtres seraient descendus, il avait fait un petit domestique d'un jeune vacher nommé Marius.

Enfin, pour se procurer des chevaux, il introduisit dans le bail des Couillard et des Martin, une clause spéciale contraignant les deux fermiers à fournir chacun un cheval, un jour chaque mois, à la date fixée par lui, moyennant quoi ils demeuraient dispensés des redevances de volailles.

Donc les Couillard ayant amené une grande rosse à poil jaune, et les Martin un petit animal blanc à poil long, les deux bêtes furent attelées côte à côte ; et Marius, noyé dans une ancienne livrée du père Simon, amena devant le perron du château cet équipage.

Julien nettoyé, la taille cambrée, avait retrouvé un peu de son élégance passée ; mais sa barbe longue lui donnait malgré tout un aspect commun.

Il considéra l'attelage, la voiture et le petit domestique, et les jugea satisfaisants, les armoiries repeintes ayant seules pour lui de l'importance.

La baronne descendue de sa chambre au bras de son mari monta avec peine, et s'assit, le dos soutenu par des coussins. Jeanne à son tour parut. Elle rit d'abord de l'accouplement des chevaux, le blanc, disait-elle, était le petit-fils du jaune ; puis, quand elle aperçut Marius, la face ensevelie dans son chapeau à cocarde, dont son nez seul limitait la descente, et les mains disparues dans la profondeur des manches, et les deux jambes enjuponnées dans les basques de sa livrée, dont ses pieds, chaussés de souliers énormes, sortaient étrangement par le bas ; et quand elle le vit renverser la tête en arrière pour regarder, lever le genou pour faire un pas, comme s'il allait enjamber un fleuve, et s'agiter comme un aveugle pour obéir aux ordres, perdu tout entier, disparu dans l'ampleur de ses vêtements, elle fut saisie d'un rire invincible, d'un rire sans fin.

Le baron se retourna, considéra le petit homme abasourdi, et, cédant aussitôt à la contagion, il éclata, appelant sa femme, ne pouvant plus parler.

« Re-re-garde, Ma-Ma-Marius ! Est-il drôle ! Mon Dieu, est-il drô-drôle. »

Alors la baronne, s'étant penchée par la portière et l'ayant considéré, fut secouée d'une telle crise de gaieté que toute la calèche dansait sur ses ressorts, comme soulevée par des cahots.

Mais Julien, la face pâle, demanda : « Qu'est-ce que vous avez à rire comme ça ; il faut que vous soyez fous ! »

Jeanne, malade, convulsée, impuissante à se calmer, s'assit sur une marche du perron. Le baron en fit autant ; et, dans la calèche, des éternuements convulsifs, une sorte de gloussement continu, disaient que la baronne étouffait. Et soudain la redingote de Marius se mit à palpiter. Il avait compris sans doute, car il riait lui-même de toute sa force au fond de sa coiffure.

Alors Julien exaspéré s'élança. D'une gifle il sépara la tête du gamin et le chapeau géant qui s'envola sur le gazon ; puis, s'étant retourné vers son beau-père, il balbutia d'une voix tremblante de colère : « Il me semble que ce n'est pas à vous de rire. Nous n'en serions pas là si vous n'aviez gaspillé votre fortune et mangé votre avoir. A qui la faute si vous êtes ruiné ? »

Toute la gaieté fut glacée, cessa net. Et personne ne dit un mot. Jeanne, prête à pleurer maintenant, monta sans bruit près de sa mère. Le baron, surpris et muet, s'assit en face des deux femmes ; et Julien s'installa sur le siège, après avoir hissé près de lui l'enfant larmoyant et dont la joue enflait.

La route fut triste et parut longue. Dans la voiture on se taisait. Mornes et gênés tous trois, ils ne voulaient point s'avouer ce qui préoccupait leurs cœurs. Ils sentaient bien qu'ils n'auraient pu parler d'autre chose, tant cette pensée douloureuse les obsédait, et ils aimaient mieux se taire tristement que de toucher à ce sujet pénible.

Au trot inégal des deux bêtes, la calèche longeait les cours des fermes, faisait fuir à grands pas des poules noires effrayées qui plongeaient et disparaissaient dans les haies, était parfois suivie d'un chien-loup hurlant, qui regagnait ensuite sa maison, le poil hérissé, en se retournant encore pour aboyer vers la voiture. Un gars en sabots crottés, à longues jambes nonchalantes, qui allait, les mains au fond des poches, la blouse bleue gonflée par le vent dans le dos, se rangeait pour laisser passer l'équipage, et retirait gauchement sa casquette, laissant voir ses cheveux plats collés au crâne.

Et, entre chaque ferme, les plaines recommençaient avec d'autres fermes, au loin de place en place.

Enfin, on pénétra dans une grande avenue de sapins aboutissant à la route. Les ornières boueuses et profondes faisaient se pencher la calèche et pousser des cris à petite mère. Au bout de l'avenue, une barrière blanche était fermée ; Marius courut l'ouvrir et on contourna un immense gazon pour arriver, par un chemin arrondi, devant un haut, vaste et triste bâtiment dont les volets étaient clos.

La porte du milieu soudain s'ouvrit ; et un vieux domestique paralysé, vêtu d'un gilet rouge rayé de noir que recouvrait en partie son tablier de service, descendit à petits pas obliques les marches du perron. Il prit le nom des visiteurs et les introduisit dans un spacieux salon dont il ouvrit péniblement les persiennes toujours fermées. Les meubles étaient voilés de housses, la pendule et les candélabres enveloppés de linge blanc ; et un air moisi, un air d'autrefois, glacé, humide, semblait imprégner les poumons, le cœur et la peau de tristesse.

Tout le monde s'assit et on attendit. Quelques pas entendus dans le corridor au-dessus annonçaient un empressement inaccoutumé. Les châtelains surpris s'habillaient au plus vite. Ce fut long. Une sonnette tinta plusieurs fois. D'autres pas descendirent un escalier, puis remontèrent.

La baronne, saisie par le froid pénétrant, éternuait coup sur coup. Julien marchait de long en large. Jeanne, morne, restait assise auprès de sa mère. Et le baron, adossé au marbre de la cheminée, demeurait le front bas.

Enfin, une des hautes portes tourna, découvrant le vicomte et la vicomtesse de Briseville. Ils étaient tous les deux petits, maigrelets, sautillants, sans âge appréciable, cérémonieux et embarrassés. La femme, en robe de soie ramagée, coiffée d'un petit bonnet douairière à rubans, parlait vite de sa voix aigrelette.

Le mari serré dans une redingote pompeuse saluait avec un ploiement des genoux. Son nez, ses yeux, ses dents déchaussées, ses cheveux qu'on aurait dits enduits de cire et son beau vêtement d'apparat luisaient comme luisent les choses dont on prend grand soin.

Après les premiers compliments de bienvenue et les politesses de voisinage, personne ne trouva plus rien à dire. Alors on se félicita de part et d'autre sans raison. On continuerait, espérait-on des deux côtés, ces excellentes relations. C'était une ressource de se voir quand on habitait toute l'année la campagne.

Et l'atmosphère glaciale du salon pénétrait les os, enrouait les gorges. La baronne toussait maintenant sans avoir cessé tout à fait d'éternuer. Alors le baron donna le signal du départ. Les Briseville insistèrent. « Comment ? si vite ? Restez donc encore un peu. » Mais Jeanne s'était levée malgré les signes de Julien qui trouvait trop courte la visite.

On voulut sonner le domestique pour faire avancer la voiture. La sonnette ne marchait plus. Le maître du logis se précipita, puis vint annoncer qu'on avait mis les chevaux à l'écurie.

Il fallut attendre. Chacun cherchait une phrase, un mot à dire. On parla de l'hiver pluvieux. Jeanne, avec

d'involontaires frissons d'angoisse, demanda ce que pouvaient faire leurs hôtes, tous deux seuls, toute l'année.
Mais les Briseville s'étonnèrent de la question ; car ils
s'occupaient sans cesse, écrivant beaucoup à leurs parents
nobles semés par toute la France, passant leurs journées
en des occupations microscopiques, cérémonieux l'un vis-
à-vis de l'autre comme en face des étrangers, et causant
majestueusement des affaires les plus insignifiantes.

Et sous le haut plafond noirci du vaste salon inhabité,
tout empaqueté en des linges, l'homme et la femme si
petits, si propres, si corrects, semblaient à Jeanne des
conserves de noblesse.

Enfin la voiture passa devant les fenêtres avec ses deux
bidets inégaux. Mais Marius avait disparu. Se croyant
libre jusqu'au soir, il était sans doute parti faire un tour
dans la campagne.

Julien furieux pria qu'on le renvoyât à pied ; et, après
beaucoup de saluts de part et d'autre, on reprit le chemin
des Peuples.

Dès qu'ils furent enfermés dans la calèche, Jeanne et
son père, malgré l'obsession pesante qui leur restait de la
brutalité de Julien, se remirent à rire en contrefaisant les
gestes et les intonations des Briseville. Le baron imitait le
mari, Jeanne faisait la femme, mais la baronne un peu
froissée dans ses respects leur dit : « Vous avez tort de
vous moquer ainsi, ce sont des gens très comme il faut,
appartenant à d'excellentes familles. » On se tut pour ne
point contrarier petite mère, mais de temps en temps,
malgré tout, père et Jeanne recommençaient en se regardant. Il saluait avec cérémonie, et, d'un ton solennel :
« Votre château des Peuples doit être bien froid,
Madame, avec ce grand vent de mer qui le visite tout le
jour ? » Elle prenait un air pincé, et minaudant avec un
petit frétillement de la tête pareil à celui d'un canard qui
se baigne : « Oh ! ici, Monsieur, j'ai de quoi m'occuper
toute l'année. Puis nous possédons tant de parents à qui

écrire. Et M. de Briseville se décharge de tout sur moi. Il s'occupe de recherches savantes avec l'abbé Pelle. Ils font ensemble l'histoire religieuse de la Normandie[1]. »

La baronne souriait à son tour, contrariée et bienveillante, et répétait : « Ce n'est pas bien de se moquer ainsi des gens de notre classe. »

Mais soudain la voiture s'arrêta ; et Julien criait, appelant quelqu'un par-derrière. Alors Jeanne et le baron, s'étant penchés aux portières, aperçurent un être singulier qui semblait rouler vers eux. Les jambes embarrassées dans la jupe flottante de sa livrée, aveuglé par sa coiffure qui chavirait sans cesse, agitant ses manches comme des ailes de moulin, pataugeant dans les larges flaques d'eau qu'il traversait éperdument, trébuchant contre toutes les pierres de la route, se trémoussant, bondissant et couvert de boue, Marius suivait la calèche de toute la vitesse de ses pieds.

Dès qu'il l'eut rattrapée, Julien, se penchant, l'empoigna par le collet, l'amena près de lui, et, lâchant les rênes, se mit à cribler de coups de poing le chapeau qui s'enfonça jusqu'aux épaules du gamin en sonnant comme un tambour. Le gars hurlait là-dedans, essayait de fuir, de sauter du siège, tandis que son maître, le maintenant d'une main, frappait toujours avec l'autre.

Jeanne, éperdue, balbutiait : « Père... Oh ! père ! » et la baronne soulevée d'indignation serrait le bras de son mari. « Mais empêchez-le donc, Jacques. » Alors brusquement le baron abaissa la vitre de devant, et, attrapant la manche de son gendre, lui jeta, d'une voix frémissante : « Avez-vous bientôt fini de frapper cet enfant ? »

Julien stupéfait se retourna : « Vous ne voyez donc pas dans quel état le bougre a mis sa livrée ? »

Mais le baron, la tête sortie entre les deux : « Eh, que m'importe ! on n'est pas brutal à ce point. » Julien se fâchait de nouveau : « Laissez-moi tranquille, s'il vous plaît, cela ne vous regarde pas ! » et il levait encore la

main ; mais son beau-père la saisit brusquement et
l'abaissa avec tant de force qu'il la heurta contre le bois du
siège, et il cria si violemment : « Si vous ne cessez pas, je
descends et je saurai bien vous arrêter, moi ! » que le
vicomte se calma soudain, et, haussant les épaules sans
répondre, il fouetta les bêtes qui partirent au grand trot.

Les deux hommes, livides, ne remuaient point, et on
entendait distinctement les coups pesants du cœur de la
baronne.

Au dîner Julien fut plus charmant que de coutume,
comme si rien ne s'était passé. Jeanne, son père et
madame Adélaïde, qui oubliaient vite en leur sereine
bienveillance, attendris de le voir aimable, se laissaient
aller à la gaieté avec la sensation de bien-être des
convalescents ; et, comme Jeanne reparlait des Briseville,
son mari lui-même plaisanta, mais il ajouta bien vite :
« C'est égal, ils ont grand air. »

On ne fit point d'autres visites, chacun craignant de
raviver la question Marius. Il fut seulement décidé qu'on
enverrait aux voisins des cartes au jour de l'an, et qu'on
attendrait, pour les aller voir, les premiers jours tièdes du
printemps prochain.

La Noël vint. On eut à dîner le curé, le maire et sa
femme. On les invita de nouveau pour le jour de l'an. Ce
furent les seules distractions qui rompirent le monotone
enchaînement des jours.

Père et petite mère devaient quitter les Peuples le
9 janvier ; Jeanne les voulait retenir, mais Julien ne s'y
prêtait guère, et le baron, devant la froideur grandissante
de son gendre, fit venir de Rouen une chaise de poste.

La veille de leur départ, les paquets étant finis, comme
il faisait une claire gelée, Jeanne et son père se résolurent à
descendre jusqu'à Yport où ils n'avaient point été depuis
le retour de Corse.

Ils traversèrent le bois qu'elle avait parcouru le jour de
son mariage, toute mêlée à celui dont elle devenait pour

toujours la compagne, le bois où elle avait reçu sa première caresse, tressailli du premier frisson, pressenti cet amour sensuel qu'elle ne devait connaître enfin que dans le vallon sauvage d'Ota, auprès de la source où ils avaient bu, mêlant leurs baisers à l'eau.

Plus de feuilles, plus d'herbes grimpantes, rien que le bruit des branches, et cette rumeur sèche qu'ont en hiver les taillis dépouillés.

Ils entrèrent dans le petit village. Les rues vides, silencieuses, gardaient une odeur de mer, de varech et de poisson. Les vastes filets tannés séchaient toujours, accrochés devant les portes, ou bien étendus sur le galet. La mer grise et froide avec son éternelle et grondante écume commençait à descendre, découvrant, vers Fécamp, les rochers verdâtres au pied des falaises. Et le long de la plage les grosses barques échouées sur le flanc semblaient de vastes poissons morts. Le soir tombait et les pêcheurs s'en venaient par groupes au perret[1], marchant lourdement avec leurs grandes bottes marines, le cou enveloppé de laine, un litre d'eau-de-vie d'une main, la lanterne du bateau de l'autre. Longtemps ils tournèrent autour des embarcations inclinées ; ils mettaient à bord, avec une lenteur normande, leurs filets, leurs bouées, un gros pain, un pot de beurre, un verre et la bouteille de trois-six. Puis ils poussaient vers l'eau la barque redressée qui dévalait à grand bruit sur le galet, fendait l'écume, montait sur la vague, se balançait quelques instants, ouvrait ses ailes brunes et disparaissait dans la nuit avec son petit feu au bout du mât.

Et les grandes femmes des matelots dont les dures carcasses saillaient sous les robes minces, restées jusqu'au départ du dernier pêcheur, rentraient dans le village assoupi, troublant de leurs voix criardes le lourd sommeil des rues noires.

Le baron et Jeanne, immobiles, contemplaient l'éloignement dans l'ombre de ces hommes qui s'en allaient ainsi chaque nuit risquer la mort pour ne point crever de faim, et si misérables cependant qu'ils ne mangeaient jamais de viande.

Le baron, s'exaltant devant l'Océan, murmura : « C'est terrible et beau. Comme cette mer sur qui tombent les ténèbres, sur qui tant d'existences sont en péril, est superbe ! n'est-ce pas Jeannette ? »

Elle répondit avec un sourire gelé : « Ça ne vaut point la Méditerranée. » Mais son père, s'indignant : « La Méditerranée ! de l'huile, de l'eau sucrée, l'eau bleue d'un baquet de lessive. Regarde donc celle-ci comme elle est effrayante avec ses crêtes d'écume ! Et songe à tous ces hommes, partis là-dessus, et qu'on ne voit déjà plus. »

Jeanne avec un soupir consentit : « Oui, si tu veux. » Mais ce mot qui lui était venu aux lèvres, « la Méditerranée », l'avait de nouveau pincée au cœur, rejetant toute sa pensée vers ces contrées lointaines où gisaient ses rêves.

Le père et la fille alors, au lieu de revenir par les bois, gagnèrent la route et montèrent la côte à pas alentis. Ils ne parlaient guère, tristes de la séparation prochaine.

Parfois en longeant les fossés des fermes, une odeur de pommes pilées, cette senteur de cidre frais qui semble flotter en cette saison sur toute la campagne normande, les frappait au visage, ou bien un gras parfum d'étable, cette bonne et chaude puanteur qui s'exhale du fumier de vaches. Une petite fenêtre éclairée indiquait au fond de la cour la maison d'habitation.

Et il semblait à Jeanne que son âme s'élargissait, comprenait des choses invisibles ; et ces petites lueurs éparses dans les champs lui donnèrent soudain la sensation vive de l'isolement de tous les êtres que tout désunit, que tout sépare, que tout entraîne loin de ce qu'ils aimeraient.

Alors, d'une voix résignée, elle dit : « Ça n'est pas toujours gai, la vie. »

Le baron soupira : « Que veux-tu, fillette, nous n'y pouvons rien. »

Et le lendemain, père et petite mère étant partis, Jeanne et Julien restèrent seuls.

VII

Les cartes entrèrent alors dans la vie des jeunes gens.
Chaque jour, après le déjeuner, Julien, tout en fumant sa
pipe et se gargarisant avec du cognac dont il buvait peu à
peu six ou huit verres, faisait plusieurs parties de bésigue
avec sa femme. Elle montait ensuite en sa chambre,
s'asseyait près de la fenêtre, et, pendant que la pluie
battait les vitres ou que le vent les secouait, elle brodait
obstinément une garniture de jupon. Parfois, fatiguée,
elle levait les yeux, et contemplait au loin la mer sombre
qui moutonnait. Puis, après quelques minutes de ce
regard vague, elle reprenait son ouvrage.

Elle n'avait d'ailleurs rien autre chose à faire, Julien
ayant pris toute la direction de la maison, pour satisfaire
pleinement ses besoins d'autorité et ses démangeaisons
d'économie. Il se montrait d'une parcimonie féroce, ne
donnait jamais de pourboires, réduisait la nourriture au
strict nécessaire; et comme Jeanne, depuis qu'elle était
venue aux Peuples, se faisait faire chaque matin par le
boulanger une petite galette normande, il supprima cette
dépense et la condamna au pain grillé[1].

Elle ne disait rien afin d'éviter les explications, les
discussions et les querelles; mais elle souffrait comme de
coups d'aiguille à chaque nouvelle manifestation d'avarice
de son mari. Cela lui semblait bas et odieux, à elle, élevée

dans une famille où l'argent comptait pour rien. Combien souvent elle avait entendu dire à petite mère : « Mais c'est fait pour être dépensé, l'argent. » Julien maintenant répétait : « Tu ne pourras donc jamais t'habituer à ne pas jeter l'argent par les fenêtres ? » Et chaque fois qu'il avait rogné quelques sous sur un salaire ou sur une note, il prononçait, avec un sourire, en glissant la monnaie dans sa poche : « Les petits ruisseaux font les grandes rivières. »

En certains jours cependant Jeanne se reprenait à rêver. Elle s'arrêtait doucement de travailler, et, les mains molles, le regard éteint, elle refaisait un de ses romans de petite fille, partie en des aventures charmantes. Mais soudain, la voix de Julien qui donnait un ordre au père Simon l'arrachait à ce bercement de songerie ; et elle reprenait son patient ouvrage en se disant : « C'est fini, tout ça » ; et une larme tombait sur ses doigts qui poussaient l'aiguille.

Rosalie aussi, autrefois si gaie et toujours chantant, était changée. Ses joues rebondies avaient perdu leur vernis rouge, et, presque creuses maintenant, semblaient parfois frottées de terre.

Souvent Jeanne lui demandait : « Es-tu malade, ma fille ? » La petite bonne répondait toujours : « Non, Madame. » Un peu de sang lui montait aux pommettes et elle se sauvait bien vite.

Au lieu de courir comme autrefois, elle traînait ses pieds avec peine et ne paraissait même plus coquette, n'achetait plus rien aux marchands voyageurs qui lui montraient en vain leurs rubans de soie et leurs corsets et leurs parfumeries variées.

Et la grande maison avait l'air de sonner le creux, toute morne, avec sa face que les pluies maculaient de longues traînées grises.

A la fin de janvier les neiges arrivèrent. On voyait de loin les gros nuages venir du nord au-dessus de la mer sombre ; et la blanche descente des flocons commença. En une nuit toute la plaine fut ensevelie, et les arbres apparurent au matin drapés dans cette écume de glace.

Julien, chaussé de hautes bottes, l'air hirsute, passait son temps au fond du bosquet, embusqué derrière le fossé donnant sur la lande, à guetter les oiseaux émigrants. De temps en temps un coup de fusil crevait le silence gelé des champs ; et des bandes de corbeaux noirs effrayés s'envolaient des grands arbres en tournoyant.

Jeanne, succombant à l'ennui, descendait parfois sur le perron. Des bruits de vie venaient de fort loin répercutés sur la tranquillité dormante de cette nappe livide et morne.

Puis elle n'entendait plus rien qu'une sorte de ronflement des flots éloignés et le glissement vague et continu de cette poussière d'eau gelée tombant toujours.

Et la couche de neige s'élevait sans cesse sous la chute infinie de cette mousse épaisse et légère.

Par une de ces pâles matinées, Jeanne immobile chauffait ses pieds au feu de sa chambre, pendant que Rosalie, plus changée de jour en jour, faisait lentement le lit. Soudain elle entendit derrière elle un douloureux soupir. Sans tourner la tête, elle demanda : « Qu'est-ce que tu as donc ? »

La bonne, comme toujours, répondit : « Rien, Madame » ; mais sa voix semblait brisée, expirante.

Jeanne déjà songeait à autre chose quand elle remarqua qu'elle n'entendait plus remuer la jeune fille. Elle appela : « Rosalie ! » Rien ne bougea. Alors, la croyant sortie sans bruit, elle cria plus fort : « Rosalie ! » et elle allait allonger le bras pour sonner quand un profond gémissement, poussé tout près d'elle, la fit se dresser avec un frisson d'angoisse.

La petite servante, livide, les yeux hagards, était assise par terre, les jambes allongées, le dos appuyé contre le bois du lit.

Jeanne s'élança : « Qu'est-ce que tu as, qu'est-ce que tu as ? »

L'autre ne dit pas un mot, ne fit pas un geste ; elle fixait sur sa maîtresse un regard fou, et haletait, comme déchirée par une effroyable douleur. Puis, soudain, tendant tout son corps, elle glissa sur le dos, étouffant entre ses dents serrées un cri de détresse.

Alors sous sa robe collée à ses cuisses ouvertes quelque chose remua. Et de là partit aussitôt un bruit singulier, un clapotement, un souffle de gorge étranglée qui suffoque ; puis soudain ce fut un long miaulement de chat, une plainte frêle et déjà douloureuse, le premier appel de souffrance de l'enfant entrant dans la vie.

Jeanne brusquement comprit, et, la tête égarée, courut à l'escalier criant : « Julien, Julien ! »

Il répondit d'en bas : « Qu'est-ce que tu veux ? »

Elle eut grand-peine à prononcer : « C'est... c'est Rosalie qui... »

Julien s'élança, gravit les marches deux par deux, et, entrant brusquement dans la chambre, il releva d'un seul coup les vêtements de la fillette et découvrit un affreux petit morceau de chair, plissé, geignant, crispé et tout gluant, qui s'agitait entre deux jambes nues.

Il se redressa, la face méchante, et, poussant dehors sa femme éperdue : « Ça ne te regarde pas. Va-t'en. Envoie-moi Ludivine et le père Simon. »

Jeanne, toute tremblante, descendit à la cuisine, puis, n'osant plus remonter, elle entra dans le salon qui restait sans feu depuis le départ de ses parents, et elle attendit anxieusement des nouvelles.

Elle vit bientôt le domestique qui sortait en courant. Cinq minutes après il rentra avec la veuve Dentu, la sage-femme du pays.

Alors ce fut dans l'escalier un grand remuement comme si on portait un blessé ; et Julien vint dire à Jeanne qu'elle pouvait remonter chez elle.

Elle tremblait comme si elle venait d'assister à quelque sinistre accident. Elle s'assit de nouveau devant son feu, puis demanda : « Comment va-t-elle ? »

Julien, préoccupé, nerveux, marchait à travers l'appartement ; et une colère semblait le soulever. Il ne répondit point d'abord ; puis, au bout de quelques secondes, s'arrêtant : « Qu'est-ce que tu comptes faire de cette fille ? »

Elle ne comprenait pas et regardait son mari : « Comment ? Que veux-tu dire ? Je ne sais pas, moi. »

Et soudain il cria comme s'il s'emportait : « Nous ne pouvons pourtant pas garder un bâtard dans la maison. »

Alors Jeanne demeura très perplexe ; puis, au bout d'un long silence : « Mais, mon ami, peut-être pourrait-on le mettre en nourrice ? »

Il ne la laissa pas achever : « Et qui est-ce qui payera ? Toi sans doute ? »

Elle réfléchit encore longtemps, cherchant une solution ; enfin elle dit : « Mais le père s'en chargera, de cet enfant ; et, s'il épouse Rosalie, il n'y a plus de difficulté. »

Julien, comme à bout de patience, et furieux, reprit : « Le père !... le père !... le connais-tu... le père ?... — Non, n'est-ce pas ? Eh bien, alors ?... »

Jeanne, émue, s'animait : « Mais il ne laissera pas certainement cette fille ainsi. Ce serait un lâche ! nous demanderons son nom, et nous irons le trouver, lui, et il faudra bien qu'il s'explique. »

Julien s'était calmé et remis à marcher : « Ma chère, elle ne veut pas le dire, le nom de l'homme ; elle ne te l'avouera pas plus qu'à moi... et, s'il ne veut pas d'elle, lui ?... Nous ne pouvons pourtant pas garder sous notre toit une fille mère avec son bâtard, comprends-tu ? »

Jeanne, obstinée, répétait : « Alors c'est un misérable, cet homme ; mais il faudra bien que nous ne le connaissions ; et, alors, il aura affaire à nous. »

Julien, devenu fort rouge, s'irritait encore : « Mais...
en attendant... ? »

Elle ne savait que décider et lui demanda : « Qu'est-ce
que tu proposes, toi ? »

Aussitôt il dit son avis : « Oh ! moi, c'est bien simple.
Je lui donnerais quelque argent et je l'enverrais au diable
avec son mioche. »

Mais la jeune femme, indignée, se révolta. « Quant à
cela, jamais. C'est ma sœur de lait, cette fille ; nous avons
grandi ensemble. Elle a fait une faute, tant pis ; mais je ne
la jetterai pas dehors pour cela : et, s'il le faut, je
l'élèverai, cet enfant. »

Alors, Julien éclata : « Et nous aurons une propre
réputation, nous autres, avec notre nom et nos relations !
Et on dira partout que nous protégeons le vice, que nous
abritons des gueuses ; et les gens honorables ne voudront
plus mettre les pieds chez nous. Mais à quoi penses-tu,
vraiment ? Tu es folle ! »

Elle était demeurée calme. « Je ne laisserai jamais jeter
dehors Rosalie ; et si tu ne veux pas la garder, ma mère la
reprendra ; et il faudra bien que nous finissions par
connaître le nom du père de son enfant. »

Alors il sortit exaspéré, tapant la porte, et criant : « Les
femmes sont stupides avec leurs idées ! »

Jeanne, dans l'après-midi, monta chez l'accouchée. La
petite bonne, veillée par la veuve Dentu, restait immobile
dans son lit, les yeux ouverts, tandis que la garde berçait
en ses bras l'enfant nouveau-né.

Dès qu'elle aperçut sa maîtresse, Rosalie se mit à
sangloter, cachant sa figure dans ses draps, toute secouée
de désespoir. Jeanne la voulut embrasser, mais elle
résistait, se voilant. Alors la garde intervint, lui découvrit
le visage ; et elle se laissa faire, pleurant encore, mais
doucement.

Un maigre feu brûlait dans la cheminée ; il faisait froid ;
l'enfant pleurait. Jeanne n'osait point parler du petit de

crainte d'amener une autre crise; et elle avait pris la
main de sa bonne, en répétant d'un ton machinal : « Ça
ne sera rien, ça ne sera rien. » La pauvre fille regardait à
la dérobée vers la garde, tressaillait aux cris du marmot;
et un reste de chagrin l'étranglant jaillissait encore par
moments en un sanglot convulsif, tandis que des larmes
rentrées faisaient un bruit d'eau dans sa gorge.

Jeanne, encore une fois, l'embrassa, et, tout bas, lui
murmura dans l'oreille : « Nous en aurons bien soin, va,
ma fille. » Puis comme un nouvel accès de pleurs
commençait, elle se sauva bien vite.

Tous les jours elle y retourna, et tous les jours Rosalie
éclatait en sanglots en apercevant sa maîtresse.

L'enfant fut mis en nourrice chez une voisine.

Julien cependant parlait à peine à sa femme, comme
s'il eût gardé contre elle une grosse colère depuis qu'elle
avait refusé de renvoyer la bonne. Un jour il revint sur
ce sujet, mais Jeanne tira de sa poche une lettre de la
baronne demandant qu'on lui envoyât immédiatement
cette fille si on ne la gardait pas aux Peuples. Julien,
furieux, cria : « Ta mère est aussi folle que toi. » Mais il
n'insista plus.

Quinze jours après, l'accouchée pouvait déjà se lever
et reprendre son service.

Alors Jeanne, un matin, la fit asseoir, lui tint les mains
et, la traversant de son regard :

« Voyons, ma fille, dis-moi tout. »

Rosalie se mit à trembler, et balbutia :

« Quoi, Madame?

— A qui est-il, cet enfant? »

Alors la petite bonne fut reprise d'un désespoir épouvantable, et elle cherchait éperdument à dégager ses
mains pour s'en cacher la figure.

Mais Jeanne l'embrassait malgré elle, la consolait :
« C'est un malheur, que veux-tu, ma fille? Tu as été
faible; mais ça arrive à bien d'autres. Si le père t'épouse,

on n'y pensera plus ; et nous pourrons le prendre à notre service avec toi. »

Rosalie gémissait comme si on l'eût martyrisée, et de temps en temps donnait une secousse pour se dégager et s'enfuir.

Jeanne reprit : « Je comprends bien que tu aies honte ; mais tu vois que je ne me fâche pas, que je te parle doucement. Si je te demande le nom de l'homme, c'est pour ton bien, parce que je sens à ton chagrin qu'il t'abandonne, et que je veux empêcher cela. Julien ira le trouver, vois-tu, et nous le forcerons à t'épouser ; et comme nous vous garderons tous les deux, nous le forcerons bien aussi à te rendre heureuse. »

Cette fois Rosalie fit un effort si brusque qu'elle arracha ses mains de celles de sa maîtresse, et se sauva comme une folle.

Le soir, en dînant, Jeanne dit à Julien : « J'ai voulu décider Rosalie à me révéler le nom de son séducteur. Je n'ai pas pu réussir. Essaye donc de ton côté pour que nous contraignions ce misérable à l'épouser. »

Mais Julien tout de suite se fâcha : « Ah ! tu sais, je ne veux pas entendre parler de cette histoire-là, moi. Tu as voulu garder cette fille, garde-la, mais ne m'embête plus à son sujet. »

Il semblait, depuis l'accouchement, d'une humeur plus irritable encore ; et il avait pris cette habitude de ne plus parler à sa femme sans crier comme s'il eût été toujours furieux, tandis qu'au contraire elle baissait la voix, se faisait douce, conciliante pour éviter toute discussion ; et souvent elle pleurait, la nuit, dans son lit.

Malgré sa constante irritation, son mari avait repris des habitudes d'amour oubliées depuis leur retour, et il était rare qu'il passât trois soirs de suite sans franchir la porte conjugale.

Rosalie fut bientôt guérie entièrement et devint moins

triste, quoiqu'elle restât comme effarée, poursuivie par une crainte inconnue.

Et elle se sauva deux fois encore, alors que Jeanne essayait de l'interroger de nouveau.

Julien tout à coup parut aussi plus aimable ; et la jeune femme se rattachait à de vagues espoirs, retrouvait des gaietés, bien qu'elle se sentît parfois souffrante de malaises singuliers dont elle ne parlait point. Le dégel n'était pas venu et depuis bientôt cinq semaines un ciel clair comme un cristal bleu, le jour, et, la nuit, tout semé d'étoiles qu'on aurait crues de givre, tant le vaste espace était rigoureux, s'étendait sur la nappe unie, dure et luisante des neiges.

Les fermes isolées dans leurs cours carrées, derrière leurs rideaux de grands arbres poudrés de frimas, semblaient endormies en leur chemise blanche. Ni hommes ni bêtes ne sortaient plus ; seules les cheminées des chaumières révélaient la vie cachée par les minces filets de fumée qui montaient droit dans l'air glacial.

La plaine, les haies, les ormes des clôtures, tout semblait mort, tué par le froid. De temps en temps, on entendait craquer les arbres, comme si leurs membres de bois se fussent brisés sous l'écorce ; et parfois une grosse branche se détachait et tombait, l'invincible gelée pétrifiant la sève et rompant les fibres.

Jeanne attendait anxieusement le retour des souffles tièdes, attribuant à la rigueur terrible du temps toutes les souffrances vagues qui la traversaient.

Tantôt elle ne pouvait plus rien manger, prise de dégoût devant toute nourriture ; tantôt son pouls battait follement ; tantôt ses faibles repas lui donnaient des écœurements d'indigestion ; et ses nerfs tendus, vibrant sans cesse, la faisaient vivre en une agitation constante et intolérable.

Un soir le thermomètre descendit encore et Julien tout frissonnant au sortir de table (car jamais la salle n'était chauffée à point, tant il économisait sur le bois), se frotta les mains en murmurant : « Il fera bon coucher deux cette nuit, n'est-ce pas, ma chatte ? »

Il riait de son rire bon enfant d'autrefois, et Jeanne lui sauta au cou ; mais elle se sentait justement si mal à l'aise, ce soir-là, si endolorie, si étrangement nerveuse qu'elle le pria, tout bas, en lui baisant les lèvres, de la laisser dormir seule. Elle lui dit, en quelques mots, son mal : « Je t'en prie, mon chéri ; je t'assure que je ne suis pas bien. Ça ira mieux demain, sans doute. »

Il n'insista pas : « Comme il te plaira, ma chère ; si tu es malade, il faut te soigner. »

Et l'on parla d'autre chose.

Elle se coucha de bonne heure. Julien, par extraordinaire, fit allumer du feu dans sa chambre particulière. Quand on lui annonça que « ça flambait bien », il baisa sa femme au front, et s'en alla.

La maison entière semblait travaillée par le froid ; les murs pénétrés avaient des bruits légers comme des frissons ; et Jeanne en son lit grelottait.

Deux fois elle se releva pour remettre des bûches au foyer, et chercher des robes, des jupes, des vieux vêtements qu'elle amoncelait sur sa couche. Rien ne la pouvait réchauffer ; ses pieds s'engourdissaient, tandis qu'en ses mollets et jusqu'en ses cuisses des vibrations couraient qui la faisaient se retourner sans cesse, s'agiter, s'énerver à l'excès.

Bientôt ses dents claquèrent ; ses mains tremblèrent ; sa poitrine se serrait ; son cœur lent battait de grands coups sourds et semblait parfois s'arrêter ; et sa gorge haletait comme si l'air n'y pouvait plus entrer.

Une effroyable angoisse saisit son âme en même temps que l'invincible froid l'envahissait jusqu'aux moelles. Jamais elle n'avait éprouvé cela, elle ne s'était sentie abandonnée ainsi par la vie, prête à exhaler son dernier souffle.

Elle pensa : « Je vais mourir... Je meurs... »

Et, frappée d'épouvante, elle sauta hors du lit, sonna Rosalie, attendit, sonna de nouveau, attendit encore, frémissante et glacée.

La petite bonne ne venait point. Elle dormait sans doute de ce dur premier sommeil que rien ne brise ; et Jeanne, perdant l'esprit, s'élança, pieds nus, dans l'escalier.

Elle monta sans bruit, à tâtons, trouva la porte, l'ouvrit, appela : « Rosalie ! » avança toujours, heurta le lit, promena ses mains dessus et reconnut qu'il était vide. Il était vide et tout froid, comme si personne n'y eût couché.

Surprise, elle se dit : « Comment ! elle est encore partie courir par un temps pareil ! »

Mais comme son cœur, devenu tout à coup tumultueux, bondissait, l'étouffait, elle redescendit, les jambes fléchissantes, afin de réveiller Julien.

Elle pénétra chez lui violemment, fouettée par cette conviction qu'elle allait mourir et par le désir de le voir avant de perdre connaissance.

A la lueur du feu agonisant, elle aperçut, à côté de la tête de son mari, la tête de Rosalie sur l'oreiller.

Au cri qu'elle poussa, ils se dressèrent tous les deux. Elle demeura une seconde immobile dans l'effarement de cette découverte. Puis elle s'enfuit, rentra dans sa chambre ; et comme Julien éperdu avait appelé « Jeanne ! » une peur atroce la saisit de le voir, d'entendre sa voix, de l'écouter s'expliquer, mentir, de rencontrer son regard face à face ; et elle se précipita de nouveau dans l'escalier qu'elle descendit.

Elle courait maintenant dans l'obscurité au risque de rouler le long des marches, de se casser les membres sur la pierre. Elle allait devant elle, poussée par un impérieux besoin de fuir, de ne plus apprendre rien, de ne plus voir personne.

Quand elle fut en bas, elle s'assit sur une marche, toujours en chemise et nu-pieds; et elle demeurait là, l'esprit perdu.

Julien avait sauté du lit, s'habillait à la hâte. Elle l'entendit remuer, marcher. Elle se redressa pour se sauver de lui. Déjà il descendait aussi l'escalier, et il criait : « Ecoute, Jeanne ! »

Non, elle ne voulait pas écouter ni se laisser toucher du bout des doigts; et elle se jeta dans la salle à manger courant comme devant un assassin. Elle cherchait une issue, une cachette, un coin noir, un moyen de l'éviter. Elle se blottit sous la table. Mais déjà il ouvrait la porte, sa lumière à la main, répétant toujours : « Jeanne ! » et elle repartit comme un lièvre, s'élança dans la cuisine, en fit deux fois le tour à la façon d'une bête acculée; et, comme il la rejoignait encore, elle ouvrit brusquement la porte du jardin et s'élança dans la campagne.

Le contact glacé de la neige où ses jambes nues entraient parfois jusqu'aux genoux lui donna soudain une énergie désespérée. Elle n'avait pas froid, bien que toute découverte; elle ne sentait plus rien tant la convulsion de son âme avait engourdi son corps, et elle courait, blanche comme la terre.

Elle suivit la grande allée, traversa le bosquet, franchit le fossé et partit à travers la lande.

Pas de lune; les étoiles luisaient comme une semaille de feu dans le noir du ciel; mais la plaine était claire cependant, d'une blancheur terne, d'une immobilité figée, d'un silence infini.

Jeanne allait vite, sans souffler, sans savoir, sans réfléchir à rien. Et soudain elle se trouva au bord de la falaise. Elle s'arrêta net, par instinct, et s'accroupit, vidée de toute pensée et de toute volonté.

Dans le trou sombre devant elle la mer invisible et muette exhalait l'odeur salée de ses varechs à marée basse.

Elle demeura là longtemps, inerte d'esprit comme de

corps ; puis, tout à coup, elle se mit à trembler, mais à trembler follement comme une voile qu'agite le vent. Ses bras, ses mains, ses pieds secoués par une force invisible palpitaient, vibraient de sursauts précipités : et la connaissance lui revint brusquement, claire et poignante.

Puis des visions anciennes passèrent devant ses yeux ; cette promenade avec lui dans le bateau du père Lastique, leur causerie, son amour naissant, le baptême de la barque ; puis elle remonta plus loin jusqu'à cette nuit bercée de rêves à son arrivée aux Peuples. Et maintenant ! maintenant ! Oh ! sa vie était cassée, toute joie finie, toute attente impossible ; et l'épouvantable avenir plein de tortures, de trahisons et de désespoir lui apparut. Autant mourir, ce serait fini tout de suite.

Mais une voix criait au loin : « C'est ici, voilà ses pas ; vite, vite, par ici ! » C'était Julien qui la cherchait.

Oh ! elle ne le voulait pas revoir. Dans l'abîme, là, devant elle, elle entendait maintenant un petit bruit, le vague glissement de la mer sur les roches.

Elle se dressa, toute soulevée déjà pour s'élancer et, jetant à la vie l'adieu des désespérés, elle gémit le dernier mot des mourants, le dernier mot des jeunes soldats éventrés dans les batailles : « Maman ! »

Soudain la pensée de petite mère la traversa ; elle la vit sanglotant ; elle vit son père à genoux devant son cadavre noyé, elle eut en une seconde toute la souffrance de leur désespoir.

Alors elle retomba mollement dans la neige ; et elle ne se sauva plus quand Julien et le père Simon, suivis de Marius qui tenait une lanterne, la saisirent par les bras pour la rejeter en arrière, tant elle était près du bord.

Ils firent d'elle ce qu'ils voulurent, car elle ne pouvait plus remuer. Elle sentit qu'on l'emportait, puis qu'on la mettait dans un lit, puis qu'on la frictionnait avec des linges brûlants ; puis tout souvenir s'effaça, toute connaissance disparut.

Puis un cauchemar — était-ce un cauchemar ? — l'obséda. Elle était couchée dans sa chambre. Il faisait jour, mais elle ne pouvait pas se lever. Pourquoi ? elle n'en savait rien. Alors elle entendait un petit bruit sur le plancher, une sorte de grattement, de frôlement, et soudain une souris, une petite souris grise passait vivement sur son drap. Une autre aussitôt la suivit, puis une troisième qui s'avançait vers la poitrine, de son trot vif et menu. Jeanne n'avait pas peur ; mais elle voulut prendre la bête et lança sa main, sans y parvenir.

Alors d'autres souris, dix, vingt, des centaines, des milliers surgirent de tous les côtés. Elles grimpaient aux colonnes, filaient sur les tapisseries, couvraient la couche tout entière. Et bientôt elles pénétrèrent sous les couvertures ; Jeanne les sentait glisser sur sa peau, chatouiller ses jambes, descendre et monter le long de son corps. Elle les voyait venir du pied du lit pour pénétrer dedans contre sa gorge ; et elle se débattait, jetait ses mains en avant pour en saisir une et les refermait toujours vides.

Elle s'exaspérait, voulait fuir, criait, et il lui semblait qu'on la tenait immobile, que des bras vigoureux l'enlaçaient et la paralysaient ; mais elle ne voyait personne.

Elle n'avait point la notion du temps. Cela dut être long, très long.

Puis elle eut un réveil las[1], meurtri, doux cependant. Elle se sentait faible, faible. Elle ouvrit les yeux, et ne s'étonna pas de voir petite mère assise dans sa chambre, avec un gros homme qu'elle ne connaissait point.

Quel âge avait-elle ? elle n'en savait rien et se croyait toute petite fille. Elle n'avait, non plus, aucun souvenir.

Le gros homme dit : « Tenez, la connaissance revient. » Et petite mère se mit à pleurer. Alors le gros homme reprit : « Voyons, soyez calme, madame la Baronne, je vous dis que j'en réponds maintenant. Mais ne lui parlez de rien, de rien. Qu'elle dorme. »

Et il sembla à Jeanne qu'elle vivait encore très longtemps assoupie, reprise par un pesant sommeil dès qu'elle essayait de penser ; et elle n'essayait pas non plus de se rappeler quoi que ce soit, comme si, vaguement, elle avait eu peur de la réalité reparue en sa tête.

Or, une fois, comme elle s'éveillait, elle aperçut Julien, seul près d'elle ; et brusquement, tout lui revint, comme si un rideau se fût levé qui cachait sa vie passée.

Elle eut au cœur une douleur horrible et voulut fuir encore. Elle rejeta ses draps, sauta par terre et tomba, ses jambes ne la pouvant plus porter.

Julien s'élança vers elle ; et elle se mit à hurler pour qu'il ne la touchât point. Elle se tordait, se roulait. La porte s'ouvrit. Tante Lison accourait avec la veuve Dentu, puis le baron, puis enfin petite mère arriva soufflant, éperdue.

On la recoucha ; et aussitôt elle ferma les yeux sournoisement pour ne point parler et pour réfléchir à son aise.

Sa mère et sa tante la soignaient, s'empressaient, l'interrogeaient : « Nous entends-tu maintenant, Jeanne, ma petite Jeanne ? »

Elle faisait la sourde, ne répondant pas ; et elle s'aperçut très bien de la journée finie. La nuit vint. La garde s'installa près d'elle, et la faisait boire de temps en temps.

Elle buvait sans rien dire, mais elle ne dormait plus ; elle raisonnait péniblement, cherchant des choses qui lui échappaient, comme si elle avait eu des trous dans sa mémoire, de grandes places blanches et vides où les événements ne s'étaient point marqués.

Peu à peu, après de longs efforts, elle retrouva tous les faits.

Et elle y réfléchit avec une obstination fixe.

Petite mère, tante Lison et le baron étaient venus, donc elle avait été très malade. Mais Julien ? Qu'avait-il dit ? Ses parents savaient-ils ? Et Rosalie ? où était-elle ?

Et puis que faire ? que faire ? Une idée l'illumina —
retourner, avec père et petite mère, à Rouen, comme
autrefois. Elle serait veuve ; voilà tout.

Alors elle attendit, écoutant ce qu'on disait autour
d'elle, comprenant fort bien sans le laisser voir, jouis-
sant de ce retour de raison, patiente et rusée.

Le soir, enfin, elle se trouva seule avec la baronne
et elle appela, tout bas : « Petite mère ! » Sa propre
voix l'étonna, lui parut changée. La baronne lui saisit
les mains : « Ma fille ! ma Jeanne chérie ! ma fille, tu
me reconnais ?

— Oui, petite mère, mais il ne faut point pleurer ;
nous avons à causer longtemps. Julien t'a-t-il dit pourquoi je me suis sauvée dans la neige ?

— Oui, ma mignonne, tu as eu une grosse fièvre
très dangereuse.

— Ce n'est pas ça, maman. J'ai eu la fièvre après ;
mais t'a-t-il dit qui me l'a donnée, cette fièvre, et
pourquoi je me suis sauvée ?

— Non, ma chérie.

— C'est parce que j'ai trouvé Rosalie dans son lit. »

La baronne crut qu'elle délirait encore, la caressa.
« Dors, ma mignonne, calme-toi, essaye de dormir. »

Mais Jeanne, obstinée, reprit : « J'ai toute ma raison
maintenant, petite maman, je ne dis pas de folies
comme j'ai dû en dire les jours derniers. Je me sentais
malade une nuit, alors j'ai été chercher Julien. Rosalie
était couchée avec lui. J'ai perdu la tête de chagrin et
je me suis sauvée dans la neige pour me jeter à la
falaise. »

Mais la baronne répétait : « Oui, ma mignonne, tu
as été bien malade, bien malade.

— Ce n'est pas ça, maman, J'ai trouvé Rosalie dans
le lit de Julien, et je ne veux plus rester avec lui. Tu
m'emmèneras à Rouen, comme autrefois. »

La baronne, à qui le médecin avait recommandé de

ne contrarier Jeanne en rien, répondit : « Oui, ma mignonne. »

Mais la malade s'impatienta : « Je vois bien que tu ne me crois pas. Va chercher petit père, lui, il finira bien par me comprendre. »

Et petite mère se leva difficilement, prit ses deux cannes, sortit en traînant ses pieds, puis revint après quelques minutes avec le baron qui la soutenait.

Ils s'assirent devant le lit et Jeanne aussitôt commença. Elle dit tout, doucement, d'une voix faible, avec clarté : le caractère bizarre de Julien, ses duretés, son avarice, et enfin son infidélité.

Quand elle eut fini, le baron vit bien qu'elle ne divaguait pas, mais il ne savait que penser, que résoudre et que répondre.

Il lui prit la main, d'une façon tendre, comme autrefois quand il l'endormait avec des histoires. « Ecoute, ma chérie, il faut agir avec prudence. Ne brusquons rien ; tâche de supporter ton mari jusqu'au moment où nous aurons pris une résolution... Tu me le promets ? » Elle murmura : « Je veux bien, mais je ne resterai pas ici quand je serai guérie. »

Puis, tout bas, elle ajouta : « Où est Rosalie maintenant ? »

Le baron reprit : « Tu ne la verras plus. » Mais elle s'obstinait. « Où est-elle ? je veux savoir. » Alors il avoua qu'elle n'avait point quitté la maison ; mais il affirma qu'elle allait partir.

En sortant de chez la malade, le baron tout chauffé par la colère, blessé dans son cœur de père, alla trouver Julien, et, brusquement : « Monsieur, je viens vous demander compte de votre conduite vis-à-vis de ma fille. Vous l'avez trompée avec votre servante ; cela est doublement indigne. »

Mais Julien joua l'innocent, nia avec passion, jura, prit Dieu à témoin. Quelle preuve avait-on d'ailleurs ? Est-ce que Jeanne n'était pas folle ? ne venait-elle pas d'avoir une fièvre cérébrale ? ne s'était-elle pas sauvée par la neige, une nuit, dans un accès de délire, au début de sa maladie ? Et c'est justement au milieu de cet accès, alors qu'elle courait presque nue par la maison, qu'elle prétendait avoir vu sa bonne dans le lit de son mari !

Et il s'emportait ; il menaça d'un procès ; il s'indignait avec véhémence. Et le baron, confus, fit des excuses, demanda pardon, et tendit sa main loyale que Julien refusa de prendre.

Quand Jeanne connut la réponse de son mari, elle ne se fâcha point et répondit : « Il ment, papa, mais nous finirons par le convaincre. »

Et pendant deux jours elle fut taciturne, recueillie, méditant.

Puis, le troisième matin, elle voulut voir Rosalie. Le baron refusa de faire monter la bonne, déclara qu'elle était partie. Jeanne ne céda point, répétant : « Alors qu'on aille la chercher chez elle. »

Et déjà elle s'irritait quand le docteur entra. On lui dit tout pour qu'il jugeât. Mais Jeanne soudain se mit à pleurer, énervée outre mesure criant presque : « Je veux voir Rosalie : je veux la voir ! »

Alors le médecin lui prit la main, et, à voix basse : « Calmez-vous, Madame ; toute émotion pourrait devenir grave ; car vous êtes enceinte. »

Elle demeura saisie, comme frappée d'un coup ; et il lui sembla tout de suite que quelque chose remuait en elle. Puis elle resta silencieuse, n'écoutant pas même ce qu'on disait, s'enfonçant en sa pensée. Elle ne put dormir de la nuit, tenue en éveil par cette idée nouvelle et singulière qu'un enfant vivait là, dans son ventre ; et triste, peinée qu'il fût le fils de Julien ; inquiète, craignant qu'il ne ressemblât à son père. Au jour venu, elle fit appeler le baron. « Petit père, ma résolution est bien prise ; je veux tout savoir, surtout maintenant ; tu entends, je veux ; et tu sais qu'il ne faut pas me contrarier dans la situation où je suis. Ecoute bien. Tu vas aller chercher M. le Curé. J'ai besoin de lui pour empêcher Rosalie de mentir ; puis, dès qu'il sera venu, tu la feras monter et tu resteras là avec petite mère. Surtout veille à ce que Julien n'ait pas de soupçons. »

Une heure plus tard le prêtre entrait, engraissé encore, soufflant autant que petite mère. Il s'assit auprès d'elle dans un fauteuil, le ventre tombant entre ses jambes ouvertes ; et il commença par plaisanter, en passant par habitude son mouchoir à carreaux sur son front : « Eh bien, madame la Baronne, je crois que nous ne maigrissons pas ; m'est avis que nous faisons la paire. » Puis, se tournant vers le lit de la malade : « Hé ! hé ! qu'est-ce qu'on m'a dit, ma jeune dame, que nous aurions bientôt un nouveau baptême ? Ah ! ah ! ah ! pas d'une barque cette fois. » Et il ajouta d'un ton grave : « Ce sera un défenseur pour la patrie » ; puis, après une courte réflexion : « A moins que ce ne soit une bonne mère de famille » ; et, saluant la baronne, « comme vous, Madame ».

Mais la porte du fond s'ouvrit. Rosalie, éperdue, larmoyant, refusait d'entrer, cramponnée à l'encadrement, et poussée par le baron. Impatienté, il la jeta d'une secousse dans la chambre. Alors elle se couvrit la face de ses mains et resta debout, sanglotant.

Jeanne, dès qu'elle l'aperçut, se dressa brusquement, s'assit, plus pâle que ses draps ; et son cœur affolé soulevait de ses battements la mince chemise collée à sa peau. Elle ne pouvait parler, respirant à peine, suffoquée. Enfin, elle prononça d'une voix coupée par l'émotion : « Je... je... n'aurais pas... pas besoin... de t'interroger. Il... il me suffit de te voir ainsi... de... de voir ta... ta honte devant moi. »

Après une pause, car le souffle lui manquait, elle reprit : « Mais je veux tout savoir, tout... tout. J'ai fait venir M. le Curé pour que ce soit comme une confession, tu entends. »

Immobile, Rosalie poussait presque des cris entre ses mains crispées.

Le baron, que la colère gagnait, lui saisit les bras, les écarta violemment, et, la jetant à genoux près du lit : « Parle donc… Réponds. »

Elle resta par terre, dans la posture qu'on prête aux Madeleines, le bonnet de travers, le tablier sur le parquet, le visage voilé de nouveau de ses mains redevenues libres.

Alors le curé lui parla : « Allons, ma fille, écoute ce qu'on te dit, et réponds. Nous ne voulons pas te faire de mal ; mais on veut savoir ce qui s'est passé. »

Jeanne, penchée au bord de sa couche, la regardait. Elle dit : « C'est bien vrai que tu étais dans le lit de Julien quand je vous ai surpris. »

Rosalie, à travers ses mains, gémit : « Oui, Madame. »

Alors, brusquement, la baronne se mit à pleurer aussi avec un gros bruit de suffocation ; et ses sanglots convulsifs accompagnaient ceux de Rosalie.

Jeanne, les yeux droits sur la bonne, demanda :

« Depuis quand cela durait-il ? »

Rosalie balbutia : « Depuis qu'il est v'nu. »

Jeanne ne comprenait pas. « Depuis qu'il est venu… Alors… depuis… depuis le printemps ?

— Oui, Madame.

— Depuis qu'il est entré dans cette maison ?

— Oui, Madame. »

Et Jeanne, comme oppressée de questions, interrogea d'une voix précipitée :

« Mais comment cela s'est-il fait ? Comment te l'a-t-il demandé ? Comment t'a-t-il prise ? Qu'est-ce qu'il t'a dit ? A quel moment, comment as-tu cédé ? comment as-tu pu te donner à lui ? »

Et Rosalie, écartant ses mains cette fois, saisie aussi d'une fièvre de parler, d'un besoin de répondre :

« J' sais ti, mé ? C'est le jour qu'il a dîné ici la première fois, qu'il est v'nu m' trouver dans ma chambre. Il s'était caché dans l' grenier. J'ai pas osé crier pour pas faire d'histoire. Il s'est couché avec mé ; j' savais pu c' que j' faisais à çu moment-là ; il a fait c' qu'il a voulu. J'ai rien dit parce que je le trouvais gentil !... »

Alors Jeanne poussant un cri :

« Mais... ton... ton enfant... c'est à lui ?... »

Rosalie sanglota.

« Oui, Madame. »

Puis toutes deux se turent.

On n'entendait plus que le bruit des larmes de Rosalie et de la baronne.

Jeanne accablée sentit à son tour ses yeux ruisselants ; et les gouttes sans bruit coulèrent sur ses joues.

L'enfant de sa bonne avait le même père que le sien ! Sa colère était tombée. Elle se sentait maintenant toute pénétrée d'un désespoir morne, lent, profond, infini.

Elle reprit enfin d'une voix changée, mouillée, d'une voix de femme qui pleure :

« Quand nous sommes revenus de... de là-bas... du voyage... quand est-ce qu'il a recommencé ? »

La petite bonne, tout à fait écroulée par terre, balbutia : « Le... le premier soir il est v'nu. »

Chaque parole tordait le cœur de Jeanne. Ainsi, le premier soir, le soir du retour aux Peuples, il l'avait quittée pour cette fille. Voilà pourquoi il la laissait dormir seule !

Elle en savait assez, maintenant, elle ne voulait plus rien apprendre ; elle cria : « Va-t'en, va-t'en ! » Et comme Rosalie ne bougeait point, anéantie, Jeanne appela son père : « Emmène-la, emporte-la. » Mais le curé, qui n'avait encore rien dit, jugea le moment venu de placer un petit sermon.

« C'est très mal, ce que tu as fait là, ma fille, très mal ; et le bon Dieu ne te pardonnera pas de sitôt. Pense à l'enfer qui t'attend si tu ne gardes pas désormais une bonne conduite. Maintenant que tu as un enfant, il faut que tu te ranges. Madame la Baronne fera sans doute quelque chose pour toi, et nous te trouverons un mari... »

Il aurait longtemps parlé, mais le baron ayant de nouveau saisi Rosalie par les épaules, la souleva, la traîna jusqu'à la porte, et la jeta, comme un paquet, dans le couloir.

Dès qu'il fut revenu, plus pâle que sa fille, le curé reprit la parole : « Que voulez-vous ? elles sont toutes comme ça dans le pays. C'est une désolation, mais on n'y peut rien, et il faut bien un peu d'indulgence pour les faiblesses de la nature. Elles ne se marient jamais sans être enceintes, jamais, Madame. » Et il ajouta souriant : « On dirait une coutume locale. » Puis d'un ton indigné : « Jusqu'aux enfants qui s'en mêlent. N'ai-je pas trouvé l'an dernier, dans le cimetière, deux petits du catéchisme, le garçon et la fille ! J'ai prévenu les parents ! Savez-vous ce qu'ils m'ont répondu ? « Qu' voulez-vous, monsieur l' Curé, c'est pas nous qui leur avons appris ces saletés-là, j'y pouvons rien. » — Voilà, Monsieur, votre bonne a fait comme les autres. »

Mais le baron, qui tremblait d'énervement, l'interrompit : « Elle ? que m'importe ! mais c'est Julien qui m'indigne. C'est infâme ce qu'il a fait là, et je vais emmener ma fille. »

Et il marchait s'animant toujours, exaspéré : « C'est infâme d'avoir ainsi trahi ma fille, infâme ! C'est un gueux, cet homme, une canaille, un misérable ; et je le lui dirai, je le souffletterai, je le tuerai sous ma canne ! »

Mais le prêtre, qui absorbait lentement une prise de tabac à côté de la baronne en larmes, et qui cherchait à accomplir son ministère d'apaisement, reprit : « Voyons, monsieur le Baron, entre nous, il a fait comme tout le monde. En connaissez-vous beaucoup, des maris qui soient fidèles ? » Et il ajouta, avec une bonhomie mali-

cieuse : « Tenez, je parie que vous-même, vous avez fait
vos farces. Voyons, la main sur la conscience, est-ce
vrai ? » Le baron s'était arrêté, saisi, en face du prêtre qui
continua : « Eh ! oui, vous avez fait comme les autres.
Qui sait même si vous n'avez jamais tâté d'une petite
bobonne comme celle-là. Je vous dis que tout le monde en
fait autant. Votre femme n'en a pas été moins heureuse ni
moins aimée, n'est-ce pas ? »

Le baron ne remuait plus, bouleversé.

C'était vrai, parbleu, qu'il en avait fait autant, et
souvent encore, toutes les fois qu'il avait pu ; et il n'avait
pas respecté non plus le toit conjugal ; et, quand elles
étaient jolies, il n'avait jamais hésité devant les servantes
de sa femme ! Etait-il pour cela un misérable ! Pourquoi
jugeait-il si sévèrement la conduite de Julien alors qu'il
n'avait jamais même songé que la sienne pût être coupable ?

Et la baronne, tout essoufflée encore de sanglots, eut
sur les lèvres une ombre de sourire au souvenir des
fredaines de son mari, car elle était de cette race
sentimentale, vite attendrie, et bienveillante, pour qui les
aventures d'amour font partie de l'existence.

Jeanne, affaissée, les yeux ouverts devant elle, allongée
sur le dos et les bras inertes, songeait douloureusement.
Une parole de Rosalie lui était revenue qui lui blessait
l'âme, et pénétrait comme une vrille en son cœur : « Moi,
j'ai rien dit parce que je le trouvais gentil. »

Elle aussi l'avait trouvé gentil ; et c'est uniquement
pour cela qu'elle s'était donnée, liée pour la vie, qu'elle
avait renoncé à toute autre espérance, à tous les projets
entrevus, à tout l'inconnu de demain. Elle était tombée
dans ce mariage, dans ce trou sans bords pour remonter
dans cette misère, dans cette tristesse, dans ce désespoir,
parce que, comme Rosalie, elle l'avait trouvé gentil !

La porte s'ouvrit d'une poussée furieuse, Julien parut,
l'air féroce. Il avait aperçu, dans l'escalier, Rosalie

gémissant et il venait savoir, comprenant qu'on tramait quelque chose, que la bonne avait parlé sans doute. La vue du prêtre le cloua sur place.

Il demanda d'une voix tremblante, mais calme : « Quoi ? qu'y a-t-il ? » Le baron, si violent tout à l'heure, n'osait rien dire craignant l'argument du curé et son propre exemple invoqué par son gendre. Petite mère larmoyait plus fort ; mais Jeanne s'était soulevée sur ses mains et elle regardait, haletante, celui qui la faisait si cruellement souffrir. Elle balbutia : « Il y a que nous n'ignorons plus rien, que nous savons toutes vos infamies depuis... depuis le jour où vous êtes entré dans cette maison... il y a que l'enfant de cette bonne est à vous comme... comme... le mien... ils seront frères... » Et, une surabondance de douleur lui étant venue à cette pensée, elle s'affaissa dans ses draps et pleura frénétiquement.

Il restait béant, ne sachant que dire ni que faire. Le curé intervint encore.

« Voyons, voyons, ne nous chagrinons pas tant que ça, ma jeune dame, soyez raisonnable. » Il se leva, s'approcha du lit, et posa sa main tiède sur le front de cette désespérée. Ce simple contact l'amollit étrangement ; elle se sentit aussitôt alanguie, comme si cette forte main de rustre habituée aux gestes qui absolvent, aux caresses réconfortantes, lui eût apporté dans son toucher un apaisement mystérieux.

Le bonhomme, demeuré debout, reprit : « Madame, il faut toujours pardonner. Voilà un grand malheur qui vous arrive ; mais Dieu, dans sa miséricorde, l'a compensé par un grand bonheur, puisque vous allez être mère. Cet enfant sera votre consolation. C'est en son nom que je vous implore, que je vous adjure de pardonner l'erreur de M. Julien. Ce sera un lien nouveau entre vous, un gage de sa fidélité future. Pouvez-vous rester séparée de cœur de celui dont vous portez l'œuvre dans votre flanc ? »

Elle ne répondait point, broyée, endolorie, épuisée

maintenant, sans force même pour la colère et la ran-
cune. Ses nerfs lui semblaient lâchés, coupés doucement, elle ne vivait plus qu'à peine.

La baronne, pour qui tout ressentiment semblait
impossible, et dont l'âme était incapable d'un effort
prolongé, murmura : « Voyons, Jeanne. »

Alors le prêtre prit la main du jeune homme, et,
l'attirant près du lit, la posa dans la main de sa femme.
Il appliqua dessus une petite tape comme pour les unir
d'une façon définitive ; et, quittant son ton prêcheur et
professionnel, il dit, d'un air content : « Allons, c'est
fait : croyez-moi, ça vaut mieux. »

Puis les deux mains, rapprochées un moment, se
séparèrent aussitôt. Julien, n'osant embrasser Jeanne,
baisa sa belle-mère au front, pivota sur ses talons, prit
le bras du baron qui se laissa faire, heureux au fond
que la chose se fût arrangée ainsi ; et ils sortirent
ensemble pour fumer un cigare.

Alors la malade anéantie s'assoupit pendant que le
prêtre et petite mère causaient doucement à voix basse.

L'abbé parlait, expliquant, développant ses idées ; et
la baronne consentait toujours d'un signe de tête. Il dit,
enfin, pour conclure : « Donc, c'est entendu ; vous
donnez à cette fille la ferme de Barville, et je me charge
de lui trouver un mari, un brave garçon rangé. Oh !
avec un bien de vingt mille francs, nous ne manquerons
pas d'amateurs. Nous n'aurons que l'embarras du
choix. »

Et la baronne souriait maintenant, heureuse, avec
deux larmes restées en route sur ses joues, mais dont la
traînée humide était déjà séchée.

Elle insistait : « C'est entendu, Barville vaut, au bas
mot, vingt mille francs ; mais on placera le bien sur la
tête de l'enfant ; les parents en auront la jouissance
pendant leur vie. »

Et le curé se leva, serra la main de petite mère : « Ne

vous dérangez point, madame la Baronne, ne vous dérangez point ; je sais ce que vaut un pas. »

Comme il sortait, il rencontra tante Lison qui venait voir sa malade. Elle ne s'aperçut de rien ; on ne lui dit rien ; et elle ne sut rien, comme toujours.

VIII

Rosalie avait quitté la maison et Jeanne accomplissait la période de sa grossesse douloureuse. Elle ne se sentait au cœur aucun plaisir à se savoir mère, trop de chagrins l'avaient accablée. Elle attendait son enfant sans curiosité, courbée encore sous des appréhensions de malheurs indéfinis.

Le printemps était venu tout doucement. Les arbres nus frémissaient sous la brise encore fraîche, mais dans l'herbe humide des fossés, où pourrissaient les feuilles de l'automne, les primevères jaunes commençaient à se montrer. De toute la plaine, des cours de ferme, des champs détrempés, s'élevait une senteur d'humidité, comme un goût de fermentation. Et une foule de petites pointes vertes sortait de la terre brune et luisait aux rayons du soleil.

Une grosse femme, bâtie en forteresse, remplaçait Rosalie et soutenait la baronne dans ses promenades monotones tout le long de son allée, où la trace de son pied plus lourd restait sans cesse humide et boueuse.

Petit père donnait le bras à Jeanne alourdie maintenant et toujours souffrante ; et tante Lison inquiète, affairée de l'événement prochain, lui tenait la main de l'autre côté, toute troublée de ce mystère qu'elle ne devait jamais connaître.

Ils allaient tous ainsi sans guère parler, pendant des heures, tandis que Julien parcourait le pays à cheval, ce goût nouveau l'ayant envahi subitement.

Rien ne vint plus troubler leur vie morne. Le baron, sa femme et le vicomte firent une visite aux Fourville que Julien semblait déjà connaître beaucoup, sans qu'on s'expliquât au juste comment. Une autre visite de cérémonie fut échangée avec les Briseville, toujours cachés en leur manoir dormant.

Un après-midi, vers quatre heures, comme deux cavaliers, l'homme et la femme, entraient au trot dans la cour précédant le château, Julien, très animé, pénétra dans la chambre de Jeanne. « Vite, vite, descends. Voici les Fourville. Ils viennent en voisins, tout simplement, sachant ton état. Dis que je suis sorti, mais que je vais rentrer. Je fais un bout de toilette. »

Jeanne étonnée, descendit. Une jeune femme pâle, jolie, avec une figure douloureuse, des yeux exaltés, et des cheveux d'un blond mat comme s'ils n'avaient jamais été caressés d'un rayon de soleil, présenta tranquillement son mari, une sorte de géant, de croquemitaine à grandes moustaches rousses. Puis elle ajouta : « Nous avons eu plusieurs fois l'occasion de rencontrer M. de Lamare. Nous savons par lui combien vous êtes souffrante ; et nous n'avons pas voulu tarder davantage à venir vous voir en voisins, sans cérémonie du tout. Vous le voyez, d'ailleurs, nous sommes à cheval. J'ai eu, en outre, l'autre jour, le plaisir de recevoir la visite de madame votre mère et du baron. »

Elle parlait avec une aisance infinie, familière et distinguée. Jeanne fut séduite et l'adora tout de suite. « Voici une amie », pensa-t-elle.

Le comte de Fourville, au contraire, semblait un ours entré dans un salon. Quand il fut assis, il posa son chapeau sur la chaise voisine, hésita quelque temps sur ce qu'il ferait de ses mains, les appuya sur ses genoux, sur les bras de son fauteuil, puis enfin croisa les doigts comme pour une prière.

Tout à coup Julien entra. Jeanne stupéfaite ne le reconnaissait plus. Il s'était rasé. Il était beau, élégant et séduisant comme aux jours de leurs fiançailles. Il serra la patte velue du comte qui sembla réveillé par sa venue, et baisa la main de la comtesse dont la joue d'ivoire rosit un peu, et dont les paupières eurent un tressaillement.

Il parla. Il fut aimable comme autrefois. Ses larges yeux, miroirs d'amour, étaient redevenus caressants ; et ses cheveux, tout à l'heure ternes et durs, avaient repris soudain sous la brosse et l'huile parfumée leurs molles et luisantes ondulations.

Au moment où les Fourville repartaient, la comtesse se tourna vers lui : « Voulez-vous, mon cher Vicomte, faire jeudi une promenade à cheval ? »

Puis, pendant qu'il s'inclinait, en murmurant : « Mais certainement, Madame », elle prit la main de Jeanne, et d'une voix tendre et pénétrante, avec un sourire affectueux : « Oh ! quand vous serez guérie, nous galoperons tous les trois par le pays. Ce sera délicieux ; voulez-vous ? »

D'un geste aisé elle releva la queue de son amazone ; puis elle fut en selle avec une légèreté d'oiseau, tandis que son mari, après avoir gauchement salué, enfourchait sa grande bête normande, d'aplomb là-dessus comme un centaure.

Quand ils eurent disparu au tournant de la barrière, Julien, qui semblait enchanté, s'écria : « Quelles charmantes gens ! Voilà une connaissance qui nous sera utile. »

Jeanne, contente aussi sans savoir pourquoi, répondit : « La petite comtesse est ravissante, je sens que je l'aimerai ; mais le mari a l'air d'une brute. Où les as-tu donc connus ? »

Il se frottait gaiement les mains : « Je les ai rencontrés

par hasard chez les Briseville. Le mari semble un peu rude. C'est un chasseur enragé, mais un vrai noble, celui-là. »

Et le dîner fut presque joyeux, comme si un bonheur caché était entré dans la maison.

Et rien de nouveau n'arriva plus jusqu'aux derniers jours de juillet.

Un mardi soir, comme ils étaient assis sous le platane, autour d'une table de bois qui portait deux petits verres et un carafon d'eau-de-vie, Jeanne soudain poussa une sorte de cri, et, devenant très pâle, porta les deux mains à son flanc. Une douleur rapide, aiguë, l'avait brusquement parcourue, puis s'était éteinte aussitôt.

Mais, au bout de dix minutes, une autre douleur la traversa, qui fut plus longue, bien que moins vive. Elle eut grand-peine à rentrer, presque portée par son père et son mari. Le court trajet du platane à sa chambre lui parut interminable ; et elle geignait involontairement, demandant à s'asseoir, à s'arrêter, accablée par une sensation intolérable de pensanteur dans le ventre.

Elle n'était pas à terme, l'enfantement n'étant prévu que pour septembre ; mais, comme on craignait un accident, une carriole fut alertée, et le père Simon partit au galop pour chercher le médecin.

Il arriva vers minuit, et, du premier coup d'œil, reconnut les symptômes d'un accouchement prématuré.

Dans le lit les souffrances s'étaient un peu apaisées, mais une angoisse affreuse étreignait Jeanne, une défaillance désespérée de tout son être, quelque chose comme le pressentiment, le toucher mystérieux de la mort. Il est de ces moments où elle nous effleure de si près que son souffle nous glace le cœur.

La chambre était pleine de monde. Petite mère suffoquait, affaissée dans un fauteuil. Le baron, dont les mains tremblaient, courait de tous côtés, apportait des objets, consultait le médecin, perdait la tête. Julien marchait de long en large, la mine affairée, mais l'esprit calme ; et la veuve Dentu se tenait debout aux pieds du lit avec un visage de circonstance, un visage de femme d'expérience que rien n'étonne. Garde-malade, sage-femme et veilleuse des morts, recevant ceux qui viennent, recueillant leur premier cri, lavant de la première eau leur chair nouvelle, la roulant dans le premier linge, puis écoutant avec la même quiétude la dernière parole, le dernier râle, le dernier frisson de ceux qui partent, faisant aussi leur dernière toilette, épongeant avec du vinaigre leur corps usé, l'enveloppe du dernier drap, elle s'était fait une indifférence inébranlable à tous les accidents de la naissance ou de la mort.

La cuisinière Ludivine et tante Lison restaient discrètement cachées contre la porte du vestibule.

Et la malade, de temps en temps, poussait une faible plainte.

Pendant deux heures, on put croire que l'événement se ferait beaucoup attendre ; mais, vers le point du jour, les douleurs reprirent tout à coup avec violence, et devinrent bientôt épouvantables.

Et Jeanne, dont les cris involontaires jaillissaient entre ses dents serrées, pensait sans cesse à Rosalie qui n'avait point souffert, qui n'avait presque pas gémi, dont l'enfant, l'enfant bâtard, était sorti sans peine et sans tortures.

Dans son âme misérable et troublée elle faisait entre elles une comparaison incessante ; et elle maudissait Dieu, qu'elle avait cru juste autrefois ; elle s'indignait des préférences coupables du destin, et des criminels mensonges de ceux qui prêchent la droiture et le bien.

Parfois la crise devenait tellement violente que toute idée s'éteignait en elle. Elle n'avait plus de force, de vie, de connaissance que pour souffrir.

Dans les minutes d'apaisement elle ne pouvait détacher son œil de Julien ; et une autre douleur, une douleur de l'âme l'étreignait en se rappelant ce jour où sa bonne était tombée aux pieds de ce même lit avec son enfant entre les jambes, le frère du petit être qui lui déchirait si cruellement les entrailles. Elle retrouvait les paroles de son mari, devant cette fille étendue; et maintenant elle lisait en lui, comme si ses pensées eussent été écrites dans ses mouvements, elle lisait le même ennui, la même indifférence pour elle que pour l'autre, le même insouci d'homme égoïste, que la paternité irrite.

Mais une convulsion effroyable la saisit, un spasme si cruel qu'elle se dit : « Je vais mourir. Je meurs ! » Alors une révolte furieuse, un besoin de maudire emplit son âme, et une haine exaspérée contre cet homme qui l'avait perdue, et contre l'enfant inconnu qui la tuait.

Elle se tendit dans un effort suprême pour rejeter d'elle ce fardeau. Il lui sembla soudain que tout son ventre se vidait brusquement; et sa souffrance s'apaisa.

La garde et le médecin étaient penchés sur elle, la maniaient. Ils enlevèrent quelque chose; et bientôt ce bruit étouffé qu'elle avait entendu déjà la fit tressaillir; puis ce petit cri douloureux, ce miaulement frêle d'enfant nouveau-né lui entra dans l'âme, dans le cœur, dans tout son pauvre corps épuisé; et elle voulut, d'un geste inconscient, tendre les bras.

Ce fut en elle une traversée de joie, un élan vers un bonheur nouveau, qui venait d'éclore. Elle se trouvait, en une seconde, délivrée, apaisée, heureuse, heureuse comme elle ne l'avait jamais été. Son cœur et sa chair se ranimaient, elle se sentait mère !

Elle voulut connaître son enfant ! Il n'avait pas de cheveux, pas d'ongles, étant venu trop tôt; mais lorsqu'elle vit remuer cette larve, qu'elle la vit ouvrir la bouche, pousser ses vagissements, qu'elle toucha cet avorton fripé, grimaçant, vivant, elle fut inondée d'une joie irrésistible, elle comprit qu'elle était sauvée, garan-

tie contre tout désespoir, qu'elle tenait là de quoi aimer à
ne savoir plus faire autre chose.

Dès lors elle n'eut plus qu'une pensée : son enfant. Elle
devint subitement une mère fanatique, d'autant plus
exaltée qu'elle avait été plus déçue dans son amour, plus
trompée dans ses espérances. Il lui fallait toujours le
berceau près de son lit, puis, quand elle put se lever, elle
resta des journées entières assise contre la fenêtre, auprès
de la couche légère qu'elle balançait.

Elle fut jalouse de la nourrice ; et, quand le petit être
assoiffé tendait les bras vers le gros sein aux veines
bleuâtres, et prenait entre ses lèvres goulues le bouton de
chair brune et plissée, elle regardait, pâlie, tremblante, la
forte et calme paysanne, avec un désir de lui arracher son
fils, et de frapper, de déchirer de l'ongle cette poitrine
qu'il buvait avidement.

Puis elle voulut broder elle-même, par le parer, des
toilettes fines, d'une élégance compliquée. Il fut enveloppé dans une brume de dentelles, et coiffé de bonnets
magnifiques. Elle ne parlait plus que de cela, coupait les
conversations, pour faire admirer un lange, une bavette
ou quelque ruban supérieurement ouvragé, et, n'écoutant
rien de ce qu'on disait autour d'elle, elle s'extasiait sur des
bouts de linge qu'elle tournait longtemps et retournait
dans sa main levée pour mieux voir ; puis soudain elle
demandait : « Croyez-vous qu'il sera beau avec ça ? »

Le baron et petite mère souriaient de cette tendresse
frénétique, mais Julien troublé dans ses habitudes, diminué dans son importance dominatrice par la venue de ce
tyran braillard et tout-puissant, jaloux inconsciemment de
ce morceau d'homme qui lui volait sa place dans la
maison, répétait sans cesse, impatient et colère : « Est-elle
assommante avec son mioche ! »

Elle fut bientôt tellement obsédée par cet amour qu'elle
passait les nuits assise auprès du berceau à regarder

dormir le petit. Comme elle s'épuisait dans cette contemplation passionnée et maladive, qu'elle ne prenait plus aucun repos, qu'elle s'affaiblissait, maigrissait et toussait, le médecin ordonna de la séparer de son fils.

Elle se fâcha, pleura, implora ; mais on resta sourd à ses prières. Il fut placé chaque soir auprès de sa nourrice ; et chaque nuit la mère se levait, nu-pieds, et allait coller son oreille au trou de la serrure pour écouter s'il dormait paisiblement, s'il ne se réveillait pas, s'il n'avait besoin de rien.

Elle fut trouvée là, une fois, par Julien qui rentrait tard, ayant dîné chez les Fourville ; et on l'enferma désormais à clef dans sa chambre pour la contraindre à se mettre au lit.

Le baptême eut lieu vers la fin d'août. Le baron fut parrain, et tante Lison marraine. L'enfant reçut les noms de Pierre-Simon-Paul ; Paul pour les appellations courantes.

Dans les premiers jours de septembre, tante Lison repartit sans bruit ; et son absence demeura aussi inaperçue que sa présence.

Un soir, après le dîner, le curé parut. Il semblait embarrassé, comme s'il eût porté un mystère en lui, et, après une suite de propos inutiles, il pria la baronne et son mari de lui accorder quelques instants d'entretien particulier.

Ils partirent tous trois, d'un pas lent, jusqu'au bout de la grande allée, causant avec vivacité, tandis que Julien, resté seul avec Jeanne, s'étonnait, s'inquiétait, s'irritait de ce secret.

Il voulut accompagner le prêtre qui prenait congé et ils disparurent ensemble, allant vers l'église qui sonnait l'angélus.

Il faisait frais, presque froid, on rentra bientôt dans le salon. Tout le monde sommeillait un peu quand Julien revint brusquement, rouge, avec un air indigné.

De la porte, sans songer que Jeanne était là, il cria vers

ses beaux-parents : « Vous êtes donc fous, nom de Dieu !
d'aller flanquer vingt mille francs à cette fille ! »

Personne ne répondit tant la surprise fut grande. Il
reprit, beuglant de colère : « On n'est pas bête à ce point-
là ; vous voulez donc ne pas nous laisser un sou ! »

Alors le baron, qui reprenait contenance, tenta de
l'arrêter : « Taisez-vous ! Songez que vous parlez devant
votre femme. »

Mais il trépignait d'exaspération : « Je m'en fiche un
peu, par exemple ; elle sait bien ce qu'il en est d'ailleurs.
C'est un vol à son préjudice. »

Jeanne, saisie, regardait sans comprendre. Elle balbutia : « Qu'est-ce qu'il y a donc ? »

Alors Julien se tourna vers elle, la prit à témoin, comme
une associée frustrée aussi dans un bénéfice espéré. Il lui
raconta brusquement le complot pour marier Rosalie, le
don de la terre de Barville qui valait au moins vingt mille
francs. Il répétait : « Mais tes parents sont fous, ma
chère, fous à lier ! vingt mille francs ! vingt mille francs !
mais ils ont perdu la tête ! vingt mille francs pour un
bâtard ! »

Jeanne écoutait, sans émotion et sans colère, s'étonnant
elle-même de son calme, indifférente maintenant à tout ce
qui n'était pas son enfant.

Le baron suffoquait, ne trouvait rien à répondre. Il finit
par éclater, tapant du pied, criant : « Songez à ce que
vous dites, c'est révoltant à la fin. A qui la faute s'il a fallu
doter cette fille mère ? A qui cet enfant ? vous auriez voulu
l'abandonner maintenant ! »

Julien, étonné de la violence du baron, le considérait
fixement. Il reprit d'un ton plus posé : « Mais quinze
cents francs suffisaient bien. Elles en ont toutes, des
enfants, avant de se marier. Que ce soit à l'un ou à l'autre,
ça n'y change rien, par exemple. Au lieu qu'en donnant
une de vos fermes d'une valeur de vingt mille francs,
outre le préjudice que vous nous portez, c'est dire à tout le

monde ce qui est arrivé ; vous auriez dû, au moins, songer à notre nom et à notre situation. »

Et il parlait d'une voix sévère, en homme fort de son droit et de la logique de son raisonnement. Le baron, troublé par cette argumentation inattendue, restait béant devant lui. Alors Julien, sentant son avantage, posa ses conclusions : « Heureusement que rien n'est fait encore ; je connais le garçon qui la prend en mariage, c'est un brave homme, et avec lui tout pourra s'arranger. Je m'en charge. »

Et il sortit sur-le-champ, craignant sans doute de continuer la discussion, heureux du silence de tous, qu'il prenait pour un acquiescement.

Dès qu'il eut disparu, le baron s'écria, outré de surprise et frémissant : « Oh ! c'est trop fort, c'est trop fort ! »

Mais Jeanne, levant les yeux sur la figure effarée de son père, se mit brusquement à rire, de son rire clair d'autrefois, quand elle assistait à quelque drôlerie.

Elle répétait : « Père, père, as-tu entendu comme il prononçait : vingt mille francs ? »

Et petite mère, chez qui la gaieté était aussi prompte que les larmes, au souvenir de la tête furieuse de son gendre, et de ses exclamations indignées, et de son refus véhément de laisser donner à la fille séduite par lui, de l'argent qui n'était pas à lui, heureuse aussi de la bonne humeur de Jeanne, fut secouée par son rire poussif, qui lui emplissait les yeux de pleurs. Alors, le baron partit à son tour, gagné par la contagion ; et tous trois, comme aux bons jours passés, s'amusaient à s'en rendre malades.

Quand ils furent un peu calmés, Jeanne s'étonna : « C'est curieux, ça ne me fait plus rien. Je le regarde comme un étranger maintenant. Je ne puis pas croire que je sois sa femme. Vous voyez, je m'amuse de ses... de ses... de ses indélicatesses. »

Et, sans bien savoir pourquoi, ils s'embrassèrent, encore souriants et attendris.

Mais deux jours plus tard, après le déjeuner, alors que
Julien partait à cheval, un grand gars de vingt-deux à
vingt-cinq ans, vêtu d'une blouse bleue toute neuve, aux
plis raides, aux manches ballonnées, boutonnées aux
poignets, franchit sournoisement la barrière, comme s'il
eût été embusqué là depuis le matin, se glissa le long du
fossé des Couillard, contourna le château et s'approcha à
pas suspects du baron et des deux femmes, assis toujours
sous le platane.

Il avait ôté sa casquette en les apercevant, et il
s'avançait en saluant, avec des mines embarrassées.

Dès qu'il fut assez près pour se faire entendre, il
bredouilla : « Votre serviteur, monsieur le Baron,
Madame et la compagnie. » Puis, comme on ne lui parlait
pas, il annonça : « C'est moi que je suis Désiré Lecoq. »

Ce nom ne révélant rien, le baron demanda : « Que
voulez-vous ? »

Alors le gars se troubla tout à fait devant la nécessité
d'expliquer son cas. Il balbutia en baissant et en relevant
les yeux coup sur coup, de sa casquette qu'il tenait aux
mains au sommet du toit du château : « C'est m'sieur
l' Curé qui m'a touché deux mots au sujet de c't'affaire... » puis il se tut par crainte d'en trop lâcher, et de
compromettre ses intérêts.

Le baron, sans comprendre, reprit : « Quelle affaire ?
Je ne sais pas, moi. »

L'autre alors, baissant la voix, se décida : « C't'affaire
d' vot' bonne... la Rosalie... »

Jeanne, ayant deviné, se leva et s'éloigna avec son
enfant dans ses bras. Et le baron prononça : « Approchez-
vous », puis il montra la chaise que sa fille venait de
quitter.

Le paysan s'assit aussitôt en murmurant : « Vous êtes
bien honnête. » Puis il attendit comme s'il n'avait plus
rien à dire. Au bout d'un assez long silence il se décida
enfin, et, levant son regard vers le ciel bleu : « En v'là du

biau temps pour la saison. C'est la terre, qui n'en profite pour c' qu'y a déjà d' semé. » Et il se tut de nouveau.

Le baron s'impatientait ; il attaqua brusquement la question, d'un ton sec : « Alors, c'est vous qui épousez Rosalie ? »

L'homme aussitôt devint inquiet, troublé dans ses habitudes de cautèle normande. Il répliqua d'une voix plus vive, mis en défiance : « C'est selon, p't'être que oui, p't'être que non, c'est selon. »

Mais le baron s'irritait de ces tergiversations : « Sacre-bleu ! répondez franchement : est-ce pour ça que vous venez, oui ou non ? La prenez-vous, oui ou non ? »

L'homme, perplexe, ne regardait plus que ses pieds : « Si c'est c' que dit m'sieur l' Curé, j' la prends ; mais si c'est c' que dit m'sieur Julien, j' la prends point.

— Qu'est-ce que vous a dit M. Julien ?

— M'sieur Julien i m'a dit qu' j'aurais quinze cents francs ; et m'sieur l' Curé i m'a dit que j' n'aurais vingt mille ; j' veux ben pour vingt mille, mais j' veux point pour quinze cents. »

Alors la baronne, qui restait enfoncée en son fauteuil, devant l'attitude anxieuse du rustre, se mit à rire par petites secousses. Le paysan la regarda de coin, d'un œil mécontent, ne comprenant pas cette gaieté, et il attendit.

Le baron, que ce marchandage gênait, y coupa court : « J'ai dit à M. le Curé que vous auriez la ferme de Barville, votre vie durant, pour revenir ensuite à l'enfant. Elle vaut vingt mille francs. Je n'ai qu'une parole. Est-ce fait, oui ou non ? »

L'homme sourit d'un air humble et satisfait, et devenu soudain loquace. « Oh ! pour lors, je n' dis pas non. N'y avait qu' ça qui m'opposait. Quand m'sieur l' Curé m'na parlé, j' voulais ben tout d' suite, pardi, et pi j'étais ben aise d' satisfaire m'sieur l' Baron, qui me r'vaudra ça, je m' le disais. C'est-i pas vrai, quand on s'oblige, entre

gens, on se r'trouve toujours plus tard ; et on se r'vaut ça.
Mais m'sieur Julien m'a v'nu trouver ; et c' n'était pu
qu' quinze cents. J' m'ai dit : « Faut savoir », et j' suis
v'nu. C'est pas pour dire, j'avais confiance, mais j' voulais
savoir. I n'est qu' les bons comptes qui font les bons amis,
pas vrai, m'sieur l' Baron... »

Il fallut l'arrêter ; la baron demanda :

« Quand voulez-vous conclure le mariage ? »

Alors l'homme redevint brusquement timide, plein
d'embarras. Il finit par dire, en hésitant : « J' frons-ti
point d'abord un p'tit papier ? »

Le baron, cette fois, se fâcha : « Mais, nom d'un chien !
puisque vous aurez le contrat de mariage. C'est là le
meilleur des papiers. »

Le paysan s'obstinait : « En attendant, j' pourrions
ben en faire un bout tout d' même, ça nuit toujours
pas. »

Le baron se leva pour en finir : « Répondez oui ou non,
et tout de suite. Si vous ne voulez plus, dites-le, j'ai un
autre prétendant. »

Alors la peur du concurrent affola le Normand rusé. Il
se décida, tendit la main comme après l'achat d'une
vache : « Topez-là, m'sieur l' Baron, c'est fait. Couillon
qui s'en dédit. »

Le baron topa, puis cria : « Ludivine ! » La cuisinière
montra sa tête à la fenêtre : « Apportez une bouteille de
vin. » On trinqua pour arroser l'affaire conclue. — Et le
gars partit d'un pied plus allègre.

On ne dit rien de cette visite à Julien. Le contrat fut
préparé en grand secret, puis, une fois les bans publiés, la
noce eut lieu un lundi matin.

Une voisine portait le mioche à l'église, derrière les
nouveaux époux, comme une sûre promesse de fortune.
Et personne, dans le pays, ne s'étonna ; on enviait
seulement Désiré Lecoq. Il était né coiffé, disait-on avec
un sourire malin où n'entrait point d'indignation.

Julien fit une scène terrible, qui abrégea le séjour de ses beaux-parents aux Peuples. Jeanne les vit repartir sans une tristesse trop profonde, Paul étant devenu pour elle une source inépuisable de bonheur.

Jeanne étant tout à fait remise de ses couches, on se résolut à aller rendre leur visite aux Fourville et à se présenter aussi chez le marquis de Coutelier.

Julien venait d'acheter dans une vente publique une nouvelle voiture, un phaéton[1] ne demandant qu'un cheval, afin de pouvoir sortir deux fois par mois.

Elle fut attelée par un jour clair de décembre et, après deux heures de route à travers les plaines normandes, on commença à descendre en un petit vallon dont les flancs étaient boisés, et le fond mis en culture.

Puis les terres ensemencées furent bientôt remplacées par des prairies, et les prairies par un marécage plein de grands roseaux secs en cette saison, et dont les longues feuilles bruissaient, pareilles à des rubans jaunes.

Tout à coup, après un brusque détour du val, le château de la Vrillette se montra, adossé d'un côté à la pente boisée et, de l'autre, trempant toute sa muraille dans un grand étang que terminait, en face, un bois de hauts sapins escaladant l'autre versant de la vallée.

Il fallut passer sur un antique pont-levis et franchir un vaste portail Louis XIII pour pénétrer dans la cour d'honneur, devant un élégant manoir de la même époque à encadrements de briques, flanqué de tourelles coiffées d'ardoises[2].

Julien expliquait à Jeanne toutes les parties du bâtiment, en habitué qui le connaît à fond. Il en faisait les honneurs, s'extasiant sur sa beauté : « Regarde-moi ce portail ! Est-ce grandiose une habitation comme ça, hein ? Toute l'autre façade est dans l'étang, avec un perron royal qui descend jusqu'à l'eau ; et quatre barques sont amarrées au bas des marches, deux pour le comte, et deux pour la comtesse. Là-bas à droite, là où tu vois le rideau de peupliers, c'est la fin de l'étang ; c'est là que commence la rivière qui va jusqu'à Fécamp. C'est plein de sauvagine [1] ce pays. Le comte adore chasser là-dedans. Voilà une vraie résidence seigneuriale. »

La porte d'entrée s'était ouverte, et la pâle comtesse apparut, venant au-devant de ses visiteurs, souriante, vêtue d'une robe traînante comme une châtelaine d'autrefois. Elle semblait bien la belle dame du Lac, née pour ce manoir de conte [2].

Le salon, à huit fenêtres, en avait quatre ouvrant sur la pièce d'eau et sur le sombre bois de pins qui remontait le coteau juste en face.

La verdure à tons noirs rendait profond, austère et lugubre l'étang ; et, quand le vent soufflait, les gémissements des arbres semblaient la voix du marais.

La comtesse prit les deux mains de Jeanne comme si elle eût été une amie d'enfance, puis elle la fit asseoir et se mit près d'elle, sur une chaise basse, tandis que Julien, en qui toutes les élégances oubliées renaissaient depuis cinq mois, causait, souriait, doux et familier.

La comtesse et lui parlèrent de leurs promenades à cheval. Elle riait un peu de sa manière de monter, l'appelant « le chevalier Trébuche », et il riait aussi, l'ayant baptisée « la reine Amazone ». Un coup de fusil parti sous les fenêtres fit pousser à Jeanne un petit cri. C'était le comte qui tuait une sarcelle.

Sa femme aussitôt l'appela. On entendit un bruit d'avirons, le choc d'un bateau contre la pierre, et il parut, énormé et botté, suivi de deux chiens trempés, rougeâtres comme lui, et qui se couchèrent sur le tapis devant la porte.

Il semblait plus à son aise, en sa demeure, et ravi de voir des visiteurs. Il fit remettre du bois au feu, apporter du vin de Madère et des biscuits; et soudain il s'écria : « Mais vous allez dîner avec nous, c'est entendu. » Jeanne, que ne quittait jamais la pensée de son enfant, refusait; il insista, et, comme elle s'obstinait à ne pas vouloir, Julien fit un geste brusque d'impatience. Alors elle eut peur de réveiller son humeur méchante et querelleuse; et, bien que torturée à l'idée de ne plus revoir Paul avant le lendemain, elle accepta.

L'après-midi fut charmant. On alla visiter les sources, d'abord. Elles jaillissaient au pied d'une roche moussue dans un clair bassin toujours remué comme de l'eau bouillante; puis on fit un tour en barque à travers de vrais chemins taillés dans une forêt de roseaux secs. Le comte, assis entre ses deux chiens qui flairaient, le nez au vent, ramait; et chaque secousse de ses avirons soulevait la grande barque et la lançait en avant. Jeanne, parfois, laissait tremper sa main dans l'eau froide, et elle jouissait de la fraîcheur glacée qui lui courait des doigts au cœur. Tout à l'arrière du bateau Julien et la comtesse enveloppée de châles souriaient de ce sourire continu des gens heureux à qui le bonheur ne laisse rien à dire.

Le soir venait avec de longs frissons gelés, des souffles du nord qui passaient dans les joncs flétris. Le soleil avait plongé derrière les sapins; et le ciel rouge, criblé de petits nuages écarlates et bizarres, donnait froid rien qu'à le regarder.

On rentra dans le vaste salon où flambait un feu gigantesque. Une sensation de chaleur et de plaisir rendait joyeux dès la porte. Alors le comte, mis en gaieté, saisit sa femme dans ses bras d'athlète, et, l'élevant comme un enfant jusqu'à sa bouche, il lui colla sur les joues deux gros baisers de brave homme satisfait.

Et Jeanne, souriante, regardait ce bon géant qu'on disait un ogre au seul aspect de ses moustaches ; et elle pensait : « Comme on se trompe, chaque jour, sur tout le monde. » Ayant alors, presque involontairement, reporté les yeux sur Julien, elle le vit debout dans l'embrasure de la porte, horriblement pâle, et l'œil fixé sur le comte. Inquiète, elle s'approcha de son mari, et, à voix basse : « Es-tu malade ? Qu'as-tu donc ? » Il répondit d'un ton courroucé : « Rien, laisse-moi tranquille. J'ai eu froid. »

Quand on passa dans la salle à manger, le comte demanda la permission de laisser entrer ses chiens ; et ils vinrent aussitôt se planter sur leur derrière, à droite et à gauche de leur maître. Il leur donnait à tout moment quelque morceau et caressait leurs longues oreilles soyeuses. Les bêtes tendaient la tête, remuaient la queue, frémissaient de contentement.

Après le dîner, comme Jeanne et Julien se disposaient à partir, M. de Fourville les retint encore pour leur montrer une pêche au flambeau.

Il les posta, ainsi que la comtesse, sur le perron qui descendait à l'étang ; et il monta dans sa barque avec un valet portant un épervier et une torche allumée. La nuit était claire et piquante sous un ciel semé d'or.

La torche faisait ramper sur l'eau des traînées de feu étranges et mouvantes, jetait des lueurs dansantes sur les roseaux, illuminait le grand rideau de sapins. Et soudain, la barque ayant tourné, une ombre colossale, fantastique, une ombre d'homme se dressa sur cette lisière éclairée du bois. La tête dépassait les arbres, se perdait dans le ciel, et les pieds plongeaient dans l'étang. Puis l'être démesuré éleva les bras comme pour prendre les étoiles. Ils se dressèrent brusquement, ces bras immenses, puis retombèrent ; et on entendit aussitôt un petit bruit d'eau fouettée.

La barque alors ayant encore viré doucement, le prodigieux fantôme sembla courir le long du bois, qu'éclairait, en tournant, la lumière ; puis il s'enfonça dans l'invisible horizon, puis soudain il reparut, moins grand mais plus net, avec ses mouvements singuliers, sur la façade du château.

Et la grosse voix du comte cria : « Gilberte, j'en ai huit ! »

Les avirons battirent l'onde. L'ombre énorme restait maintenant debout immobile sur la muraille, mais diminuant peu à peu de taille et d'ampleur ; sa tête paraissait descendre, son corps maigrir ; et quand M. de Fourville remonta les marches du perron, toujours suivi de son valet portant le feu, elle était réduite aux proportions de sa personne, et répétait tous ses gestes.

Il avait dans un filet huit gros poissons qui frétillaient.

Lorsque Jeanne et Julien furent en route tout enveloppés en des manteaux et des couvertures qu'on leur avait prêtés, Jeanne dit, presque involontairement : « Quel brave homme que ce géant ! » Et Julien, qui conduisait, répliqua : « Oui, mais il ne se tient pas toujours assez devant le monde. »

Huit jours après ils se rendirent chez les Coutelier, qui passaient pour la première famille noble de la province. Leur domaine de Reminil touchait au gros bourg de Cany[1]. Le château neuf bâti sous Louis XIV était caché dans un parc magnifique entouré de murs. On voyait, sur une hauteur, les ruines de l'ancien château. Des valets en tenue firent entrer les visiteurs dans une grande pièce imposante. Tout au milieu, une espèce de colonne supportait une coupe immense de la manufacture de Sèvres, et, dans le socle une lettre autographe du roi, défendue par une plaque de cristal, invitait le marquis Léopold-Hervé-Joseph-Germer de Varneville, de Rollebosc de Coutelier, à recevoir ce don du souverain.

Jeanne et Julien considéraient ce présent royal quand

entrèrent le marquis et la marquise. La femme était poudrée, aimable par fonction, et maniérée par désir de sembler condescendante. L'homme, gros personnage à cheveux blancs relevés droit sur la tête [1], mettait en ses gestes, en sa voix, en toute son attitude, une hauteur qui disait son importance.

C'étaient de ces gens à étiquette dont l'esprit, les sentiments et les paroles semblent toujours sur des échasses.

Ils parlaient seuls, sans attendre les réponses, souriant d'un air indifférent, semblaient toujours accomplir la fonction imposée par leur naissance de recevoir avec politesse les petits nobles des environs.

Jeanne et Julien, perclus, s'efforçaient de plaire, gênés de rester davantage, inhabiles à se retirer ; mais la marquise termina elle-même la visite, naturellement, simplement, en arrêtant à point la conversation comme une reine polie qui donne congé.

En revenant, Julien dit : « Si tu veux, nous bornerons là nos visites ; moi, les Fourville me suffisent. » Et Jeanne fut de son avis.

Décembre s'écoulait lentement, ce mois noir, trou sombre au fond de l'année. La vie enfermée recommençait comme l'an passé. Jeanne ne s'ennuyait point cependant, toujours préoccupée de Paul que Julien regardait de côté, d'un œil inquiet et mécontent.

Souvent, quand la mère le tenait en ses bras, le caressait avec ces frénésies de tendresse qu'ont les femmes pour leurs enfants, elle le présentait au père, en lui disant : « Mais embrasse-le donc ; on dirait que tu ne l'aimes pas. » Il l'effleurait du bout des lèvres, d'un air dégoûté, le front glabre du marmot en décrivant un cercle de tout son corps, comme pour ne point rencontrer les petites mains remuantes et crispées. Puis il s'en allait brusquement ; on eût dit qu'une répugnance le chassait.

Le maire, le docteur et le curé venaient dîner de temps

en temps ; de temps en temps c'étaient les Fourville avec
qui on se liait de plus en plus.

Le comte paraissait adorer Paul. Il le tenait sur ses
genoux pendant toute la durée des visites, ou même
pendant des après-midi tout entiers. Il le maniait d'une
façon délicate dans ses grosses mains de colosse, lui
chatouillait le bout du nez avec la pointe de ses longues
moustaches, puis l'embrassait par élans passionnés, à la
façon des mères. Il souffrait continuellement de ce que
son mariage demeurât stérile.

Mars fut clair, sec et preque doux. La comtesse
Gilberte reparla de promenades à cheval que tous les
quatre feraient ensemble. Jeanne, lasse un peu des longs
soirs, des longues nuits, des longs jours pareils et
monotones, consentit, tout heureuse de ces projets ; et
pendant une semaine elle s'amusa à confectionner son
amazone.

Puis ils commencèrent les excursions. Ils allaient
toujours deux par deux, la comtesse et Julien devant, le
comte et Jeanne cent pas derrière. Ceux-ci causaient
tranquillement, comme deux amis, car ils étaient devenus
amis par le contact de leurs âmes droites, de leurs cœurs
simples ; ceux-là parlaient bas souvent, riaient parfois par
éclats violents, se regardaient soudain comme si leurs
yeux avaient à se dire des choses que ne prononçaient pas
leurs bouches ; et ils partaient brusquement au galop,
poussés par un désir de fuir, d'aller plus loin, très loin.

Puis Gilberte parut devenir irritable. Sa voix vive,
apportée par des souffles de brise, arrivait parfois aux
oreilles des deux cavaliers attardés. Le comte alors
souriait, disait à Jeanne : « Elle n'est pas tous les jours
bien levée, ma femme. »

Un soir, en rentrant, comme la comtesse excitait sa
jument, la piquant, puis la retenant par secousses brusques, on entendit plusieurs fois Julien lui répéter :
« Prenez garde, prenez donc garde, vous allez être

emportée. » Elle répliqua : « Tant pis ; ce n'est pas votre affaire », d'un ton si clair et si dur que les paroles nettes sonnèrent par la campagne comme si elles restaient suspendues dans l'air.

L'animal se cabrait, ruait, bavait. Soudain le comte inquiet cria de ses forts poumons : « Fais donc attention, Gilberte ! » Alors, comme par défi, dans un de ces énervements de femme que rien n'arrête, elle frappa brutalement de sa cravache entre les deux oreilles la bête qui se dressa, furieuse, battit l'air de ses jambes de devant, et, retombant, s'élança d'un bond formidable, et détala par la plaine de toute la vigueur de ses jarrets.

Elle franchit d'abord une prairie, puis, se précipitant à travers les labourés, elle soulevait en poussière la terre humide et grasse, et filait si vite qu'on distinguait à peine la monture et l'amazone.

Julien stupéfait restait en place, appelant désespérément : « Madame, Madame ! »

Mais le comte eut une sorte de grognement, et, se courbant sur l'encolure de son pesant cheval, il le jeta en avant d'une poussée de tout son corps ; et il le lança d'une telle allure, l'excitant, l'entraînant, l'affolant avec la voix, le geste et l'éperon, que l'énorme cavalier semblait porter la lourde bête entre ses cuisses et l'enlever comme pour s'envoler. Ils allaient d'une inconcevable vitesse, se ruant droit devant eux ; et Jeanne voyait là-bas les deux silhouettes de la femme et du mari, fuir, fuir, diminuer, s'effacer, disparaître, comme on voit deux oiseaux se poursuivant se perdre et s'évanouir à l'horizon.

Alors Julien se rapprocha, toujours au pas, en murmurant d'un air furieux : « Je crois qu'elle est folle, aujourd'hui. »

Et tous deux partirent derrière leurs amis enfoncés maintenant dans une ondulation de la plaine.

Au bout d'un quart d'heure ils les aperçurent qui revenaient ; et bientôt ils les joignirent.

Le comte, rouge, en sueur, riant, content, triomphant, tenait de sa poigne irrésistible le cheval frémissant de sa femme. Elle était pâle, avec un visage douloureux et crispé ; et elle se soutenait d'une main sur l'épaule de son mari comme si elle allait défaillir.

Jeanne, ce jour-là, comprit que le comte aimait éperdument.

Puis la comtesse pendant le mois qui suivit se montra joyeuse comme elle ne l'avait jamais été. Elle venait plus souvent aux Peuples, riait sans cesse, embrassait Jeanne avec des élans de tendresse. On eût dit qu'un mystérieux ravissement était descendu sur sa vie. Son mari, tout heureux lui-même, ne la quittait point des yeux, et tâchait à tout instant de toucher sa main, sa robe, dans un redoublement de passion.

Il disait, un soir, à Jeanne : « Nous sommes dans le bonheur, en ce moment. Jamais Gilberte n'avait été gentille comme ça. Elle n'a plus de mauvaise humeur, plus de colère. Je sens qu'elle m'aime. Jusqu'à présent je n'en étais pas sûr. »

Julien aussi semblait changé, plus gai, sans impatiences, comme si l'amitié des deux familles avait apporté la paix et la joie dans chacune d'elles.

Le printemps fut singulièrement précoce et chaud.

Depuis les douces matinées jusqu'aux calmes et tièdes soirées, le soleil faisait germer toute la surface de la terre. C'était une brusque et puissante éclosion de tous les germes en même temps, une de ces irrésistibles poussées de sève, une de ces ardeurs à renaître que la nature montre quelquefois en des années privilégiées qui feraient croire à des rajeunissements du monde.

Jeanne se sentait vaguement troublée par cette fermentation de vie. Elle avait des alanguissements subits en face d'une petite fleur dans l'herbe, des mélancolies délicieuses, des heures de mollesse rêvassante.

Puis elle se sentit envahie par des souvenirs attendris

des premiers temps de son amour ; non qu'il lui revînt au cœur un renouveau d'affection pour Julien, c'était fini, cela, bien fini pour toujours ; mais toute sa chair caressée des brises, pénétrée des odeurs du printemps, se troublait, comme sollicitée par quelque invisible et tendre appel.

Elle se plaisait à être seule, à s'abandonner sous la chaleur du soleil, toute parcourue de sensations, de jouissances vagues et sereines qui n'éveillaient point d'idées.

Un matin, comme elle somnolait ainsi, une vision la traversa, une vision rapide de ce trou ensoleillé au milieu des sombres feuillages, dans le petit bois près d'Etretat. C'est là que, pour la première fois, elle avait senti frémir son corps auprès de ce jeune homme qui l'aimait alors ; c'est là qu'il avait balbutié, pour la première fois, le timide désir de son cœur ; c'est aussi là qu'elle avait cru toucher tout à coup l'avenir radieux de ses espérances.

Et elle voulait revoir ce bois, y faire une sorte de pèlerinage sentimental et superstitieux, comme si un retour à ce lieu devait changer quelque chose à la marche de sa vie.

Julien était parti dès l'aube, elle ne savait où. Elle fit donc seller le petit cheval blanc des Martin, qu'elle montait quelquefois maintenant ; et elle partit.

C'était par une de ces journées si tranquilles que rien ne remue nulle part, pas une herbe, pas une feuille ; tout semble immobile pour jusqu'à la fin des temps, comme si le vent était mort. On dirait disparus les insectes eux-mêmes.

Un calme brûlant et souverain descendait du soleil, insensiblement, en buée d'or ; et Jeanne allait au pas de son bidet, bercée, heureuse. De temps en temps elle levait les yeux pour regarder un tout petit nuage blanc, gros comme une pincée de coton, un flocon de vapeur suspendu, oublié, resté là-haut, tout seul, au milieu du ciel bleu.

Elle descendit dans la vallée qui va se jeter à la mer, entre ces grandes arches de la falaise qu'on nomme les portes d'Etretat, et tout doucement elle gagna le bois. Il pleuvait de la lumière à travers la verdure encore grêle. Elle cherchait l'endroit sans le retrouver, errant par les petits chemins.

Tout à coup, en traversant une longue allée, elle aperçut tout au bout deux chevaux de selle attachés contre un arbre, et elle les reconnut aussitôt ; c'étaient ceux de Gilberte et de Julien. La solitude commençait à lui peser ; elle fut heureuse de cette rencontre imprévue ; et elle mit au trot sa monture.

Quand elle eut atteint les deux bêtes patientes, comme accoutumées à ces longues stations, elle appela. On ne lui répondit pas.

Un gant de femme et les deux cravaches gisaient sur le gazon foulé. Donc ils s'étaient assis là, puis éloignés, laissant leurs chevaux.

Elle attendit un quart d'heure, vingt minutes, surprise, sans comprendre ce qu'ils pouvaient faire. Comme elle avait mis pied à terre, et ne remuait plus, appuyée contre un tronc d'arbre, deux petits oiseaux, sans la voir, s'abattirent dans l'herbe tout près d'elle. L'un d'eux s'agitait, sautillait autour de l'autre, les ailes soulevées et vibrantes, saluant de la tête et pépiant ; et tout à coup ils s'accouplèrent.

Jeanne fut surprise comme si elle eût ignoré cette chose ; puis elle se dit : « C'est vrai, c'est le printemps » ; puis une autre pensée lui vint, un soupçon. Elle regarda de nouveau le gant, les cravaches, les deux chevaux abandonnés ; et elle se remit brusquement en selle avec une irrésistible envie de fuir.

Elle galopait maintenant en retournant aux Peuples. Sa tête travaillait, raisonnait, unissait les faits, rapprochait les circonstances. Comment n'avait-elle pas deviné plus tôt ? Comment n'avait-elle rien vu ? Comment n'avait-elle pas compris les absences de Julien, le recommencement de ses élégances passées, puis l'apaisement de son humeur ? Elle se rappelait aussi les brusqueries nerveuses de Gilberte, ses câlineries exagérées, et, depuis quelque temps, cette espèce de béatitude où elle vivait, et dont le comte était heureux.

Elle remit au pas son cheval, car il lui fallait gravement réfléchir, et l'allure vive troublait ses idées.

Après la première émotion passée, son cœur était redevenu presque calme, sans jalousie et sans haine, mais soulevé de mépris. Elle ne songeait guère à Julien ; rien ne l'étonnait plus de lui ; mais la double trahison de la comtesse, de son amie, la révoltait. Tout le monde était donc perfide, menteur et faux. Et des larmes lui vinrent aux yeux. On pleure parfois les illusions avec autant de tristesse que les morts.

Elle se résolut pourtant à feindre de ne rien savoir, à fermer son âme aux affections courantes, à n'aimer plus que Paul et ses parents ; et à supporter les autres avec un visage tranquille.

Sitôt rentrée, elle se jeta sur son fils, l'emporta dans sa chambre et l'embrassa éperdument, pendant une heure sans s'arrêter.

Julien revint pour dîner, charmant et souriant, plein d'intentions aimables. Il demanda : « Père et petite mère ne viennent donc pas cette année ? »

Elle lui sut tant de gré de cette gentillesse qu'elle lui pardonna presque la découverte du bois ; et un violent désir l'envahissant tout à coup de revoir bien vite les deux êtres qu'elle aimait le plus après Paul, elle passa toute sa soirée à leur écrire, pour hâter leur arrivée.

Ils annoncèrent leur retour pour le 20 mai. On était alors au 7 de ce mois.

Elle les attendit avec une impatience grandissante,

comme si elle eût éprouvé, en dehors même de son affection filiale, un besoin nouveau de frotter son cœur à des cœurs honnêtes ; de causer, l'âme ouverte, avec des gens purs, sains de toute infamie, dont la vie, et toutes les actions, et toutes les pensées, et tous les désirs avaient toujours été droits.

Ce qu'elle sentait maintenant, c'était une sorte d'isolement de sa conscience juste au milieu de toutes ces consciences défaillantes ; et bien qu'elle eût appris soudain à dissimuler, bien qu'elle accueillît la comtesse, la main tendue et la lèvre souriante, cette sensation de vide, de mépris pour les hommes, elle la sentait grandir, l'envelopper ; et chaque jour les petites nouvelles du pays lui jetaient à l'âme un dégoût plus grand, une plus haute mésestime des êtres.

La fille des Couillard venait d'avoir un enfant et le mariage allait avoir lieu. La servante des Martin, une orpheline, était grosse ; une petite voisine âgée de quinze ans était grosse ; une veuve, une pauvre femme boiteuse et sordide, qu'on appelait la Crotte tant sa saleté paraissait horrible, était grosse.

A tout moment on apprenait une grossesse nouvelle, ou bien quelque fredaine d'une fille, d'une paysanne mariée et mère de famille ou de quelque riche fermier respecté.

Ce printemps ardent semblait remuer les sèves chez les hommes comme chez les plantes.

Et Jeanne, dont les sens éteints ne s'agitaient plus, dont le cœur meurtri, l'âme sentimentale semblaient seuls remués par les souffles tièdes et féconds, qui rêvait, exaltée sans désirs, passionnée pour des songes et morte aux besoins charnels, s'étonnait, pleine d'une répugnance qui devenait haineuse, de cette sale bestialité.

L'accouplement des êtres l'indignait à présent comme une chose contre nature ; et, si elle en voulait à Gilberte, ce n'était point de lui avoir pris son mari, mais du fait même d'être tombée aussi dans cette fange universelle.

Elle n'était point, celle-là, de la race des rustres chez qui les bas instincts dominent. Comment avait-elle pu s'abandonner de la même façon que ces brutes ?

Le jour même où devaient arriver ses parents, Julien raviva ses répulsions en lui racontant gaiement, comme une chose toute naturelle et drôle, que le boulanger ayant entendu quelque bruit dans son four, la veille, qui n'était pas jour de cuisson, avait cru y surprendre un chat rôdeur et avait trouvé sa femme « qui n'enfournait pas du pain ».

Et il ajoutait : « Le boulanger a bouché l'ouverture ; ils ont failli étouffer là-dedans ; c'est le petit garçon de la boulangère qui a prévenu les voisins ; car il avait vu entrer sa mère avec le forgeron. »

Et Julien riait, répétant : « Ils nous font manger du pain d'amour, ces farceurs-là. C'est un vrai conte de La Fontaine. »

Jeanne n'osait plus toucher au pain.

Lorsque la chaise de poste s'arrêta devant le perron et que la figure heureuse du baron parut à la vitre, ce fut dans l'âme et dans la poitrine de la jeune femme une émotion profonde, un tumultueux élan d'affection comme elle n'en avait jamais ressenti.

Mais elle demeura saisie, et presque défaillante, quand elle aperçut petite mère. La baronne, en ces six mois d'hiver, avait vieilli de dix ans. Ses joues énormes, flasques, tombantes, s'étaient empourprées, comme gonflées de sang ; son œil semblait éteint ; et elle ne remuait plus que soulevée sous les deux bras ; sa respiration pénible était devenue sifflante, et si difficile, qu'on éprouvait près d'elle une sensation de gêne douloureuse.

Le baron, l'ayant vue chaque jour, n'avait point remarqué cette décadence ; et, quand elle se plaignait de ses étouffements continus, de son alourdissement grandissant, il répondait : « Mais non, ma chère, je vous ai toujours connue comme ça. »

Jeanne, après les avoir accompagnés en leur chambre,

se retira dans la sienne pour pleurer, bouleversée, éperdue. Puis, elle alla retrouver son père, et, se jetant sur son cœur, les yeux encore pleins de larmes : « Oh ! comme mère est changée ! Qu'est-ce qu'elle a, dis-moi, qu'est-ce qu'elle a ? » Il fut très surpris, et répondit : « Tu crois ? quelle idée ? mais non. Moi qui ne l'ai point quittée, je t'assure que je ne la trouve pas mal, elle est comme toujours. »

Le soir Julien dit à sa femme : « Ta mère file un mauvais coton. Je la crois touchée. » Et, comme Jeanne éclatait en sanglots, il s'impatienta. « Allons, bon, je ne te dis pas qu'elle soit perdue. Tu es toujours follement exagérée. Elle est changée, voilà tout, c'est de son âge. »

Au bout de huit jours elle n'y songeait plus, accoutumée à la physionomie nouvelle de sa mère, et refoulant peut-être ses craintes, comme on refoule, comme on rejette toujours, par une sorte d'instinct égoïste, de besoin naturel de tranquillité d'âme, les appréhensions, les soucis menaçants.

La baronne, impuissante à marcher, ne sortait plus qu'une demi-heure chaque jour. Quand elle avait accompli une seule fois le parcours de « son » allée, elle ne pouvait se mouvoir davantage et demandait à s'asseoir sur « son » banc. Et, quand elle se sentait incapable même de mener jusqu'au bout sa promenade, elle disait : « Arrêtons-nous ; mon hypertrophie me casse les jambes aujourd'hui. »

Elle ne riait plus guère, souriait seulement aux choses qui l'auraient secouée tout entière l'année précédente. Mais comme ses yeux étaient demeurés excellents, elle passait des jours à relire *Corinne* ou les *Méditations* de Lamartine ; puis elle demandait qu'on lui apportât le tiroir « aux souvenirs ». Alors ayant vidé sur ses genoux les vieilles lettres douces à son cœur, elle posait le tiroir sur une chaise à côté d'elle et remettait dedans, une à une, ses « reliques », après avoir lentement revu chacune. Et, quand elle était seule, bien seule, elle en baisait certaines, comme on baise secrètement les cheveux des morts qu'on aime.

Quelquefois Jeanne, entrant brusquement, la trouvait pleurant, pleurant des larmes tristes. Elle s'écriait : « Qu'as-tu, petite mère ? » Et la baronne, après un long soupir, répondait : « Ce sont mes reliques qui m'ont fait ça. On remue des choses qui ont été si bonnes et qui sont finies ! Et puis il y a des personnes auxquelles on ne pensait plus guère et qu'on retrouve tout d'un coup. On croit les voir, et les entendre, et ça vous produit un effet épouvantable. Tu connaîtras ça, plus tard. »

Quand le baron survenait en ces instants de mélancolie, il murmurait : « Jeanne, ma chérie, si tu m'en crois, brûle tes lettres, toutes tes lettres, celles de ta mère, les miennes, toutes. Il n'y a rien de plus terrible, quand on est vieux, que de remettre le nez dans sa jeunesse. » Mais Jeanne aussi gardait sa correspondance, préparait sa « boîte aux reliques », obéissant, bien qu'elle différât en tout de sa mère, à une sorte d'instinct héréditaire de sentimentalité rêveuse.

Le baron, après quelques jours, eut à s'absenter pour une affaire et il partit.

La saison était magnifique. Les nuits douces, fourmillantes d'astres, succédaient aux calmes soirées, les soirs sereins aux jours radieux, et les jours radieux aux aurores éclatantes. Petite mère se trouva bientôt mieux portante ; et Jeanne, oubliant les amours de Julien et la perfidie de Gilberte, se sentait presque complètement heureuse. Toute la campagne était fleurie et parfumée ; et la grande mer toujours pacifique resplendissait du matin au soir, sous le soleil.

Jeanne, un après-midi, prit Paul en ses bras, et s'en alla par les champs. Elle regardait tantôt son fils, tantôt l'herbe criblée de fleurs le long de la route, s'attendrissant dans une félicité sans bornes. De minute en minute elle

baisait l'enfant, le serrait passionnément contre elle ; puis,
frôlée par quelque savoureuse odeur de campagne, elle se
sentait défaillante, anéantie dans un bien-être infini. Puis
elle rêva d'avenir pour lui. Que serait-il ? Tantôt elle le
voulait grand homme, renommé, puissant. Tantôt elle le
préférait humble et restant près d'elle, dévoué, tendre, les
bras toujours ouverts pour maman. Quand elle l'aimait
avec son cœur égoïste de mère, elle désirait qu'il restât son
fils, rien que son fils ; mais, quand elle l'aimait avec sa
raison passionnée, elle ambitionnait qu'il devînt quelqu'un par le monde.

Elle s'assit au bord d'un fossé, et se mit à le regarder. Il
lui semblait qu'elle ne l'avait jamais vu. Et elle s'étonna
brusquement à la pensée que ce petit être serait grand,
qu'il marcherait d'un pas ferme, qu'il aurait de la barbe
aux joues et parlerait d'une voix sonore.

Au loin quelqu'un l'appelait. Elle leva la tête. C'était
Marius accourant. Elle pensa qu'une visite l'attendait, et
elle se dressa, mécontente d'être troublée. Mais le gamin
arrivait à toutes jambes, et, quand il fut assez près, il
cria : « Madame, c'est madame la Baronne qu'est bien
mal. »

Elle sentit comme une goutte d'eau froide qui lui
descendait le long du dos ; et elle repartit à grands pas, la
tête égarée.

Elle aperçut, de loin, des gens en tas sous le platane.
Elle s'élança et, le groupe s'étant ouvert, elle vit sa mère
étendue par terre, la tête soutenue par deux oreillers. La
figure était toute noire, les yeux fermés, et sa poitrine, qui
depuis vingt ans haletait, ne bougeait plus. La nourrice
saisit l'enfant dans les bras de la jeune femme, et
l'emporta.

Jeanne, hagarde, demandait : « Qu'est-il arrivé ? Comment est-elle tombée ? Qu'on aille chercher le médecin. »
Et, comme elle se retournait, elle aperçut le curé, prévenu
on ne sait comment. Il offrit ses soins, s'empressa en

relevant les manches de sa soutane. Mais le vinaigre, l'eau de Cologne, les frictions demeurèrent inefficaces. « Il faudrait la dévêtir et la coucher », dit le prêtre.

Le fermier Joseph Couillard se trouvait là ainsi que le père Simon et Ludivine. Aidés de l'abbé Picot, ils voulurent emporter la baronne ; mais, quand ils la soulevèrent, la tête s'abattit en arrière, et la robe qu'ils avaient saisie se déchirait, tant sa grosse personne était pesante et difficile à remuer. Alors Jeanne se mit à crier d'horreur. On reposa par terre le corps énorme et mou.

Il fallut prendre un fauteuil du salon ; et, quand on l'eut assise dedans, on put enfin l'enlever. Pas à pas ils gravirent le perron, puis l'escalier ; et, parvenus dans la chambre, la déposèrent sur le lit.

Comme la cuisinière n'en finissait pas d'enlever ses vêtements, la veuve Dentu se trouva là juste à point, venue soudain, ainsi que le prêtre, comme s'ils avaient « senti la mort », selon le mot des domestiques.

Joseph Couillard partit à franc étrier pour prévenir le docteur ; et comme le prêtre se disposait à aller chercher les saintes huiles, la garde lui souffla dans l'oreille : « Ne vous dérangez point, monsieur le Curé, je m'y connais, elle a passé. »

Jeanne, affolée, implorait, ne savait que faire, que tenter, quel remède employer. Le curé, à tout hasard, prononça l'absolution.

Pendant deux heures on attendit auprès du corps violet et sans vie. Tombée maintenant à genoux, Jeanne sanglotait, dévorée d'angoisse et de douleur.

Lorsque la porte s'ouvrit et que le médecin parut il lui sembla voir entrer le salut, la consolation, l'espérance ; et elle s'élança vers lui, balbutiant tout ce qu'elle savait de l'accident : « Elle se promenait comme tous les jours... elle allait bien... très bien même... elle avait mangé un bouillon et deux œufs au déjeuner... elle est tombée tout d'un coup... elle est devenue noire comme vous la

voyez... et elle n'a plus remué... nous avons essayé de tout
pour la ranimer... de tout... » Elle se tut, saisie par un
geste discret de la garde au médecin pour signifier que
c'était fini, bien fini. Alors, se refusant à comprendre, elle
interrogea anxieusement, répétant : « Est-ce grave ?
croyez-vous que ce soit grave ? »

Il dit enfin : « J'ai bien peur que ce soit... que ce soit...
fini. Ayez du courage, un grand courage. »

Et Jeanne, ouvrant les bras, se jeta sur sa mère.

Julien rentrait. Il demeura stupéfait, visiblement
contrarié, sans cri de douleur ni désespoir apparent, pris à
l'improviste trop brusquement pour se faire d'un seul
coup le visage et la contenance qu'il fallait. Il murmura :
« Je m'y attendais, je sentais bien que c'était la fin. » Puis
il tira son mouchoir, s'essuya les yeux, s'agenouilla, se
signa, marmotta quelque chose, et, se relevant, voulut
aussi relever sa femme. Mais elle tenait à pleins bras le
cadavre et le baisait, presque couchée sur lui. Il fallut
qu'on l'emportât. Elle semblait folle.

Au bout d'une heure on la laissa revenir. Aucun espoir
ne subsistait. L'appartement était arrangé maintenant en
chambre mortuaire. Julien et le prêtre parlaient bas près
d'une fenêtre. La veuve Dentu, assise dans un fauteuil,
d'une façon confortable, en femme habituée aux veilles et
qui se sent chez elle dans une maison dès que la mort vient
d'y entrer, paraissait assoupie déjà.

La nuit tombait. Le curé s'avança vers Jeanne, lui prit
les mains, l'encouragea, déversant, sur ce cœur inconsolable, l'onde onctueuse des consolations ecclésiastiques. Il
parla de la trépassée, la célébra en termes sacerdotaux, et,
triste de cette fausse tristesse de prêtre pour qui les
cadavres sont bienfaisants, il s'offrit à passer la nuit en
prières auprès du corps.

Mais, Jeanne, à travers ses larmes convulsives, refusa.
Elle voulait être seule, toute seule en cette nuit d'adieux.
Julien s'avança : « Mais ce n'est pas possible, nous

resterons tous les deux. » Elle faisait « non » de la tête, incapable de parler davantage. Elle put dire enfin : « C'est ma mère, ma mère. Je veux être seule à la veiller. » Le médecin murmura : « Laissez-la faire à sa guise, la garde pourra rester dans la chambre à côté. »

Le prêtre et Julien consentirent, songeant à leur lit. Puis l'abbé Picot s'agenouilla à son tour, pria, se releva et sortit en prononçant : « C'était une sainte », sur le ton dont il disait : « Dominus vobiscum. »

Alors le vicomte, de sa voix ordinaire, demanda : « Vas-tu prendre quelque chose ? » Jeanne ne répondit point, ignorant qu'il s'adressait à elle. Il reprit : « Tu ferais peut-être bien de manger un peu pour te soutenir. » Elle répliqua d'un air égaré : « Envoie tout de suite chercher papa. » Et il sortit pour expédier un cavalier à Rouen.

Elle demeura abîmée dans une sorte de douleur immobile, comme si elle eût attendu, pour s'abandonner au flot montant des regrets désespérés, l'heure du dernier tête-à-tête.

Les ombres avaient envahi la chambre, voilant la morte de ténèbres. La veuve Dentu se mit à rôder, de son pas léger, cherchant et disposant des objets invisibles avec des mouvements silencieux de garde-malade. Puis elle alluma deux bougies qu'elle posa doucement sur la table de nuit couverte d'une serviette blanche à la tête du lit.

Jeanne ne semblait rien voir, rien sentir, rien comprendre. Elle attendait d'être seule. Julien rentra ; il avait dîné ; et, de nouveau, il demanda : « Tu ne veux rien prendre ? » Sa femme fit « non » de la tête.

Il s'assit, d'un air résigné plutôt que triste, et demeura sans parler.

Ils restaient tous trois, éloignés l'un de l'autre, sans un mouvement, sur leurs sièges.

Par moments la garde s'endormant ronflait un peu, puis se réveillait brusquement.

Julien à la fin se leva, et, s'approchant de Jeanne :
« Veux-tu rester seule maintenant ? » Elle lui prit la main,
dans un élan involontaire : « Oh oui, laissez-moi. »

Il l'embrassa sur le front, en murmurant : « Je viendrai
te voir de temps en temps. » Et il sortit avec la veuve
Dentu qui roula son fauteuil dans la chambre voisine.

Jeanne ferma la porte, puis alla ouvrir toutes grandes
les deux fenêtres. Elle reçut en pleine figure la tiède
caresse d'un soir de fenaison. Les foins de la pelouse,
fauchés la veille, étaient couchés sous le clair de lune.

Cette douce sensation lui fit mal, la navra comme une
ironie.

Elle revint auprès du lit, prit une des mains inertes et
froides et se mit à considérer sa mère.

Elle n'était plus enflée comme au moment de l'attaque ;
elle semblait dormir à présent plus paisiblement qu'elle
n'avait jamais fait ; et la flamme pâle des bougies qu'agitaient des souffles déplaçait à tout moment les ombres de
son visage, la faisait vivante comme si elle eût remué.

Jeanne la regardait avidement ; et du fond des lointains
de sa petite jeunesse une foule de souvenirs accourait.

Elle se rappelait les visites de petite mère au parloir du
couvent, la façon dont elle lui tendait le sac de papier
plein de gâteaux, une multitude de petits détails, de petits
faits, de petites tendresses, des paroles, des intonations,
des gestes familiers, les plis de ses yeux quand elle riait,
son grand soupir essoufflé quand elle venait de s'asseoir.

Et elle restait là, contemplant, se répétant dans une
sorte d'hébétement : « Elle est morte » ; et toute l'horreur
de ce mot lui apparut.

Celle couchée là, — maman — petite mère — madame
Adélaïde, était morte ? Elle ne remuerait plus, ne parlerait
plus, ne rirait plus, ne dînerait plus jamais en face de petit
père ; elle ne dirait plus : « Bonjour Jeannette. » Elle était
morte !

On allait la clouer dans une caisse et l'enfouir, et ce

serait fini. On ne la verrait plus. Etait-ce possible ?
Comment ? Elle n'aurait plus sa mère ? Cette chère figure
si familière, vue dès qu'on a ouvert les yeux, aimée dès
qu'on a ouvert les bras, ce grand déversoir d'affection, cet
être unique, la mère, plus important pour le cœur que
tout le reste des êtres, était disparu. Elle n'avait plus que
quelques heures à regarder son visage, ce visage immobile
et sans pensée ; et puis rien, plus rien, un souvenir.

Et elle s'abattit sur les genoux dans une crise horrible
de désespoir ; et, les mains crispées sur la toile qu'elle
tordait, la bouche collée sur le lit, elle cria d'une voix
déchirante, étouffée dans les draps et les couvertures :
« Oh ! maman, ma pauvre maman, maman ! »

Puis, comme elle se sentait devenir folle, folle ainsi
qu'elle avait été dans cette nuit de fuite à travers la neige,
elle se releva et courut à la fenêtre pour se rafraîchir, boire
de l'air nouveau qui n'était point l'air de cette couche,
l'air de cette morte.

Les gazons coupés, les arbres, la lande, la mer là-bas, se
reposaient dans une paix silencieuse, endormis sous le
charme tendre de la lune. Un peu de cette douceur
calmante pénétra Jeanne et elle se mit à pleurer lentement.

Puis elle revint auprès du lit et s'assit en reprenant dans
sa main la main de petite mère, comme si elle l'eût veillée
malade.

Un gros insecte était entré, attiré par les bougies. Il
battait les murs comme une balle, allait d'un bout à l'autre
de la chambre. Jeanne, distraite par son vol ronflant,
levait les yeux pour le voir ; mais elle n'apercevait jamais
que son ombre errante sur le blanc du plafond.

Puis elle ne l'entendit plus. Alors elle remarqua le tic-
tac léger de la pendule et un autre petit bruit, ou, plutôt,
un bruissement presque imperceptible. C'était la montre
de petite mère qui continuait à marcher, oubliée dans la
robe jetée sur une chaise aux pieds du lit. Et soudain un

vague rapprochement entre cette morte et cette mécanique qui ne s'était point arrêtée raviva la douleur aiguë au cœur de Jeanne.

Elle regarda l'heure. Il était à peine dix heures et demie ; et elle fut prise d'une peur horrible de cette nuit entière à passer là.

D'autres souvenirs lui revenaient : ceux de sa propre vie — Rosalie, Gilberte — les amères désillusions de son cœur. Tout n'était donc que misère, chagrin, malheur et mort. Tout trompait, tout mentait, tout faisait souffrir et pleurer. Où trouver un peu de repos et de joie ? Dans une autre existence sans doute ! Quand l'âme était délivrée de l'épreuve de la terre. L'âme ! Elle se mit à rêver sur cet insondable mystère, se jetant brusquement en des convictions poétiques que d'autres hypothèses non moins vagues renversaient immédiatement. Où donc était, maintenant, l'âme de sa mère ? l'âme de ce corps immobile et glacé ? Très loin, peut-être. Quelque part dans l'espace ? Mais où ? Evaporée comme le parfum d'une fleur sèche ? ou errante comme un invisible oiseau échappé de sa cage ?

Rappelée à Dieu ? ou éparpillée au hasard des créations nouvelles, mêlée aux germes près d'éclore ?

Très proche peut-être ? Dans cette chambre, autour de cette chair inanimée qu'elle avait quittée ! Et brusquement Jeanne crut sentir un souffle l'effleurer, comme le contact d'un esprit. Elle eut peur, une peur atroce, si violente qu'elle n'osait plus remuer, ni respirer, ni se retourner pour regarder derrière elle. Son cœur battait comme dans les épouvantes.

Et soudain l'invisible insecte reprit son vol et se remit à heurter les murs en tournoyant. Elle frissonna des pieds à la tête, puis, rassurée tout à coup quand elle eut reconnut le ronflement de la bête ailée, elle se leva, et se retourna. Ses yeux tombèrent sur le secrétaire aux têtes de sphinx, le meuble aux reliques.

Et une idée tendre et singulière l'envahit ; c'était de

lire, en cette dernière veillée, comme elle aurait fait d'un livre pieux, les vieilles lettres chères à la morte. Il lui sembla qu'elle allait remplir un devoir délicat et sacré, quelque chose de vraiment filial, qui ferait plaisir, dans l'autre monde, à petite mère.

C'était l'ancienne correspondance de son grand-père et de sa grand-mère, qu'elle n'avait point connus. Elle voulait leur tendre les bras par-dessus le corps de leur fille, aller vers eux en cette nuit funèbre comme s'ils eussent souffert aussi, former une sorte de chaîne mystérieuse de tendresse entre ceux-là morts autrefois, celle qui venait de disparaître à son tour, et elle-même restée encore sur la terre.

Elle se leva, abattit la tablette du secrétaire et prit dans le tiroir du bas une dizaine de petits paquets de papiers jaunes, ficelés avec ordre, et rangés côte à côte.

Elle les déposa tous sur le lit, entre les bras de la baronne, par une sorte de raffinement sentimental, et elle se mit à lire.

C'étaient ces vieilles épîtres qu'on retrouve dans les antiques secrétaires de famille, ces épîtres qui sentent un autre siècle.

La première commençait par « Ma chérie ». Une autre par « Ma belle petite-fille », puis c'étaient « Ma chère petite » — « Ma mignonne » — « Ma fille adorée » puis « Ma chère enfant » — « Ma chère Adélaïde » — « Ma chère fille » selon qu'elles s'adressaient à la fillette, à la jeune fille, et, plus tard, à la jeune femme.

Et tout cela était plein de tendresses passionnées et puériles, de mille petites choses intimes, de ces grands et simples événements du foyer, si mesquins pour les indifférents : « père a la grippe ; la bonne Hortense s'est brûlée au doigt ; le chat « Croquerat » est mort ; on a abattu le sapin à droite de la barrière ; mère a perdu son livre de messe en revenant de l'église, elle pense qu'on le lui a volé ».

On y parlait aussi de gens inconnus à Jeanne, mais dont elle se rappelait vaguement avoir entendu prononcer le nom, autrefois, dans son enfance.

Elle s'attendrissait à ces détails qui lui semblaient des révélations ; comme si elle fût entrée tout à coup dans toute la vie passée, secrète, la vie du cœur de petite mère. Elle regardait le corps gisant ; et, brusquement, elle se mit à lire tout haut, à lire pour la morte, comme pour la distraire, la consoler.

Et le cadavre immobile semblait heureux.

Une à une elle rejetait les lettres sur les pieds du lit ; et elle pensa qu'il faudrait les mettre dans le cercueil, comme on y dépose des fleurs.

Elle délia un autre paquet. C'était une écriture nouvelle. Elle commença : « Je ne peux plus me passer de tes caresses. Je t'aime à devenir fou. »

Rien de plus ; pas de nom.

Elle retourna le papier sans comprendre. L'adresse portait bien « Madame la baronne Le Perthuis des Vauds ».

Alors elle ouvrit la suivante : « Viens ce soir, dès qu'il sera sorti. Nous aurons une heure. Je t'adore. »

Dans une autre : « J'ai passé une nuit de délire à te désirer vainement. J'avais ton corps dans mes bras, ta bouche sous mes lèvres, tes yeux sous mes yeux. Et puis je me sentais des rages à me jeter par la fenêtre en songeant qu'à cette heure-là même, tu dormais à son côté, qu'il te possédait à son gré... »

Jeanne, interdite, ne comprenait pas.

Qu'était-ce que cela ? A qui, pour qui, de qui ces paroles d'amour ?

Elle continua, retrouvant toujours des déclarations éperdues, des rendez-vous avec des recommandations de prudence, puis toujours, à la fin, ces quatre mots : « Surtout brûle cette lettre. »

Enfin elle ouvrit un billet banal, une simple acceptation

à dîner, mais de la même écriture et signée : « Paul d'Ennemare », celui que le baron appelait, quand il parlait encore de lui : « Mon pauvre vieux Paul », et dont la femme avait été la meilleure amie de la baronne.

Alors Jeanne, brusquement, fut effleurée d'un doute qui devint tout de suite une certitude. Sa mère l'avait eu pour amant.

Et soudain, la tête éperdue, elle rejeta d'une secousse ces papiers infâmes, comme elle eût rejeté quelque bête venimeuse montée sur elle, et elle courut à la fenêtre, et elle se mit à pleurer affreusement avec des cris involontaires qui lui déchiraient la gorge ; puis, tout son être se brisant, elle s'affaissa au pied de la muraille, et, cachant son visage pour qu'on n'entendît point ses gémissements, elle sanglota abîmée dans un désespoir insondable [1].

Elle serait restée peut-être ainsi toute la nuit ; mais un bruit de pas dans la pièce voisine la fit se redresser d'un bond. C'était son père, peut-être ? Et toutes les lettres gisaient sur le lit et sur le plancher ! Il lui suffirait d'en ouvrir une ! Et il saurait cela ? lui !

Elle s'élança, et, saisissant à poignées tous les vieux papiers jaunes, ceux des grands-parents et ceux de l'amant, et ceux qu'elle n'avait point dépliés, et ceux qui se trouvaient encore ficelés dans les tiroirs du secrétaire, elle les jetait en tas dans la cheminée. Puis elle prit une des bougies qui brûlaient sur la table de nuit et mit le feu à ce monceau de lettres. Une grande flamme jaillit qui éclaira la chambre, la couche et le cadavre d'une lueur vive et dansante, dessinant en noir sur le rideau blanc du fond du lit le profil tremblotant du visage rigide et les lignes du corps énorme sous le drap.

Quand il n'y eut plus qu'un amas de cendres au fond du foyer, elle retourna s'asseoir auprès de la fenêtre ouverte comme si elle n'eût plus osé rester auprès de la morte, et elle se remit à pleurer, la figure dans ses mains,

et gémissant d'un ton navré, d'un ton de plainte désolée : « Oh! ma pauvre maman, oh! ma pauvre
maman! »

Et une atroce réflexion lui vint : Si petite mère n'était
pas morte, par hasard, si elle n'était qu'endormie d'un
sommeil léthargique, si elle allait soudain se lever,
parler? — La connaissance de l'affreux secret n'amoin-
drirait-elle pas son amour filial? L'embrasserait-elle des
mêmes lèvres pieuses? La chérirait-elle de la même
affection sacrée? Non. Ce n'était pas possible! et cette
pensée lui déchira le cœur.

La nuit s'effaçait; les étoiles pâlissaient; c'était l'heure
fraîche qui précède le jour. La lune descendue allait
s'enfoncer dans la mer qu'elle nacrait sur toute sa
surface.

Et le souvenir saisit Jeanne de cette nuit passée à la
fenêtre lors de son arrivée aux Peuples. Comme c'était
loin, comme tout était changé, comme l'avenir lui semblait différent!

Et voilà que le ciel devint rose, d'un rose joyeux,
amoureux, charmant. Elle regardait, surprise maintenant
comme devant un phénomène, cette radieuse éclosion du
jour, se demandant s'il était possible que, sur cette terre
où se levaient de pareilles aurores, il n'y eût ni joie ni
bonheur.

Un bruit de porte la fit tressaillir. C'était Julien. Il
demanda : « Eh bien? tu n'es pas trop fatiguée? »

Elle balbutia « Non », heureuse de n'être plus seule.
« A présent, va te reposer », dit-il. Elle embrassa lentement sa mère d'un baiser lent, douloureux et navré; puis
elle rentra dans sa chambre.

La journée s'écoula dans ces tristes occupations que
réclame un mort. La baron arriva vers le soir. Il pleura
beaucoup.

L'enterrement eut lieu le lendemain.

Après qu'elle eut, pour la dernière fois, appuyé ses

lèvres sur le front glacé, qu'elle eut fait la dernière toilette, et vu clouer le corps dans le cercueil, Jeanne se retira. Les invités allaient venir.

Gilberte arriva la première, et se jeta en sanglotant sur le cœur de son amie.

On voyait par la fenêtre, les voitures tourner à la grille, s'en venant au trot. Et des voix résonnaient dans le grand vestibule. Des femmes en noir entraient peu à peu dans la chambre, des femmes que Jeanne ne connaissait point. La marquise de Coutelier et la vicomtesse de Briseville l'embrassèrent.

Elle s'aperçut tout à coup que tante Lison se glissait derrière elle. Et elle l'étreignit avec tendresse, ce qui fit presque défaillir la vieille fille.

Julien entra, en grand noir, élégant, affairé, satisfait de cette affluence. Il parla bas à sa femme pour un conseil qu'il demandait. Il ajouta d'un ton confidentiel : « Toute la noblesse est venue, ce sera très bien. » Et il repartit en saluant gravement les dames.

Tante Lison et la comtesse Gilberte restèrent seules auprès de Jeanne pendant que s'accomplissait la cérémonie funèbre. La comtesse l'embrassait sans cesse en répétant : « Ma pauvre chérie, ma pauvre chérie ! »

Quand le comte de Fourville revint chercher sa femme, il pleurait lui-même comme s'il avait perdu sa propre mère.

X

Les jours furent bien tristes qui suivirent, ces jours mornes dans une maison qui semble vide par l'absence de l'être familier disparu pour toujours, ces jours criblés de souffrances à chaque rencontre de tout objet que maniait incessamment le mort. D'instant en instant un souvenir vous tombe sur le cœur et le meurtrit. Voici son fauteuil, son ombrelle restée dans le vestibule, son verre que la bonne n'a point serré ! Et dans toutes les chambres on retrouve des choses traînant : ses ciseaux, un gant, le volume dont les feuillets sont usés par ses doigts alourdis, et mille riens qui prennent une signification douloureuse parce qu'ils rappellent mille petits faits.

Et sa voix vous poursuit ; on croit l'entendre ; on voudrait fuir n'importe où, échapper à la hantise de cette maison. Il faut rester parce que d'autres sont là qui restent et souffrent aussi.

Et puis Jeanne demeurait écrasée sous le souvenir de ce qu'elle avait découvert. Cette pensée pesait sur elle ; son cœur broyé ne se guérissait pas. Sa solitude d'à présent s'augmentait de ce secret horrible ; sa dernière confiance était tombée avec sa dernière croyance.

Père, au bout de quelque temps, s'en alla, ayant besoin de remuer, de changer d'air, de sortir du noir chagrin où il s'enfonçait de plus en plus.

Et la grande maison, qui voyait ainsi de temps en temps disparaître un de ses maîtres, reprit sa vie calme et régulière.

Et puis Paul tomba malade. Jeanne en perdit la raison, resta douze jours sans dormir, presque sans manger.

Il guérit ; mais elle demeura épouvantée par cette idée qu'il pouvait mourir. Alors que ferait-elle ? que deviendrait-elle ? Et tout doucement se glissa dans son cœur le vague besoin d'avoir un autre enfant. Bientôt elle en rêva, reprise tout entière par son ancien désir de voir autour d'elle deux petits êtres, un garçon et une fille. Et ce fut une obsession.

Mais depuis l'affaire de Rosalie elle vivait séparée de Julien. Un rapprochement semblait même impossible dans les situations où ils se trouvaient. Julien aimait ailleurs ; elle le savait ; et la seule pensée de subir de nouveau ses caresses la faisait frémir de répugnance.

Elle s'y serait pourtant résignée, tant l'envie d'être encore mère la harcelait ; mais elle se demandait comment pourraient recommencer leurs baisers ? Elle serait morte d'humiliation plutôt que de laisser deviner ses intentions ; et il ne paraissait plus songer à elle.

Elle y eût renoncé peut-être ; mais voilà que, chaque nuit, elle se mit à rêver d'une fille ; et elle la voyait jouant avec Paul sous le platane ; et parfois elle sentait une sorte de démangeaison de se lever, et d'aller, sans prononcer un mot, trouver son mari dans sa chambre. Deux fois même elle se glissa jusqu'à sa porte ; puis elle revint vivement, le cœur battant de honte.

Le baron était parti ; petite mère était morte ; Jeanne maintenant n'avait plus personne qu'elle pût consulter, à qui elle pût confier ses intimes secrets.

Alors elle se résolut à aller trouver l'abbé Picot, et à lui dire, sous le sceau de la confession, les difficiles projets qu'elle avait.

Elle arriva comme il lisait son bréviaire dans son petit jardin planté d'arbres fruitiers.

Après avoir causé quelques minutes de choses et d'autres, elle balbutia, en rougissant : « Je voudrais me confesser, monsieur l'Abbé[1]. »

Il demeura stupéfait, et releva ses lunettes pour la bien considérer ; puis il se mit à rire. « Vous ne devez pourtant pas avoir de gros péchés sur la conscience. » Elle se troubla tout à fait, et reprit : « Non, mais j'ai un conseil à vous demander, un conseil si... si... si pénible que je n'ose pas vous en parler comme ça. »

Il quitta instantanément son aspect bonhomme, et prit son air sacerdotal : « Eh bien, mon enfant, je vous écouterai dans le confessionnal, allons. »

Mais elle le retint, hésitante, arrêtée tout à coup par une sorte de scrupule de parler de ces choses un peu honteuses dans le recueillement d'une église vide.

« Ou bien non..., monsieur le Curé... je puis... je puis... si vous le voulez... vous dire ici ce qui m'amène. Tenez, nous allons nous asseoir là-bas sous votre petite tonnelle. »

Ils y allèrent à pas lents. Elle cherchait comment s'exprimer, comment débuter. Ils s'assirent.

Alors, comme si elle se fût confessée, elle commença : « Mon père... » puis elle hésita, répéta de nouveau : « Mon père... » et se tut, tout à fait troublée.

Il attendait, les mains croisées sur son ventre. Voyant son embarras, il l'encouragea : « Eh bien, ma fille, on dirait que vous n'osez pas ; voyons, prenez courage. »

Elle se décida, comme un poltron qui se jette au danger : « Mon père, je voudrais un autre enfant. » Il ne répondit rien, ne comprenant pas. Alors elle s'expliqua, perdant les mots, effarée.

« Je suis seule dans la vie maintenant ; mon père et mon mari ne s'entendent guère ; ma mère est morte ; et... et... » — Elle prononça tout bas en frissonnant... :

« L'autre jour j'ai failli perdre mon fils ! Que serais-je devenue alors ?... »

Elle se tut. Le prêtre dérouté la regardait.

« Voyons, arrivez au fait. »

Elle répéta : « Je voudrais un autre enfant. » Alors il sourit, habitué aux grasses plaisanteries des paysans qui ne se gênaient guère devant lui, et il répondit avec un hochement de tête malin :

« Eh bien, il me semble qu'il ne tient qu'à vous. »

Elle leva vers lui ses yeux candides, puis, bégayant de confusion : « Mais... mais... vous comprenez que depuis ce... ce que... ce que vous savez de... de cette bonne... mon mari et moi nous vivons... nous vivons tout à fait séparés. »

Accoutumé aux promiscuités et aux mœurs sans dignité des campagnes, il fut étonné de cette révélation ; puis tout à coup il crut deviner le désir véritable de la jeune femme. Il la regarda de coin, plein de bienveillance et de sympathie pour sa détresse : « Oui ; je saisis parfaitement. Je comprends que votre... votre veuvage vous pèse. Vous êtes jeune, bien portante. Enfin, c'est naturel, trop naturel. »

Il se remettait à sourire, emporté par sa nature grivoise de prêtre campagnard ; et il tapotait doucement la main de Jeanne : « Ça vous est permis, bien permis même, par les commandements — L'œuvre de chair ne désireras qu'en mariage seulement. — Vous êtes mariée, n'est-ce pas ? Ce n'est point pour piquer des raves. »

A son tour elle n'avait pas compris d'abord ses sous-entendus ; mais, sitôt qu'elle les pénétra, elle s'empourpra, toute saisie, avec des larmes aux yeux.

« Oh ! Monsieur le Curé, que dites-vous ? que pensez-vous ? Je vous jure... Je vous jure... » Et les sanglots l'étouffèrent.

Il fut surpris ; et il la consolait : « Allons, je n'ai pas voulu vous faire de peine. Je plaisantais un peu ; ça n'est pas défendu quand on est honnête. Mais comptez sur moi ; vous pouvez compter sur moi. Je verrai M. Julien. »

Elle ne savait plus que dire. Elle voulait maintenant refuser cette intervention qu'elle craignait maladroite et dangereuse, mais elle n'osait point ; et elle se sauva après avoir balbutié : « Je vous remercie, monsieur le Curé. »

Huit jours se passèrent. Elle vivait dans une angoisse d'inquiétude.

Un soir, au dîner, Julien la regarda d'une façon singulière avec un certain pli souriant des lèvres qu'elle lui connaissait en ses heures de gouaillerie. Il eut même à son égard une sorte de galanterie imperceptiblement ironique ; et comme ils se promenaient ensuite dans la grande avenue de petite mère, il lui dit tout bas dans l'oreille : « Il paraît que nous sommes raccommodés. »

Elle ne répondit rien. Elle regardait par terre une sorte de ligne droite presque invisible à présent, l'herbe ayant repoussé. C'était la trace du pied de la baronne qui s'effaçait, comme s'efface un souvenir. Et Jeanne se sentait le cœur crispé, noyé de tristesse ; elle se sentait perdue dans la vie, si loin de tout le monde.

Julien reprit : « Moi, je ne demande pas mieux. Je craignais de te déplaire. »

Le soleil se couchait, l'air était doux. Une envie de pleurer oppressait Jeanne, un de ces besoins d'expansion vers un cœur ami, un besoin d'étreindre, en murmurant ses peines. Un sanglot lui montait à la gorge. Elle ouvrit les bras et tomba sur le cœur de Julien.

Et elle pleura. Surpris, il la regardait dans les cheveux, ne pouvant voir le visage caché sur sa poitrine. Il pensa qu'elle l'aimait encore et déposa sur son chignon un baiser condescendant.

Puis ils rentrèrent sans dire un mot. Il la suivit en sa chambre, et passa la nuit avec elle.

Et leurs rapports anciens recommencèrent. Il les accomplissait comme un devoir qui cependant ne lui déplaisait pas ; elle les subissait comme une nécessité écœurante et pénible, avec la résolution de les arrêter pour toujours dès qu'elle se sentirait enceinte de nouveau.

Mais elle remarqua bientôt que les caresses de son mari semblaient différentes de jadis. Elles étaient plus raffinées peut-être, mais moins complètes. Il la traitait comme un amant discret, et non plus comme un époux tranquille.

Elle s'étonna, observa, et s'aperçut bientôt que toutes ses étreintes s'arrêtaient avant qu'elle pût être fécondée.

Alors une nuit, la bouche sur sa bouche, elle murmura : « Pourquoi ne te donnes-tu plus à moi tout entier comme autrefois ? »

Il se mit à ricaner : « Parbleu, pour ne pas t'engrosser. »

Elle tressaillit : « Pourquoi donc ne veux-tu plus d'enfants ? »

Il demeura perclus de surprise : « Hein ? tu dis ? mais tu es folle ? Un autre enfant ? Ah ! mais non, par exemple ! C'est déjà trop d'un pour piailler, occuper tout le monde et coûter de l'argent. Un autre enfant ! merci ! »

Elle le saisit dans ses bras, le baisa, l'enveloppa d'amour, et, tout bas : « Oh ! je t'en supplie, rends-moi mère encore une fois. »

Mais il se fâcha comme si elle l'eût blessé : « Çà vraiment, tu perds la tête. Fais-moi grâce de tes bêtises, je te prie. »

Elle se tut et se promit de le forcer par ruse à lui donner le bonheur qu'elle rêvait.

Alors elle essaya de prolonger ses baisers, jouant la comédie d'une ardeur délirante, le liant à elle de ses deux bras crispés en des transports qu'elle simulait. Elle usa de tous les subterfuges ; mais il restait maître de lui ; et pas une fois il ne s'oublia.

Alors, travaillée de plus en plus par son désir acharné, poussée à bout, prête à tout braver, à tout oser, elle retourna chez l'abbé Picot.

Il achevait son déjeuner ; il était fort rouge, ayant toujours des palpitations après ses repas. Dès qu'il la vit entrer, il s'écria : « Eh bien ? » désireux de savoir le résultat de ses négociations.

Résolue maintenant et sans timidité pudique, elle répondit immédiatement : « Mon mari ne veut plus d'enfants. » L'abbé se retourna vers elle, intéressé tout à fait, prêt à fouiller avec une curiosité de prêtre dans ces mystères du lit qui lui rendaient plaisant le confessionnal. Il demanda : « Comment ça ? » Alors, malgré sa détermination, elle se troubla pour expliquer : « Mais il... il.. il refuse de me rendre mère. »

L'abbé comprit, il connaissait ces choses ; et il se mit à interroger avec des détails précis et minutieux, une gourmandise d'homme qui jeûne.

Puis il réfléchit quelques instants, et, d'une voix tranquille, comme s'il eût parlé de la récolte qui venait bien, il lui traça un plan de conduite habile, réglant tous les points : « Vous n'avez qu'un moyen, ma chère enfant, c'est de lui faire accroire que vous êtes grosse. Il ne s'observera plus ; et vous le deviendrez pour de vrai. »

Elle rougit jusqu'aux yeux ; mais, déterminée à tout, elle insista : « Et... et s'il ne me croit pas ? »

Le curé savait bien les ressources pour conduire et tenir les hommes : « Annoncez votre grossesse à tout le monde, dites-la partout ; il finira par y croire lui-même. »

Puis il ajouta comme pour s'absoudre de ce stratagème : « C'est votre droit, l'Eglise ne tolère les rapports entre homme et femme que dans le but de la procréation. »

Elle suivit le conseil rusé, et, quinze jours plus tard, elle annonçait à Julien qu'elle se croyait grosse. Il eut un sursaut. « Pas possible ! ce n'est pas vrai. »

Elle indiqua aussitôt la raison de ses soupçons. Mais il se rassura. « Bah ! attends un peu. Tu verras. »

Alors chaque matin, il demanda : « Eh bien ? » Et

toujours elle répondait : « Non, pas encore. Je serais bien trompée si je n'étais pas enceinte. »

Il s'inquiétait à son tour, furieux et désolé, autant que surpris. Il répétait : « Je n'y comprends rien, mais rien. Si je sais comment cela s'est fait ! je veux bien être pendu. »

Au bout d'un mois elle annonçait de tous les côtés la nouvelle, sauf à la comtesse Gilberte, par une sorte de pudeur compliquée et délicate.

Depuis sa première inquiétude, Julien ne l'approchait plus ; puis il prit, en rageant, son parti, et déclara : « En voilà un qui n'était pas demandé. » Et il recommença à pénétrer dans la chambre de sa femme.

Ce qu'avait prévu le prêtre se réalisa complètement. Elle était grosse.

Alors, inondée d'une joie délirante, elle ferma sa porte chaque soir, se vouant dans un élan de reconnaissance vers la vague divinité qu'elle adorait, à une chasteté éternelle.

Elle se sentait de nouveau presque heureuse, s'étonnant de la promptitude avec laquelle s'était adoucie sa douleur après la mort de sa mère. Elle s'était crue inconsolable ; et voilà qu'en deux mois à peine cette plaie vive se fermait. Il ne lui restait plus qu'une mélancolie attendrie, comme un voile de chagrin jeté sur sa vie. Aucun événement ne lui paraissait plus possible. Ses enfants grandiraient, l'aimeraient ; elle vieillirait tranquille, contente, sans s'occuper de son mari.

Vers la fin du mois de septembre, l'abbé Picot vint faire une visite de cérémonie avec une soutane neuve qui ne portait encore que huit jours de taches ; et il présenta son successeur l'abbé Tolbiac. C'était un tout jeune prêtre maigre, fort petit, à la parole emphatique, et dont les yeux, cerclés de noir et caves, indiquaient une âme violente.

Le vieux curé était nommé doyen de Goderville.

Jeanne ressentit une vraie tristesse de ce départ. La

figure du bonhomme était liée à tous ses souvenirs de jeune femme. Il l'avait mariée, il avait baptisé Paul et enterré la baronne. Elle ne se figurait pas Etouvent sans la bedaine de l'abbé Picot passant le long des cours des fermes ; et elle l'aimait parce qu'il était joyeux et naturel.

Malgré son avancement il ne semblait pas gai. Il disait : « Ça me coûte, ça me coûte, madame la Comtesse. Voilà dix-huit ans que je suis ici. Oh ! la commune rapporte peu et ne vaut point grand-chose. Les hommes n'ont pas plus de religion qu'il ne faut, et les femmes, les femmes, voyez-vous, n'ont guère de conduite. Les filles ne passent à l'église pour le mariage qu'après avoir fait un pèlerinage à Notre-Dame du Gros-Ventre, et la fleur d'oranger ne vaut pas cher dans le pays. Tant pis, je l'aimais, moi. »

Le nouveau curé faisait des gestes d'impatience, et devenait rouge. Il dit brusquement : « Avec moi, il faudra que tout cela change. » Il avait l'air d'un enfant rageur, tout frêle et tout maigre dans sa soutane usée déjà, mais propre.

L'abbé Picot le regarda de biais, comme il faisait en ses moments de gaieté, et il reprit : « Voyez-vous, l'Abbé, pour empêcher ces choses-là, il faudrait enchaîner vos paroissiens ; et encore ça ne servirait de rien. »

Le petit prêtre répondit d'un ton cassant : « Nous verrons bien. » Et le vieux curé sourit en humant sa prise : « L'âge vous calmera, l'Abbé, et l'expérience aussi ; vous éloignerez de l'église vos derniers fidèles ; et voilà tout. Dans ce pays-ci, on est croyant, mais tête de chien : prenez garde. Ma foi, quand je vois entrer au prône une fille qui me paraît un peu grasse, je me dis : « C'est un paroissien de plus qu'elle m'amène » ; — et je tâche de la marier. Vous ne les empêcherez pas de fauter, voyez-vous ; mais vous pouvez aller trouver le garçon et l'empêcher d'abandonner la mère. Mariez-les, l'Abbé, mariez-les, ne vous occupez pas d'autre chose. »

Le nouveau curé répondit avec rudesse : « Nous pensons différemment ; il est inutile d'insister. » Et l'abbé Picot se remit à regretter son village, la mer qu'il voyait des fenêtres du presbytère, les petites vallées en entonnoir où il allait réciter son bréviaire, en regardant au loin passer les bateaux.

Et les deux prêtres prirent congé. Le vieux embrassa Jeanne, qui faillit pleurer.

Huit jours plus tard, l'abbé Tolbiac revint. Il parla des réformes qu'il accomplissait comme aurait pu le faire un prince prenant possession d'un royaume. Puis il pria la vicomtesse de ne point manquer l'office du dimanche, et de communier à toutes les fêtes. « Vous et moi, disait-il, nous sommes la tête du pays ; nous devons le gouverner et nous montrer toujours comme un exemple à suivre. Il faut que nous soyons unis pour être puissants et respectés. L'église et le château se donnant la main, la chaumière nous craindra et nous obéira [1]. »

La religion de Jeanne était toute de sentiment ; elle avait cette foi rêveuse que garde toujours une femme ; et, si elle accomplissait à peu près ses devoirs, c'était surtout par habitude gardée du couvent, la philosophie frondeuse du baron ayant depuis longtemps jeté bas ses convictions.

L'abbé Picot se contentait du peu qu'elle pouvait lui donner et ne la gourmandait jamais. Mais son successeur, ne l'ayant point vue à l'office du précédent dimanche, était accouru inquiet et sévère.

Elle ne voulut point rompre avec le presbytère et promit, se réservant de ne se montrer assidue que par complaisance dans les premières semaines.

Mais peu à peu elle prit l'habitude de l'église et subit l'influence de ce frêle abbé intègre et dominateur. Mystique, il lui plaisait par ses exaltations et ses ardeurs. Il faisait vibrer en elle la corde de poésie religieuse que toutes les femmes ont dans l'âme. Son austérité intraitable, son mépris du monde et des sensualités, son dégoût des préoccupations humaines, son amour de Dieu, son inexpérience juvénile et sauvage, sa parole dure, sa volonté inflexible donnaient à Jeanne l'impression de ce que devaient être les martyrs ; et elle se laissait séduire, elle, cette souffrante déjà désabusée, par le fanatisme rigide de cet enfant, ministre du ciel.

Il la menait au Christ consolateur, lui montrant comment les joies pieuses de la religion apaiseraient toutes ses souffrances ; et elle s'agenouillait au confessionnal, s'humiliant, se sentant petite et faible devant ce prêtre qui semblait avoir quinze ans.

Mais il fut bientôt détesté par toute la campagne.

D'une inflexible sévérité pour lui-même, il se montrait pour les autres d'une implacable intolérance. Une chose surtout le soulevait de colère et d'indignation, l'amour. Il en parlait dans ses prêches avec emportement, en termes crus, selon l'usage ecclésiastique, jetant sur cet auditoire de rustres des périodes tonnantes contre la concupiscence ; et il tremblait de fureur, trépignait, l'esprit hanté des images qu'il évoquait dans ses fureurs.

Les grands gars et les filles se coulaient des regards sournois à travers l'église ; et les vieux paysans, qui aiment toujours à plaisanter sur ces choses-là, désapprouvaient l'intolérance du petit curé en retournant à la ferme après l'office, à côté du fils en blouse bleue et de la fermière en mante noire. Et toute la contrée était en émoi.

On se racontait tout bas ses sévérités au confessionnal, les pénitences sévères qu'il infligeait ; et, comme il s'obstinait à refuser l'absolution aux filles dont la chasteté avait subi des atteintes, la moquerie s'en mêla. On riait aux grands-messes des fêtes quand on voyait des jeunesses rester à leurs bancs au lieu d'aller communier avec les autres.

Bientôt il épia les amoureux pour empêcher leurs rencontres, comme fait un garde poursuivant les braconniers. Il les chassait le long des fossés, derrière les granges, par les soirs de lune, et dans les touffes de joncs marins sur le versant des petites côtes.

Une fois il en découvrit deux qui ne se désunirent pas devant lui ; ils se tenaient par la taille, et marchaient en s'embrassant dans un ravin rempli de pierres.

L'abbé cria : « Voulez-vous bien finir, manants que vous êtes ! »

Et le gars, s'étant retourné, lui répondit : « Mêlez-vous d' vos affaires, m'sieur l' Curé ; celles-là n' vous r'gardent pas. »

Alors l'abbé ramassa des cailloux et les leur jeta comme on fait aux chiens.

Ils s'enfuirent en riant tous deux ; et, le dimanche suivant, il les dénonça par leurs noms en pleine église.

Tous les garçons du pays cessèrent d'aller aux offices.

Le curé dînait au château tous les jeudis, et venait souvent en semaine causer avec sa pénitente. Elle s'exaltait comme lui, discutait sur les choses immatérielles, maniait tout l'arsenal antique et compliqué des controverses religieuses.

Ils se promenaient tous deux le long de la grande allée de la baronne en parlant du Christ et des Apôtres, et de la Vierge et des Pères de l'Eglise, comme s'ils les eussent connus. Ils s'arrêtaient parfois pour se poser des questions profondes qui les faisaient divaguer mystiquement, elle, se perdant en des raisonnements poétiques qui montaient au ciel comme des fusées, lui plus précis, arguant comme un avoué monomane qui démontrerait mathématiquement la quadrature du cercle.

Julien traitait le nouveau curé avec un grand respect, répétant sans cesse : « Il me va, ce prêtre-là, il ne pactise pas. » Et il se confessait et communiait à volonté, donnant l'exemple prodigalement.

Il allait maintenant presque chaque jour chez les Fourville, chassant avec le mari qui ne pouvait plus se passer de lui, et montant à cheval avec la comtesse, malgré les pluies et les gros temps. Le comte disait : « Ils sont enragés avec leur cheval, mais cela fait du bien à ma femme. »

Le baron revint vers la mi-novembre. Il était changé, vieilli, éteint, baigné dans une tristesse noire qui avait pénétré son esprit. Et tout de suite l'amour qui le liait à sa fille sembla accru comme si ces quelques mois de morne solitude eussent exaspéré son besoin d'affection, de confiance et de tendresse.

Jeanne ne lui confia point ses idées nouvelles, son intimité avec l'abbé Tolbiac, et son ardeur religieuse ; mais, la première fois qu'il vit le prêtre, il sentit s'éveiller contre lui une inimitié véhémente.

Et quand la jeune femme lui demanda, le soir : « Comment le trouves-tu ? » il répondit : « Cet homme-là, c'est un inquisiteur ! Il doit être très dangereux. »

Puis, quand il eut appris par les paysans dont il était l'ami les sévérités du jeune prêtre, ses violences, cette espèce de persécution qu'il exerçait contre les lois et les instincts innés, ce fut une haine qui éclata dans son cœur.

Il était, lui, de la race des vieux philosophes adorateurs de la nature, attendri dès qu'il voyait deux animaux s'unir, à genoux devant une espèce de Dieu panthéiste et hérissé devant la conception catholique d'un Dieu à intentions bourgeoises, à colères jésuitiques et à vengeances de tyran, un Dieu qui lui rapetissait la création entrevue, fatale, sans limites, toute-puissante, la création vie, lumière, terre, pensée, plante, roche, homme, air, bête, étoile, Dieu, insecte en même temps, créant parce qu'elle est création, plus forte qu'une volonté, plus vaste qu'un raisonnement, produisant sans but, sans raison et sans fin dans tous les sens et dans toutes les formes à travers l'espace infini, suivant les nécessités du hasard et le voisinage des soleils chauffant les mondes.

La création contenait tous les germes, la pensée et la

vie se développant en elle comme des fleurs et des fruits sur les arbres.

Pour lui donc, la reproduction était la grande loi générale, l'acte sacré, respectable, divin, qui accomplit l'obscure et constante volonté de l'Etre Universel. Et il commença de ferme en ferme une campagne ardente contre le prêtre intolérant, persécuteur de la vie.

Jeanne, désolée, priait le Seigneur, implorait son père ; mais il répondait toujours : « Il faut combattre ces hommes-là, c'est notre droit et notre devoir. Ils ne sont pas humains. » Il répétait, en secouant ses longs cheveux blancs : « Ils ne sont pas humains ; ils ne comprennent rien, rien, rien. Ils agissent dans un rêve fatal ; ils sont anti-physiques. » Et il criait « Anti-physiques ! » comme s'il eût jeté une malédiction.

Le prêtre sentait bien l'ennemi, mais, comme il tenait à rester maître du château et de la jeune femme, il temporisait, sûr de la victoire finale.

Puis une idée fixe le hantait ; il avait découvert par hasard les amours de Julien et de Gilberte, et il les voulait interrompre à tout prix.

Il s'en vint un jour trouver Jeanne et, après un long entretien mystique, il lui demanda de s'unir à lui pour combattre, pour tuer le mal dans sa propre famille, pour sauver deux âmes en danger.

Elle ne comprit pas et voulut savoir. Il répondit : « L'heure n'est pas venue, je vous reverrai bientôt. » Et il partit brusquement.

L'hiver alors touchait à sa fin, un hiver pourri, comme on dit aux champs, humide et tiède.

L'abbé revint quelques jours plus tard et parla en termes obscurs d'une de ces liaisons indignes entre gens qui devraient être irréprochables. Il appartenait, disait-il, à ceux qui avaient connaissance de ces faits, de les arrêter par tous les moyens. Puis il entra en des considérations élevées, puis, prenant la main de

Jeanne, il l'adjura d'ouvrir les yeux, de comprendre et de l'aider.

Elle avait compris, cette fois, mais elle se taisait épouvantée à la pensée de tout ce qui pouvait survenir de pénible dans sa maison tranquille à présent ; et elle feignit de ne pas savoir ce que l'abbé voulait dire. Alors il n'hésita plus et parla clairement.

« C'est un devoir pénible que je vais accomplir, madame la Comtesse, mais je ne puis faire autrement. Le ministère que je remplis m'ordonne de ne pas vous laisser ignorer ce que vous pouvez empêcher. Sachez donc que votre mari entretient une amitié criminelle avec madame de Fourville. »

Elle baissa la tête, résignée et sans force.

Le prêtre reprit : « Que comptez-vous faire, maintenant ? »

Alors elle balbutia : « Que voulez-vous que je fasse, monsieur l'Abbé ? »

Il répondit violemment : « Vous jeter en travers de cette passion coupable. »

Elle se mit à pleurer ; et d'une voix navrée : « Mais il m'a déjà trompée avec une bonne ; mais il ne m'écoute pas ; il ne m'aime plus ; il me maltraite sitôt que je manifeste un désir qui ne lui convient pas. Que puis-je ? »

Le curé, sans répondre directement, s'écria : « Alors, vous vous inclinez ! Vous vous résignez ! Vous consentez ! L'adultère est sous votre toit ; et vous le tolérez ! Le crime s'accomplit sous vos yeux, et vous détournez le regard ? Etes-vous une épouse ? une chrétienne ? une mère ? »

Elle sanglotait : « Que voulez-vous que je fasse ? »

Il répliqua : « Tout plutôt que de permettre cette infamie. Tout, vous dis-je. Quittez-le. Fuyez cette maison souillée. »

Elle dit : « Mais je n'ai pas d'argent, monsieur l'Abbé ; et puis je suis sans courage, maintenant ; et puis comment partir sans preuves ? Je n'en ai même pas le droit. »

Le prêtre se leva, frémissant : « C'est la lâcheté qui vous conseille, Madame, je vous croyais autre. Vous êtes indigne de la miséricorde de Dieu ! »

Elle tomba à ses genoux : « Oh ! je vous en prie, ne m'abandonnez pas, conseillez-moi ! »

Il prononça d'une voix brève : « Ouvrez les yeux de M. de Fourville. C'est à lui qu'il appartient de rompre cette liaison. »

A cette pensée une épouvante la saisit : « Mais il les tuerait ! monsieur l'Abbé ! Et je commettrais une dénonciation ! Oh ! pas cela, jamais ! »

Alors, il leva la main comme pour la maudire, tout soulevé de colère : « Restez dans votre honte et dans votre crime ; car vous êtes plus coupable qu'eux. Vous êtes l'épouse complaisante ! Je n'ai plus rien à faire ici. »

Et il s'en alla, si furieux que tout son corps tremblait.

Elle le suivit éperdue, prête à céder, commençant à promettre. Mais il demeurait vibrant d'indignation, marchant à pas rapides en secouant de rage son grand parapluie bleu presque aussi haut que lui.

Il aperçut Julien debout près de la barrière, dirigeant des travaux d'ébranchage ; alors il tourna à gauche pour traverser la ferme des Couillard ; et il répétait : « Laissez-moi, Madame, je n'ai plus rien à vous dire. »

Juste sur son chemin, au milieu de la cour, un tas d'enfants, ceux de la maison et ceux des voisins, attroupés autour de la loge de la chienne Mirza, contemplaient curieusement quelque chose, avec une attention concentrée et muette. Au milieu d'eux le baron, les mains derrière le dos, regardait aussi avec curiosité. On eût dit un maître d'école. Mais, quand il vit de loin le prêtre, il s'en alla pour éviter de le rencontrer, de le saluer, de lui parler.

Jeanne disait, suppliante : « Laissez-moi quelques jours, monsieur l'Abbé, et revenez au château. Je vous raconterai ce que j'aurai pu faire, et ce que j'aurai préparé ; et nous aviserons. »

Ils arrivaient alors auprès du groupe des enfants ; et
le curé s'approcha pour voir ce qui les intéressait ainsi.
C'était la chienne qui mettait bas. Devant sa niche
cinq petits grouillaient déjà autour de la mère qui les
léchait avec tendresse, étendue sur le flanc, tout endolorie. Au moment où le prêtre se penchait, la bête
crispée s'allongea et un sixième petit toutou parut.
Tous les galopins alors, saisis de joie, se mirent à crier
en battant des mains : « En v'là encore un, en v'là
encore un ! » C'était un jeu pour eux, un jeu naturel
où rien d'impur n'entrait. Ils contemplaient cette naissance comme ils auraient regardé tomber des pommes.

L'abbé Tolbiac demeura d'abord stupéfait, puis,
saisi d'une fureur irrésistible, il leva son grand parapluie et se mit à frapper dans le tas des enfants sur les
têtes, de toute sa force. Les galopins effarés s'enfuirent
à toutes jambes ; et il se trouva subitement en face de
la chienne en gésine qui s'efforçait de se lever. Mais il
ne la laissa pas même se dresser sur ses pattes, et, la
tête perdue, il commença à l'assommer à tour de bras.
Enchaînée, elle ne pouvait s'enfuir, et gémissait affreusement en se débattant sous les coups. Il cassa son
parapluie. Alors, les mains vides, il monta dessus, la
piétinant avec frénésie, la pilant, l'écrasant. Il lui fit
mettre au monde un dernier petit qui jaillit sous sa
pression ; et il acheva, d'un talon forcené, le corps
saignant qui remuait encore au milieu des nouveau-nés
piaulants, aveugles et lourds, cherchant déjà les
mamelles[1].

Jeanne s'était sauvée ; mais le prêtre soudain se sentit pris au cou, un soufflet fit sauter son tricorne ; et le
baron, exaspéré, l'emporta jusqu'à la barrière et le jeta
sur la route.

Quand M. Le Perthuis se retourna, il aperçut sa
fille à genoux, sanglotant au milieu des petits chiens et
les recueillant dans sa jupe. Il revint vers elle à grands

pas, en gesticulant, et il criait : « Le voilà, le voilà, l'homme en soutane ! L'as-tu vu, maintenant ? »

Les fermiers étaient accourus, tout le monde regardait la bête éventrée ; et la mère Couillard déclara : « C'est-il possible d'être sauvage comme ça ! »

Mais Jeanne avait ramassé les sept petits et prétendait les élever.

On essaya de leur donner du lait ; trois moururent le lendemain. Alors le père Simon courut le pays pour découvrir une chienne allaitant. Il n'en trouva pas, mais il rapporta une chatte en affirmant qu'elle ferait l'affaire. On tua donc trois autres petits et on confia le dernier à cette nourrice d'une autre race. Elle l'adopta immédiatement, et lui tendit sa mamelle en se couchant sur le côté.

Pour qu'il n'épuisât point sa mère adoptive, on sevra le chien quinze jours après, et Jeanne se chargea de le nourrir elle-même au biberon. Elle l'avait nommé Toto. Le baron changea son nom d'autorité, et le baptisa « Massacre ».

Le prêtre ne revint pas, mais, le dimanche suivant, il lança du haut de la chaire des imprécations, des malédictions et des menaces contre le château, disant qu'il faut porter le fer rouge dans les plaies, anathématisant le baron qui s'en amusa, et marquant d'une allusion voilée, encore timide, les nouvelles amours de Julien. Le vicomte fut exaspéré, mais la crainte d'un scandale affreux éteignit sa colère.

Alors, de prône en prône, le prêtre continua l'annonce de sa vengeance, prédisant que l'heure de Dieu approchait, que tous ses ennemis seraient frappés.

Julien écrivit à l'archevêque une lettre respectueuse, mais énergique. L'abbé Tolbiac fut menacé d'une disgrâce. Il se tut.

On le rencontrait maintenant faisant de longues courses solitaires, à pas allongés, avec un air exalté. Gilberte et Julien dans leurs promenades à cheval l'apercevaient à

tout moment, parfois au loin comme un point noir au
bout d'une plaine ou sur le bord de la falaise, parfois lisant
son bréviaire dans quelque étroit vallon où ils allaient
entrer. Ils tournaient bride alors pour ne point passer près
de lui.

Le printemps était venu, ravivant leur amour, les jetant
chaque jour aux bras l'un de l'autre, tantôt ici, tantôt là,
sous tout abri où les portaient leurs courses.

Comme les feuilles des arbres étaient encore claires, et
l'herbe humide, et qu'ils ne pouvaient, ainsi qu'au cœur
de l'été, s'enfoncer dans les taillis des bois, ils avaient
adopté le plus souvent, pour cacher leurs étreintes, la
cabane ambulante d'un berger, abandonnée depuis l'automne au sommet de la côte de Vaucottes [1].

Elle restait là toute seule, haute sur ses roues, à cinq
cents mètres de la falaise, juste au point où commençait la
descente rapide du vallon. Ils ne pouvaient être surpris
dedans, car ils dominaient la plaine ; et les chevaux
attachés aux brancards attendaient qu'ils fussent las de
baisers.

Mais voilà qu'un jour, au moment où ils quittaient ce
refuge, ils aperçurent l'abbé Tolbiac assis, presque caché
dans les joncs marins de la côte.

« Il faudra laisser nos chevaux dans le ravin, dit Julien,
ils pourraient nous dénoncer de loin. » Et ils prirent
l'habitude d'attacher les bêtes dans un repli du val plein
de broussailles.

Puis un soir, comme ils rentraient tous deux à la
Vrillette où ils devaient dîner avec le comte, ils rencontrè-
rent le curé d'Etouvent qui sortait du château. Il se rangea
pour les laisser passer ; et salua sans qu'ils rencontrassent
ses yeux.

Une inquiétude les saisit qui se dissipa bientôt.

Or Jeanne, un après-midi, lisait auprès du feu par un
grand coup de vent (c'était au commencement de mai),

quand elle aperçut soudain le comte de Fourville qui s'en venait à pied et si vite qu'elle crut un malheur arrivé.

Elle descendit vivement pour le recevoir et, quand elle fut en face de lui, elle le pensa devenu fou. Il était coiffé d'une grosse casquette fourrée qu'il ne portait que chez lui, vêtu de sa blouse de chasse, et si pâle que sa moustache rousse, qui ne tranchait point d'ordinaire sur son teint coloré, semblait une flamme. Et ses yeux étaient hagards, roulaient, comme vides de pensée.

Il balbutia : « Ma femme est ici, n'est-ce pas ? » Jeanne, perdant la tête, répondit : « Mais non, je ne l'ai point vue aujourd'hui. »

Alors il s'assit, comme si ses jambes se fussent brisées ; il ôta sa coiffure et s'essuya le front avec son mouchoir, plusieurs fois, par un geste machinal ; puis se relevant d'une secousse, il s'avança vers la jeune femme, les deux mains tendues, la bouche ouverte, prêt à parler, à lui confier quelque affreuse douleur ; puis il s'arrêta, la regarda fixement, prononça dans une sorte de délire : « Mais c'est votre mari... vous aussi... » Et il s'enfuit du côté de la mer.

Jeanne courut pour l'arrêter, l'appelant, l'implorant, le cœur crispé de terreur, pensant : « Il sait tout ! que va-t-il faire ? Oh ! pourvu qu'il ne les trouve point ! »

Mais elle ne le pouvait atteindre, et il ne l'écoutait pas. Il allait devant lui sans hésiter, sûr de son but. Il franchit le fossé, puis enjambant les joncs marins à pas de géant, il gagna la falaise.

Jeanne, debout sur le talus planté d'arbres, le suivit longtemps des yeux ; puis, le perdant de vue, elle rentra, torturée d'angoisse.

Il avait tourné vers la droite, et s'était mis à courir. La mer houleuse roulait ses vagues ; les gros nuages tout noirs arrivaient d'une vitesse folle, passaient, suivis par d'autres ; et chacun d'eux criblait la côte d'une averse furieuse. Le vent sifflait, geignait, rasait l'herbe, couchait les jeunes récoltes, emportait, pareils à des flocons d'écume, de grands oiseaux blancs qu'il entraînait au loin dans les terres.

Les grains, qui se succédaient, fouettaient le visage du comte, trempaient ses joues et ses moustaches où l'eau glissait, emplissaient de bruit ses oreilles et son cœur de tumulte.

Là-bas, devant lui, le val de Vaucottes ouvrait sa gorge profonde. Rien jusque-là qu'une hutte de berger auprès d'un parc à moutons vide. Deux chevaux étaient attachés aux brancards de la maison roulante. — Que pouvait-on craindre par cette tempête ?

Dès qu'il les eut aperçus, le comte se coucha contre terre, puis il se traîna sur les mains et sur les genoux, semblable à une sorte de monstre avec son grand corps souillé de boue et sa coiffure en poil de bête. Il rampa jusqu'à la cabane solitaire et se cacha dessous pour n'être point découvert par les fentes des planches.

Les chevaux, l'ayant vu, s'agitaient. Il coupa lentement leurs brides avec son couteau qu'il tenait ouvert à la main ; et une bourrasque étant survenue, les animaux s'enfuirent harcelés par la grêle qui cinglait le toit penché de la maison de bois, la faisant trembler sur ses roues.

Le comte alors, redressé sur les genoux, colla son œil au bas de la porte, et regarda dedans.

Il ne bougeait plus ; il semblait attendre. Un temps assez long s'écoula ; et tout à coup il se releva, fangeux de la tête aux pieds. Avec un geste forcené il poussa le verrou qui fermait l'auvent au-dehors, et, saisissant les brancards, il se mit à secouer cette niche comme s'il eût voulu la briser en pièces. Puis soudain il s'attela, pliant sa haute taille dans un effort désespéré, tirant comme un bœuf, et haletant ; et il entraîna, vers la pente rapide, la maison voyageuse [1] et ceux qu'elle enfermait.

Ils criaient là-dedans, heurtant la cloison du poing, ne comprenant pas ce qui leur arrivait.

Lorsqu'il fut en haut de la descente, il lâcha la légère demeure qui se mit à rouler sur la côte inclinée.

Elle précipitait sa course, emportée follement, allant toujours plus vite, sautant, trébuchant comme une bête, battant la terre de ses brancards.

Un vieux mendiant blotti dans un fossé la vit passer d'un élan sur sa tête ; et il entendit des cris affreux poussés dans le coffre de bois.

Tout à coup elle perdit une roue arrachée d'un heurt, s'abattit sur le flanc et se remit à dévaler comme une boule, comme une maison déracinée dégringolerait du sommet d'un mont. Puis, arrivant au rebord du dernier ravin, elle bondit en décrivant une courbe, et, tombant au fond, s'y creva comme un œuf.

Dès qu'elle se fut brisée sur le sol de pierre, le vieux mendiant, qui l'avait vue passer, descendit à petits pas à travers les ronces ; et, mû par sa prudence de paysan, n'osant approcher du coffre éventré, il alla jusqu'à la ferme voisine annoncer l'accident.

On accourut ; on souleva les débris ; on aperçut deux corps. Ils étaient meurtris, broyés, saignants. L'homme avait le front ouvert et toute la face écrasée. La mâchoire de la femme pendait, détachée dans un choc ; et leurs membres cassés étaient mous comme s'il n'y avait plus d'os sous la chair.

On les reconnut cependant ; et on se mit à raisonner longuement sur les causes de ce malheur.

« Qué qui faisaient dans c'té cahute ? » dit une femme. Alors, le vieux pauvre raconta qu'ils s'étaient apparemment réfugiés là-dedans pour se mettre à l'abri d'une bourrasque, et que le vent furieux avait dû chavirer et précipiter la cabane. Et il expliquait que lui-même allait s'y cacher quand il avait vu les chevaux attachés aux brancards, et compris par là que la place était occupée.

Il ajouta d'un air satisfait : « Sans ça, c'est moi qu' j'y passais. » Une voix dit : « Ça aurait-il pas mieux valu ? »

Alors, le bonhomme se mit dans une colère terrible :
« Pourquoi qu' ça aurait mieux valu ? Parce qu' je sieus
pauvre et qu'i sont riches ! Guettez-les, à c't' heure... »
Et, tremblant, déguenillé, ruisselant d'eau, sordide avec
sa barbe mêlée et ses longs cheveux coulant du chapeau
défoncé, il montrait les deux cadavres du bout de son
bâton crochu ; et il déclara : « J' sommes tous égaux, là-
devant. »

Mais d'autres paysans étaient venus, et regardaient de
coin, d'un œil inquiet, sournois, effrayé, égoïste et lâche.
Puis on délibéra sur ce qu'on ferait ; et il fut décidé, dans
l'espoir d'une récompense, que les corps seraient reportés
aux châteaux. On attela donc deux carrioles. Mais une
nouvelle difficulté surgit. Les uns voulaient simplement
garnir de paille le fond des voitures ; les autres étaient
d'avis d'y placer des matelas par convenance.

La femme qui avait déjà parlé cria : « Mais y s'ront
pleins d' sang, ces matelas, qu'y faudra les r'laver à l'ieau
de javelle. »

Alors, un gros fermier à face réjouie répondit : « Y les
payeront donc. Plus qu' ça vaudra, plus qu' ça sera
cher. » L'argument fut décisif.

Et les deux carrioles, haut perchées sur des roues sans
ressorts, partirent au trot, l'une à droite, l'autre à gauche,
secouant et ballottant à chaque cahot des grandes ornières
ces restes d'êtres qui s'étaient étreints et qui ne se
rencontreraient plus.

Le comte, dès qu'il avait vu rouler la cabane sur la dure
descente, s'était enfui de toute la vitesse de ses jambes à
travers la pluie et les bourrasques. Il courut ainsi pendant
plusieurs heures, coupant les routes, sautant les talus,
crevant les haies ; et il était rentré chez lui à la tombée du
jour, sans savoir comment.

Les domestiques effarés l'attendaient et lui annoncèrent que les deux chevaux venaient de revenir sans
cavaliers, celui de Julien ayant suivi l'autre.

Alors M. de Fourville chancela ; et d'une voix entrecoupée : « Il leur sera arrivé quelque accident par ce temps affreux. Que tout le monde se mette à leur recherche. »

Il repartit lui-même ; mais, dès qu'il fut hors de vue, il se cacha sous une ronce, guettant la route par où allait revenir morte, ou mourante, ou peut-être estropiée, défigurée à jamais, celle qu'il aimait encore d'une passion sauvage.

Et bientôt, une carriole passa devant lui, qui portait quelque chose d'étrange.

Elle s'arrêta devant le château, puis entra. C'était cela, oui, c'était Elle ; mais une angoisse effroyable le cloua sur place, une peur horrible de savoir, une épouvante de la vérité ; et il ne remuait plus, blotti comme un lièvre, tressaillant au moindre bruit.

Il attendit une heure, deux heures peut-être. La carriole ne sortait pas. Il se dit que sa femme expirait ; et la pensée de la voir, de rencontrer son regard, l'emplit d'une telle horreur, qu'il craignit soudain d'être découvert dans sa cachette et forcé de rentrer pour assister à cette agonie, et qu'il s'enfuit encore jusqu'au milieu du bois. Alors, tout à coup, il réfléchit qu'elle avait peut-être besoin de secours, que personne sans doute ne pouvait la soigner ; et il revint en courant éperdument.

Il rencontra, en rentrant, son jardinier et lui cria : « Eh bien ? » L'homme n'osait pas répondre. Alors M. de Fourville hurlant presque : « Est-elle morte ? » Et le serviteur balbutia : « Oui, monsieur le Comte. »

Il ressentit un soulagement immense. Un calme brusque entra dans son sang et dans ses muscles vibrants ; et il monta d'un pas ferme les marches de son grand perron [1].

L'autre carriole avait gagné les Peuples. Jeanne de loin l'aperçut, vit le matelas, devina qu'un corps gisait dessus, et comprit tout. Son émotion fut si vive qu'elle s'affaissa sans connaissance.

Quand elle reprit ses sens, son père lui tenait la tête et

lui mouillait les tempes de vinaigre. Il demanda en hésitant : « Tu sais ?... » Elle murmura : « Oui, père. » Mais, quand elle voulut se lever, elle ne le put tant elle souffrait.

Le soir même elle accoucha d'un enfant mort : d'une fille.

Elle ne vit rien de l'enterrement de Julien ; elle n'en sut rien. Elle s'aperçut seulement au bout d'un jour ou deux que tante Lison était revenue ; et, dans les cauchemars fiévreux qui la hantaient, elle cherchait obstinément à se rappeler depuis quand la vieille fille était repartie des Peuples, à quelle époque, dans quelles circonstances. Elle n'y pouvait parvenir, même en ses heures de lucidité, sûre seulement qu'elle l'avait vue après la mort de petite mère.

XI

Elle demeura trois mois dans sa chambre, devenue si faible et si pâle qu'on la croyait et qu'on la disait perdue. Puis peu à peu elle se ranima. Petit père et tante Lison ne la quittaient plus, installés tous deux aux Peuples. Elle avait gardé de cette secousse une sorte de maladie nerveuse ; le moindre bruit la faisait défaillir, et elle tombait en de longues syncopes provoquées par les causes les plus insignifiantes.

Jamais elle n'avait demandé de détails sur la mort de Julien. Que lui importait ? N'en savait-elle pas assez ? Tout le monde croyait à un accident, mais elle ne s'y trompait pas ; et elle gardait en son cœur ce secret qui la torturait : la connaissance de l'adultère, et la vision de cette brusque et terrible visite du comte, le jour de la catastrophe.

Voilà que maintenant son âme était pénétrée par des souvenirs attendris, doux et mélancoliques, des courtes joies d'amour que lui avait autrefois données son mari. Elle tressaillait à tout moment à des réveils inattendus de sa mémoire ; et elle le revoyait tel qu'il avait été en ses jours de fiançailles, et tel aussi qu'elle l'avait chéri en ses seules heures de passion écloses sous le grand soleil de la Corse. Tous les défauts diminuaient, toutes les duretés disparaissaient, les infidélités elles-mêmes s'atténuaient maintenant dans l'éloignement grandissant du tombeau fermé. Et Jeanne, envahie par une sorte de vague gratitude posthume pour cet homme qui l'avait tenue en ses bras, pardonnait les souffrances passées pour ne songer qu'aux moments heureux. Puis le temps marchant toujours et les mois tombant sur les mois poudrèrent d'oubli, comme d'une poussière accumulée, toutes ses réminiscences et ses douleurs ; et elle se donna tout entière à son fils.

Il devint l'idole, l'unique pensée des trois êtres réunis autour de lui ; et il régnait en despote. Une sorte de jalousie se déclara même entre ces trois esclaves qu'il avait, Jeanne regardant nerveusement les grands baisers donnés au baron après les séances de cheval sur un genou. Et tante Lison négligée par lui comme elle l'avait toujours été par tout le monde, traitée parfois en bonne par ce maître qui ne parlait guère encore, s'en allait pleurer dans sa chambre en comparant les insignifiantes caresses mendiées par elle et obtenues à peine aux étreintes qu'il gardait pour sa mère et pour son grand-père.

Deux années tranquilles, sans aucun événement, passèrent dans la préoccupation incessante de l'enfant. Au commencement du troisième hiver, on décida qu'on irait habiter Rouen jusqu'au printemps ; et toute la famille émigra. Mais, en arrivant dans l'ancienne maison abandonnée et humide, Paul eut une bronchite si grave qu'on craignit une pleurésie ; et les trois parents éperdus déclarèrent qu'il ne pouvait se passer de l'air des Peuples. On l'y ramena dès qu'il fut guéri.

Alors commença une série d'années monotones et douces.

Toujours ensemble autour du petit, tantôt dans sa chambre, tantôt dans le grand salon, tantôt dans le jardin, ils s'extasiaient sur ses bégayements, sur ses expressions drôles, sur ses gestes.

Sa mère l'appelait Paulet par câlinerie, il ne pouvait

articuler ce mot et le prononçait Poulet, ce qui éveillait des rires interminables. Le surnom de Poulet lui resta. On ne le désignait plus autrement.

Comme il grandissait vite, une des passionnantes occupations des trois parents que le baron appelait « ses trois mères » était de mesurer sa taille.

On avait tracé sur le lambris contre la porte du salon une série de petits traits au canif indiquant de mois en mois les progrès de sa croissance. Cette échelle, baptisée « échelle de Poulet », tenait une place considérable dans l'existence de tout le monde.

Puis un nouvel individu vint jouer un rôle important dans la famille, le chien « Massacre », négligé par Jeanne préoccupée uniquement de son fils. Nourri par Ludivine et logé dans un vieux baril devant l'écurie, il vivait solitaire, toujours à la chaîne.

Paul un matin le remarqua, et se mit à crier pour aller l'embrasser. On l'y conduisit avec des craintes infinies. Le chien fit fête à l'enfant qui beugla quand on voulut les séparer. Alors Massacre fut lâché et installé dans la maison.

Il devint l'inséparable de Paul, l'ami de tous les instants. Ils se roulaient ensemble, dormaient côte à côte sur le tapis. Puis bientôt Massacre coucha dans le lit de son camarade qui ne consentait plus à le quitter. Jeanne se désolait parfois à cause des puces ; et tante Lison en voulait au chien de prendre une si grosse part de l'affection du petit, de l'affection volée par cette bête, lui semblait-il, de l'affection qu'elle aurait tant désirée.

De rares visites étaient échangées avec les Briseville et les Coutelier. Le maire et le médecin troublaient seuls régulièrement la solitude du vieux château. Jeanne, depuis le meurtre de la chienne et les soupçons que lui avait inspirés le prêtre lors de la mort horrible de la comtesse et de Julien, n'entrait plus à l'église, irritée contre le Dieu qui pouvait avoir de pareils ministres.

L'abbé Tolbiac, de temps à autre, anathématisait en
des allusions directes le château hanté par l'Esprit du
Mal, l'Esprit d'Eternelle Révolte, l'Esprit d'Erreur et
de Mensonge, l'Esprit d'Iniquité, l'Esprit de Corruption
et d'Impureté. Il désignait ainsi le baron.

Son église d'ailleurs était détestée ; et, quand il allait
le long des champs où les laboureurs poussaient leur
charrue, les paysans ne s'arrêtaient pas pour lui parler,
ne se détournaient point pour le saluer. Il passait en
outre pour sorcier, parce qu'il avait chassé le démon
d'une femme possédée. Il connaissait, disait-on, des
paroles mystérieuses pour écarter les sorts, qui
n'étaient, selon lui, que des espèces de farces de Satan.
Il imposait les mains aux vaches qui donnaient du lait
bleu ou qui portaient la queue en cercle, et par quelques mots inconnus il faisait retrouver les objets perdus.

Son esprit étroit et fanatique s'adonnait avec passion
à l'étude des livres religieux contenant l'histoire des
apparitions du Diable sur la terre, les diverses manifes-
tations de son pouvoir, ses influences occultes et
variées, toutes les ressources qu'il avait, et les tours
ordinaires de ses ruses. Et comme il se croyait appelé
particulièrement à combattre cette Puissance mystérieuse et fatale, il avait appris toutes les formules
d'exorcismes indiquées dans les manuels ecclésiastiques.

Il croyait sans cesse sentir errer dans l'ombre le
Malin Esprit ; et la phrase latine revenait à tout moment
sur ses lèvres : *Sicut leo rugiens circuit quærens quem
devoret*[1].

Alors une crainte se répandit, une terreur de sa force
cachée. Ses confrères eux-mêmes, prêtres ignorants des
campagnes, pour qui Béelzébuth est article de foi, qui,
troublés par les prescriptions minutieuses des rites en
cas de manifestation de cette puissance du mal, en
arrivent à confondre la religion avec la magie, considé-

raient l'abbé Tolbiac comme un peu sorcier ; et ils le respectaient autant pour le pouvoir obscur qu'ils lui supposaient que pour l'inattaquable austérité de sa vie.

Quand il rencontrait Jeanne, il ne la saluait pas.

Cette situation inquiétait et désolait tante Lison, qui ne comprenait point, en son âme craintive de vieille fille, qu'on n'allât pas à l'église. Elle était pieuse sans doute, sans doute elle se confessait et communiait ; mais personne ne le savait, ne cherchait à le savoir.

Quand elle se trouvait seule, toute seule avec Paul, elle lui parlait, tout bas, du bon Dieu. Il l'écoutait à peu près quand elle lui racontait les histoires miraculeuses des premiers temps du monde ; mais, quand elle lui disait qu'il faut aimer, beaucoup, beaucoup le bon Dieu, il répondait parfois : « Où qu'il est, tante ? » Alors elle montrait le ciel avec son doigt : « Là-haut, Poulet, mais il ne faut pas le dire. » Elle avait peur du baron.

Mais un jour Poulet lui déclara : « Le bon Dieu, il est partout, mais il n'est pas dans l'église. » Il avait parlé à son grand-père des révélations mystérieuses de tante.

L'enfant prenait dix ans ; sa mère semblait en avoir quarante. Il était fort, turbulent, hardi pour grimper dans les arbres, mais il ne savait pas grand-chose. Les leçons l'ennuyant, il les interrompait tout de suite. Et, toutes les fois que le baron le retenait un peu longtemps devant un livre, Jeanne aussitôt arrivait, disant : « Laisse-le donc jouer maintenant. Il ne faut pas le fatiguer, il est si jeune. » Pour elle, il avait toujours six mois ou un an. C'est à peine si elle se rendait compte qu'il marchait, courait, parlait comme un petit homme ; et elle vivait dans une peur constante qu'il ne tombât, qu'il n'eût froid, qu'il n'eût chaud en s'agitant, qu'il ne mangeât trop pour son estomac, ou trop peu pour sa croissance.

Quand il eut douze ans, une grosse difficulté surgit ; celle de la première communion.

Lise un matin vint trouver Jeanne et lui représenta

qu'on ne pouvait laisser plus longtemps le petit sans
instruction religieuse et sans remplir ses premiers devoirs.
Elle argumenta de toutes les façons, invoquant mille
raisons, et, avant tout, l'opinion des gens qu'ils voyaient.
La mère, troublée, indécise, hésitait, affirmant qu'on
pouvait attendre encore.

Mais un mois plus tard, comme elle rendait visite à la
vicomtesse de Briseville, cette dame lui demanda par
hasard : « C'est cette année sans doute que votre Paul va
faire sa première communion. » Et Jeanne, prise au
dépourvu, répondit : « Oui, Madame. » Ce simple mot la
décida, et, sans en rien confier à son père, elle pria Lise de
conduire l'enfant au catéchisme.

Pendant un mois tout alla bien ; mais Poulet revint un
soir avec la gorge enrouée. Et le lendemain il toussait. Sa
mère affolée l'interrogea, et elle apprit que le curé l'avait
envoyé attendre la fin de la leçon à la porte de l'église dans
le courant d'air du porche, parce qu'il s'était mal tenu.

Elle le garda donc chez elle, et lui fit apprendre elle-
même cet alphabet de la religion. Mais l'abbé Tolbiac,
malgré les supplications de Lison, refusa de l'admettre
parmi les communiants, comme étant insuffisamment
instruit.

Il en fut de même l'an suivant. Alors le baron exaspéré
jura que l'enfant n'avait pas besoin de croire à cette
niaiserie, à ce symbole puéril de la transsubstantiation,
pour être un honnête homme ; et il fut décidé qu'il serait
élevé en chrétien, mais non pas en catholique pratiquant,
et qu'à sa majorité il demeurait libre de devenir ce qu'il lui
plairait.

Et Jeanne, quelque temps après, ayant fait une visite
aux Briseville, n'en reçut point en retour. Elle s'étonna,
connaissant la méticuleuse politesse de ses voisins ; mais la
marquise de Coutelier lui révéla avec hauteur la raison de
cette abstention.

Se regardant, par la situation de son mari, et par son

titre bien authentique, et par sa fortune considérable, comme une sorte de reine de la noblesse normande, la marquise gouvernait en vraie reine, parlait en liberté, se montrait gracieuse ou cassante, selon les occasions, admonestait, redressait, félicitait à tout propos. Jeanne donc s'étant présentée chez elle, cette dame, après quelques paroles glaciales, prononça d'un ton sec : « La société se divise en deux classes : les gens qui croient en Dieu et ceux qui n'y croient pas. Les uns, même les plus humbles, sont nos amis, nos égaux ; les autres ne sont rien pour nous. »

Jeanne, sentant l'attaque, répliqua : « Mais ne peut-on croire à Dieu sans fréquenter les églises ? »

La marquise répondit : « Non, Madame ; les fidèles vont prier Dieu dans son église comme on va trouver les hommes en leurs demeures. »

Jeanne blessée répondit : « Dieu est partout, Madame. Quant à moi qui crois, du fond du cœur, à sa bonté, je ne le sens plus présent quand certains prêtres se trouvent entre lui et moi. »

La marquise se leva : « Le prêtre porte le drapeau de l'Eglise, Madame ; quiconque ne suit pas le drapeau est contre lui, et contre nous. »

Jeanne s'était levée à son tour, frémissante : « Vous croyez, Madame, au Dieu d'un parti. Moi, je crois au Dieu des honnêtes gens. »

Elle salua et sortit.

Les paysans aussi la blâmaient entre eux de n'avoir point fait faire à Poulet sa première communion. Ils n'allaient point aux offices, n'approchaient point des sacrements, ou bien ne les recevaient qu'à Pâques selon les prescriptions formelles de l'Eglise ; mais pour les mioches, c'était autre chose ; et tous auraient reculé devant l'audace d'élever un enfant hors de cette loi commune, parce que la Religion, c'est la Religion [1].

Elle vit bien cette réprobation, et s'indigna en son âme

de toutes ces pactisations, de ces arrangements de conscience, de cette universelle peur de tout, de la grande
lâcheté gîtée au fond de tous les cœurs, et parée, quand
elle se montre, de tant de masques respectables.

Le baron prit la direction des études de Paul, et le mit
au latin. La mère n'avait plus qu'une recommandation :
« Surtout ne le fatigue pas » ; et elle rôdait, inquiète, près
de la chambre aux leçons, petit père lui ayant interdit
l'entrée parce qu'elle interrompait à tout instant l'enseignement pour demander : « Tu n'as pas froid aux pieds,
Poulet ? » Ou bien : « Tu n'as pas mal à la tête, Poulet ? »
Ou bien pour arrêter le maître : « Ne le fais pas tant
parler, tu vas lui fatiguer la gorge. »

Dès que le petit était libre, il descendait jardiner avec
mère et tante. Ils avaient maintenant un grand amour
pour la culture de la terre ; et tous trois plantaient des
jeunes arbres au printemps, semaient des graines dont
l'éclosion et la poussée les passionnaient, taillaient des
branches, coupaient des fleurs pour faire des bouquets.

Le plus grand souci du jeune homme était la produc-
tion des salades. Il dirigeait quatre grands carrés du
potager où il élevait avec un soin extrême Laitues,
Romaines, Chicorées, Barbes de capucin, Royales, toutes
les espèces connues de ces feuilles comestibles. Il bêchait,
arrosait, sarclait, repiquait [1] aidé de ses deux mères qu'il
faisait travailler comme des femmes de journée. On les
voyait pendant des heures entières à genoux dans les
plates-bandes, maculant leurs robes et leurs mains occupées à introduire la racine des jeunes plantes en des trous
qu'elles creusaient d'un seul doigt piqué d'aplomb dans la
terre.

Poulet devenait grand, il atteignait quinze ans ; et
l'échelle du salon marquait un mètre cinquante-huit, mais
il restait enfant d'esprit, ignorant, niais, étouffé entre ces
deux jupes, et ce vieil homme aimable qui n'était plus du
siècle.

Un soir enfin le baron parla du collège ; et Jeanne aussitôt se mit à sangloter. Tante Lison effarée se tenait dans un coin sombre.

La mère répondait : « Qu'a-t-il besoin de tant savoir. Nous en ferons un homme des champs, un gentilhomme campagnard. Il cultivera ses terres comme font beaucoup de nobles. Il vivra et vieillira heureux dans cette maison où nous aurons vécu avant lui, où nous mourrons. Que peut-on demander de plus ? »

Mais le baron hochait la tête. « Que répondras-tu s'il vient te dire, lorsqu'il aura vingt-cinq ans : Je ne suis rien, je ne sais rien par ta faute, par la faute de ton égoïsme maternel. Je me sens incapable de travailler, de devenir quelqu'un, et pourtant je n'étais pas fait pour la vie obscure, humble, et triste à mourir, à laquelle ta tendresse imprévoyante m'a condamné. »

Elle pleurait toujours, implorant son fils. « Dis Poulet, tu ne me reprocheras jamais de t'avoir trop aimé, n'est-ce pas ? »

Et le grand enfant surpris promettait : « Non, maman.

— Tu me le jures ?

— Oui, maman.

— Tu veux rester ici, n'est-ce pas ?

— Oui, maman. »

Alors le baron parla ferme et haut : « Jeanne, tu n'as pas le droit de disposer de cette vie. Ce que tu fais là est lâche et presque criminel ; tu sacrifies ton enfant à ton bonheur particulier. »

Elle cacha sa figure dans ses mains, poussant des sanglots précipités, et elle balbutiait dans ses larmes : « J'ai été si malheureuse... si malheureuse ! Maintenant que je suis tranquille avec lui, on me l'enlève... Qu'est-ce que je deviendrai... toute seule... à présent ?... »

Son père se leva, vint s'asseoir auprès d'elle, la prit dans ses bras. « Et moi, Jeanne ? » Elle le saisit brusquement par le cou, l'embrassa avec violence, puis, toute suffoquée

encore, elle articula au milieu d'étranglements : « Oui.
Tu as raison... peut-être... petit père. J'étais folle, mais
j'ai tant souffert. Je veux bien qu'il aille au collège. »

Et, sans trop comprendre ce qu'on allait faire de lui,
Poulet, à son tour, se mit à larmoyer.

Alors ses trois mères l'embrassant, le câlinant, l'encou-
ragèrent. Et lorsqu'on monta se coucher, tous avaient le
cœur serré et tous pleurèrent dans leurs lits, même le
baron qui s'était contenu.

Il fut décidé qu'à la rentrée on mettrait le jeune
homme au collège du Havre ; et il eut, pendant tout
l'été, plus de gâteries que jamais.

Sa mère gémissait souvent à la pensée de la séparation.
Elle prépara son trousseau comme s'il allait entreprendre
un voyage de dix ans ; puis, un matin d'octobre, après
une nuit sans sommeil, les deux femmes et le baron
montèrent avec lui dans la calèche qui partit au trot des
deux chevaux.

On avait déjà choisi, dans un autre voyage, sa place au
dortoir et sa place en classe. Jeanne, aidée de tante
Lison, passa tout le jour à ranger les hardes dans la
petite commode. Comme le meuble ne contenait pas le
quart de ce qu'on avait apporté, elle alla trouver le
proviseur pour en obtenir un second. L'économe fut
appelé ; il représenta que tant de linge et d'effets ne
feraient que gêner sans servir jamais ; et il refusa, au
nom du règlement, de céder une autre commode. La
mère désolée se résolut alors à louer une chambre dans
un petit hôtel voisin en recommandant à l'hôtelier d'aller
lui-même porter à Poulet tout ce dont il aurait besoin, au
premier appel de l'enfant.

Puis on fit un tour sur la jetée pour regarder sortir et
entrer les navires.

Le triste soir tomba sur la ville qui s'illumina peu à
peu. On entra dîner dans un restaurant. Aucun d'eux
n'avait faim ; et ils se regardaient d'un œil humide

pendant que les plats défilaient devant eux et s'en retournaient presque pleins.

Puis on se mit en marche lentement vers le collège. Des enfants de toutes les tailles arrivaient de tous les côtés, conduits par leurs familles ou par des domestiques. Beaucoup pleuraient. On entendait un bruit de larmes dans la grande cour à peine éclairée.

Jeanne et Poulet s'étreignirent longtemps. Tante Lison restait derrière, oubliée tout à fait et la figure dans son mouchoir. Mais le baron, qui s'attendrissait, abrégea les adieux en entraînant sa fille. La calèche attendait devant la porte ; ils montèrent dedans tous trois et s'en retournèrent dans la nuit vers les Peuples.

Parfois un gros sanglot passait dans l'ombre.

Le lendemain Jeanne pleura jusqu'au soir. Le jour suivant elle fit atteler le phaéton et partit pour le Havre. Poulet semblait avoir déjà pris son parti de la séparation. Pour la première fois de sa vie il avait des camarades ; et le désir de jouer le faisait frémir sur sa chaise au parloir.

Jeanne revint ainsi tous les deux jours, et le dimanche pour les sorties. Ne sachant que faire pendant les classes, entre les récréations, elle demeurait assise au parloir, n'ayant ni la force ni le courage de s'éloigner du collège. Le proviseur la fit prier de monter chez lui, et il lui demanda de venir moins souvent. Elle ne tint pas compte de cette recommandation.

Il la prévint alors que, si elle continuait à empêcher son fils de jouer pendant les heures d'ébats, et de travailler en le troublant sans cesse, on se verrait forcé de le lui rendre ; et le baron fut prévenu par un mot. Elle demeura donc gardée à vue aux Peuples, comme une prisonnière.

Elle attendait chaque vacance avec plus d'anxiété que son enfant.

Et une inquiétude incessante agitait son âme. Elle se mit à rôder par le pays, se promenant seule avec le chien Massacre pendant des jours entiers, en rêvassant dans le

vide. Parfois elle restait assise durant tout un après-midi à
regarder la mer du haut de la falaise ; parfois, elle
descendait jusqu'à Yport à travers le bois, refaisant des
promenades anciennes dont le souvenir la poursuivait.
Comme c'était loin, comme c'était loin, le temps où elle
parcourait ce même pays, jeune fille, et grise de rêves.

Chaque fois qu'elle revoyait son fils, il lui semblait
qu'ils avaient été séparés pendant dix ans. Il devenait
homme de mois en mois ; de mois en mois elle devenait
une vieille femme. Son père paraissait son frère, et tante
Lison, qui ne vieillissait point, restée fanée dès son âge de
vingt-cinq ans, avait l'air d'une sœur aînée.

Poulet ne travaillait guère ; il doubla sa quatrième. La
troisième alla tant bien que mal ; mais il fallut recommencer la seconde ; et il se trouva en rhétorique alors qu'il
atteignait vingt ans.

Il était devenu un grand garçon blond, avec des favoris
déjà touffus et une apparence de moustaches. C'était lui
maintenant qui venait aux Peuples chaque dimanche.
Comme il prenait depuis longtemps des leçons d'équita-
tion, il louait simplement un cheval et faisait la route en
deux heures.

Dès le matin Jeanne partait au-devant de lui avec la
tante et le baron qui se courbait peu à peu et marchait
ainsi qu'un petit vieux, les mains rejointes derrière son
dos comme pour s'empêcher de tomber sur le nez.

Ils allaient tout doucement le long de la route, s'asseyant parfois sur le fossé, et regardant au loin si on
n'apercevait pas encore le cavalier. Dès qu'il apparaissait
comme un point noir sur la ligne blanche, les trois parents
agitaient leurs mouchoirs ; et il mettait son cheval au
galop pour arriver comme un ouragan, ce qui faisait
palpiter de peur Jeanne et Lison et s'exalter le grand-père
qui criait « Bravo » dans un enthousiasme d'impotent.

Bien que Paul eût la tête de plus que sa mère, elle le
traitait toujours comme un marmot, lui demandant

encore : « Tu n'as pas froid aux pieds, Poulet ? » et, quand il se promenait devant le perron, après déjeuner, en fumant une cigarette, elle ouvrait la fenêtre pour lui crier : « Ne sors pas nu-tête, je t'en supplie, tu vas attraper un rhume de cerveau. »

Et elle frémissait d'inquiétude quand il repartait à cheval dans la nuit : « Surtout ne va pas trop vite, mon petit Poulet, sois prudent, pense à ta pauvre mère qui serait désespérée s'il t'arrivait quelque chose. »

Mais voilà qu'un samedi matin elle reçut une lettre de Paul annonçant qu'il ne viendrait pas le lendemain parce que des amis avaient organisé une partie de plaisir à laquelle il était invité.

Elle fut torturée d'angoisses pendant toute la journée du dimanche comme sous la menace d'un malheur ; puis, le jeudi, n'y tenant plus, elle partit pour le Havre.

Il lui parut changé sans qu'elle se rendît compte en quoi. Il semblait animé, parlait d'une voix plus mâle. Et soudain il lui dit, comme une chose toute naturelle : « Sais-tu, maman, puisque tu es venue aujourd'hui, je n'irai pas encore aux Peuples dimanche prochain, parce que nous recommençons notre fête. »

Elle resta toute saisie, suffoquée comme s'il eût annoncé qu'il partait pour le nouveau monde ; puis, quand elle put enfin parler : « Oh ! Poulet, qu'as-tu ? dis-moi, que se passe-t-il ? » Il se mit à rire et l'embrassa : « Mais rien de rien, maman. Je vais m'amuser, avec des amis, c'est de mon âge. »

Elle ne trouva pas un mot à répondre, et, quand elle fut toute seule dans la voiture, des idées singulières l'assaillirent. Elle ne l'avait plus reconnu son Poulet, son petit Poulet de jadis. Pour la première fois elle s'apercevait qu'il était grand, qu'il n'était plus à elle, qu'il allait vivre de son côté sans s'occuper des vieux. Il lui semblait qu'en un jour, il s'était transformé. Quoi ! c'était son fils, son pauvre petit enfant qui lui faisait

autrefois repiquer des salades, ce fort garçon barbu dont la
volonté s'affirmait !

Et pendant trois mois Paul ne vint voir ses parents que de
temps en temps, toujours hanté d'un désir évident de
repartir au plus vite, cherchant chaque soir à gagner une
heure. Jeanne s'effrayait, et le baron sans cesse la consolait
répétant : « Laisse-le faire ; il a vingt ans, ce garçon. »

Mais, un matin, un vieil homme assez mal vêtu demanda
en français d'Allemagne : « Matame la Vicomtesse. » Et,
après beaucoup de saluts cérémonieux, il tira de sa poche
un portefeuille sordide en déclarant : « Ché un bétit bapier
bour fous » ; et il tendit, en le dépliant, un morceau de
papier graisseux. Elle lut, relut, regarda le Juif, relut
encore et demanda : « Qu'est-ce que cela veut dire ? »

L'homme, obséquieux, expliqua : « Ché fé fous tire.
Votre fils il afé pesoin d'un peu d'archent, et comme ché
safais que fous êtes une ponne mère, che lui prêté quelque
betite chose bour son pesoin. »

Elle tremblait : « Mais pourquoi ne m'en a-t-il pas
demandé à moi ? » Le Juif expliqua longuement qu'il
s'agissait d'une dette de jeu devant être payée le lendemain
avant midi, que Paul n'étant pas encore majeur, personne
ne lui aurait rien prêté et que son « honneur était
gombromise » sans le « bétit service obligeant » qu'il avait
rendu à ce jeune homme.

Jeanne voulait appeler le baron, mais elle ne pouvait se
lever tant l'émotion la paralysait. Enfin elle dit à l'usurier :
« Voulez-vous avoir la complaisance de sonner ? »

Il hésitait, craignant une ruse. Il balbutia : « Si che fous
chêne, che refiendrai. » Elle remua la tête pour dire non. Il
sonna ; et ils attendirent, muets, l'un en face de l'autre.

Quand le baron fut arrivé, il comprit tout de suite la
situation. Le billet était de quinze cents francs. Il en paya
mille en disant à l'homme entre les yeux : « Surtout ne
revenez pas. » L'autre remercia, salua, et disparut.

Le grand-père et la mère partirent aussitôt pour le

Havre ; mais en arrivant au collège, ils apprirent que depuis un mois Paul n'y était point venu. Le principal avait reçu quatre lettres signées de Jeanne pour annoncer un malaise de son élève, et ensuite pour donner des nouvelles. Chaque lettre était accompagnée d'un certificat de médecin ; le tout faux, naturellement. Ils furent atterrés, et ils restaient là, se regardant.

Le principal, désolé, les conduisit chez le commissaire de police. Les deux parents couchèrent à l'hôtel.

Le lendemain on retrouva le jeune homme chez une fille entretenue de la ville. Son grand-père et sa mère l'emmenèrent aux Peuples sans qu'un mot fût échangé entre eux tout le long de la route. Jeanne pleurait, la figure dans son mouchoir. Paul regardait la campagne d'un air indifférent.

En huit jours on découvrit que pendant les trois derniers mois il avait fait quinze mille francs de dettes. Les créanciers ne s'étaient point montrés d'abord, sachant qu'il serait bientôt majeur.

Aucune explication n'eut lieu. On voulait le reconquérir par la douceur. On lui faisait manger des mets délicats, on le choyait, on le gâtait. C'était au printemps ; on lui loua un bateau à Yport, malgré les terreurs de Jeanne, pour qu'il pût faire à son gré des promenades en mer.

On ne lui laissait point de cheval de crainte qu'il n'allât au Havre.

Il demeurait désœuvré, irritable, parfois brutal. Le baron s'inquiétait de ses études incomplètes. Jeanne, affolée à la pensée d'une séparation, se demandait cependant ce qu'on allait faire de lui.

Un soir il ne rentra pas. On apprit qu'il était sorti en barque avec deux matelots. Sa mère éperdue descendit nu-tête jusqu'à Yport, dans la nuit.

Quelques hommes attendaient sur la plage la rentrée de l'embarcation.

Un petit feu apparut au large ; il approchait en se

balançant. Paul ne se trouvait plus à bord. Il s'était fait
conduire au Havre.

La police eut beau le rechercher, elle ne le retrouva pas.
La fille qui l'avait caché une première fois avait aussi
disparu, sans laisser de traces, son mobilier vendu, et son
terme payé. Dans la chambre de Paul, aux Peuples, on
découvrit deux lettres de cette créature qui paraissait folle
d'amour pour lui. Elle parlait d'un voyage en Angleterre,
ayant trouvé les fonds nécessaires, disait-elle.

Et les trois habitants du château vécurent silencieux et
sombres dans l'enfer morne des tortures morales. Les
cheveux de Jeanne, gris déjà, étaient devenus blancs. Elle
se demandait naïvement pourquoi la destinée la frappait
ainsi.

Elle reçut une lettre de l'abbé Tolbiac : « Madame, la
main de Dieu s'est appesantie sur vous. Vous Lui avez
refusé votre enfant ; Il vous l'a pris à son tour pour le jeter
à une prostituée. N'ouvrirez-vous pas les yeux à cet
enseignement du Ciel ? La miséricorde du Seigneur est
infinie. Peut-être vous pardonnera-t-il si vous revenez
vous agenouiller devant Lui. Je suis son humble serviteur, je vous ouvrirai la porte de sa demeure quand vous y
viendrez frapper. »

Elle demeura longtemps avec cette lettre sur les
genoux. C'était vrai, peut-être, ce que disait ce prêtre. Et
toutes les incertitudes religieuses se mirent à déchirer sa
conscience. Dieu pouvait-il être vindicatif et jaloux
comme les hommes ? mais s'il ne se montrait pas jaloux,
personne ne le craindrait, personne ne l'adorerait plus.
Pour se faire mieux connaître à nous, sans doute, il se
manifestait aux humains avec leurs propres sentiments.
Et le doute lâche, qui pousse aux églises les hésitants, les
troublés, entrant en elle, elle courut furtivement, un soir,
à la nuit tombante, jusqu'au presbytère, et, s'agenouillant
aux pieds du maigre abbé, sollicita l'absolution.

Il lui promit un demi-pardon, Dieu ne pouvant déverser

toutes ses grâces sur un toit qui recouvrait un homme comme le baron : « Vous sentirez bientôt, affirma-t-il, les effets de la Divine Mansuétude. »

Elle reçut en effet, deux jours plus tard, une lettre de son fils ; et elle la considéra, dans l'affolement de sa peine, comme le début des soulagements promis par l'abbé.

« Ma chère maman, n'aie pas d'inquiétude. Je suis à Londres, en bonne santé, mais j'ai grand besoin d'argent. Nous n'avons plus un sou et nous ne mangeons pas tous les jours. Celle qui m'accompagne et que j'aime de toute mon âme a dépensé tout ce qu'elle avait pour ne pas me quitter : cinq mille francs ; et tu comprends que je suis engagé d'honneur à lui rendre cette somme d'abord. Tu serais donc bien aimable de m'avancer une quinzaine de mille francs sur l'héritage de papa, puisque je vais être bientôt majeur ; tu me tireras d'un grand embarras.

» Adieu, ma chère maman, je t'embrasse de tout mon cœur, ainsi que grand-père et tante Lison. J'espère te revoir bientôt.

» Ton fils,

» Vicomte Paul de Lamare. »

Il lui avait écrit ! Donc il ne l'oubliait pas. Elle ne songea point qu'il demandait de l'argent. On lui en enverrait puisqu'il n'en avait plus. Qu'importait l'argent ! Il lui avait écrit !

Et elle courut, en pleurant, porter cette lettre au baron. Tante Lison fut appelée ; et on relut, mot à mot, ce papier qui parlait de lui. On en discuta chaque terme.

Jeanne, sautant de la complète désespérance à une sorte d'enivrement d'espoir, défendait Paul : « Il reviendra, il va revenir puisqu'il écrit. »

Le baron, plus calme, prononça : « C'est égal, il nous a quittés pour cette créature. Il l'aime donc mieux que nous, puisqu'il n'a pas hésité. »

Une douleur subite et épouvantable traversa le cœur de Jeanne ; et tout de suite une haine s'alluma en elle contre cette maîtresse qui lui volait son fils ; une haine inapaisable, sauvage, une haine de mère jalouse. Jusqu'alors toute sa pensée avait été pour Paul. A peine songeait-elle qu'une drôlesse était la cause de ses égarements. Mais soudain cette réflexion du baron avait évoqué cette rivale, lui avait révélé sa puissance fatale ; et elle sentit qu'entre cette femme et elle une lutte commençait acharnée, et elle sentait aussi qu'elle aimerait mieux perdre son fils que de le partager avec l'autre.

Et toute sa joie s'écroula.

Ils envoyèrent les quinze mille francs et ne reçurent plus de nouvelles pendant cinq mois.

Puis un homme d'affaires se présenta pour régler les détails de la succession de Julien. Jeanne et le baron rendirent les comptes sans discuter, abandonnant même l'usufruit qui revenait à la mère. Et, rentré à Paris, Paul toucha cent vingt mille francs. Il écrivit alors quatre lettres en six mois, donnant de ses nouvelles en style concis et terminant par de froides protestations de tendresse : « Je travaille, affirmait-il ; j'ai trouvé une position à la Bourse. J'espère aller vous embrasser quelque jour aux Peuples, mes chers parents. »

Il ne disait pas un mot de sa maîtresse ; et ce silence signifiait plus que s'il eût parlé d'elle durant quatre pages. Jeanne, dans ces lettres glacées, sentait cette femme embusquée, implacable, l'ennemie éternelle des mères, la fille.

Les trois solitaires discutaient sur ce qu'on pouvait faire pour sauver Paul ; et ils ne trouvaient rien. Un voyage à Paris ? A quoi bon ?

Le baron disait : « Il faut laisser s'user sa passion. Il nous reviendra tout seul. »

Et leur vie était lamentable.

Jeanne et Lison allaient ensemble à l'église en se cachant du baron.

Un temps assez long s'écoula sans nouvelles, puis un matin, une lettre désespérée les terrifia.

« Ma pauvre maman, je suis perdu, je n'ai plus qu'à me brûler la cervelle si tu ne viens pas à mon secours. Une spéculation qui présentait pour moi toutes les chances de succès vient d'échouer ; et je dois quatre-vingt-cinq mille francs. C'est le déshonneur si je ne paye pas, la ruine, l'impossibilité de rien faire désormais. Je suis perdu. Je te le répète, je me brûlerai la cervelle plutôt que de survivre à cette honte. Je l'aurais peut-être fait déjà sans les encouragements d'une femme dont je ne parle jamais et qui est ma Providence.

» Je t'embrasse du fond du cœur, ma chère maman ; c'est peut-être pour toujours. Adieu.

                                        « Paul. »

Des liasses de papiers d'affaires joints à cette lettre donnaient des explications détaillées sur le désastre.

Le baron répondit poste pour poste qu'on allait aviser. Puis il partit pour Le Havre afin de se renseigner ; et il hypothéqua des terres pour se procurer l'argent qui fut envoyé à Paul.

Le jeune homme répondit trois lettres de remerciements enthousiastes et de tendresses passionnées, annonçant sa venue immédiate pour embrasser ses chers parents.

Il ne vint pas.

Une année entière s'écoula.

Jeanne et le baron allaient partir pour Paris afin de le trouver et de tenter un dernier effort quand on apprit par un mot qu'il était à Londres de nouveau, montant une entreprise de paquebots à vapeur, sous la raison sociale « Paul Delamare et Cie[1] ». Il écrivait : « C'est la fortune assurée pour moi, peut-être la richesse. Et je ne risque rien. Vous voyez d'ici tous les avantages. Quand je vous reverrai, j'aurai une belle position dans le monde. Il n'y a que les affaires pour se tirer d'embarras aujourd'hui. »

Trois mois plus tard la compagnie de paquebots était mise en faillite et le directeur poursuivi pour irrégularités dans les écritures commerciales. Jeanne eut une crise de nerfs qui dura plusieurs heures ; puis elle prit le lit.

Le baron repartit au Havre, s'informa, vit des avocats, des hommes d'affaires, des avoués, des huissiers, constata que le déficit de la société *Delamare* était de deux cent trente-cinq mille francs, et il hypothéqua de nouveau ses biens. Le château des Peuples et les deux fermes furent grevés pour une grosse somme.

Un soir, comme il réglait les dernières formalités dans le cabinet d'un homme d'affaires, il roula sur le parquet, frappé d'une attaque d'apoplexie.

Jeanne fut prévenue par un cavalier. Quand elle arriva, il était mort.

Elle le ramena aux Peuples, tellement anéantie que sa douleur était plutôt de l'engourdissement que du désespoir.

L'abbé Tolbiac refusa au corps l'entrée de l'église, malgré les supplications éperdues des deux femmes. Le baron fut enterré à la nuit tombante, sans cérémonie aucune.

Paul connut l'événement par un des agents liquidateurs de sa faillite. Il était encore caché en Angleterre. Il écrivit pour s'excuser de n'être point venu, ayant appris trop tard le malheur. « D'ailleurs, maintenant que tu m'as tiré d'affaire, ma chère maman, je rentre en France, et je t'embrasserai bientôt. »

Jeanne vivait dans un tel affaissement d'esprit qu'elle semblait ne plus rien comprendre.

Et vers la fin de l'hiver tante Lison, âgée alors de soixante-huit ans, eut une bronchite qui dégénéra en

fluxion de poitrine ; et elle expira doucement en balbutiant : « Ma pauvre petite Jeanne, je vais demander au
bon Dieu qu'il ait pitié de toi. »

Jeanne la suivit au cimetière, vit tomber la terre sur le
cercueil, et, comme elle s'affaissait avec l'envie au cœur de
mourir aussi, de ne plus souffrir, de ne plus penser, une
forte paysanne la saisit dans ses bras et l'emporta comme
elle eût fait d'un petit enfant.

En rentrant au château, Jeanne qui venait de passer
cinq nuits au chevet de la vieille fille, se laissa mettre au lit
sans résistance par cette campagnarde inconnue qui la
maniait avec douceur et autorité ; et elle tomba dans un
sommeil d'épuisement, accablée de fatigue et de souffrance.

Elle s'éveilla vers le milieu de la nuit. Une veilleuse
brûlait sur la cheminée. Une femme dormait dans un
fauteuil. Qui était cette femme ? Elle ne la reconnaissait
pas, et elle cherchait, s'étant penchée au bord de sa
couche, pour bien distinguer ses traits sous la lueur
tremblotante de la mèche flottant sur l'huile dans un verre
de cuisine.

Il lui semblait pourtant qu'elle avait vu cette figure.
Mais quand ? Mais où ? La femme dormait paisiblement,
la tête inclinée sur l'épaule, le bonnet tombé par terre.
Elle pouvait avoir quarante ou cinquante-cinq ans. Elle
était forte, colorée, carrée, puissante. Ses larges mains
pendaient des deux côtés du siège. Ses cheveux grison-
naient. Jeanne la regardait obstinément dans ce trouble
d'esprit du réveil après le sommeil fiévreux qui suit les
grands malheurs.

Certes elle avait vu ce visage ! Etait-ce autrefois ? Etait-
ce récemment ? Elle n'en savait rien, et cette obsession
l'agitait, l'énervait. Elle se leva doucement pour regarder
de plus près la dormeuse, et elle s'approcha sur la pointe
des pieds. C'était la femme qui l'avait relevée au cimetière, puis couchée. Elle se rappelait cela confusément.

Mais l'avait-elle rencontrée ailleurs, à une autre époque de sa vie ? Ou bien la croyait-elle reconnaître seulement dans le souvenir obscur de la dernière journée ? Et puis comment était-elle là, dans sa chambre ? Pourquoi ?

La femme souleva sa paupière, aperçut Jeanne et se dressa brusquement. Elles se trouvaient face à face, si près que leurs poitrines se frôlaient. L'inconnue grommela : « Comment ! vous v'là d'bout ! Vous allez attraper du mal à c't'heure. Voulez-vous bien vous r'coucher ! »

Jeanne demanda : « Qui êtes-vous ? »

Mais la femme, ouvrant les bras, la saisit, l'enleva de nouveau, et la reporta sur son lit avec la force d'un homme. Et comme elle la reposait doucement sur ses draps, penchée, presque couchée sur Jeanne, elle se mit à pleurer en l'embrassant éperdument sur les joues, dans les cheveux, sur les yeux, lui trempant la figure de ses larmes, et balbutiant : « Ma pauvre maîtresse, mam'zelle Jeanne, ma pauvre maîtresse, vous ne me reconnaissez donc point ? »

Et Jeanne s'écria : « Rosalie, ma fille. » Et, lui jetant les deux bras au cou, elle l'étreignit en la baisant ; et elles sanglotaient toutes les deux, enlacées étroitement, mêlant leurs pleurs, ne pouvant plus desserrer leurs bras.

Rosalie se calma la première : « Allons, faut être sage, dit-elle, et ne pas attraper froid. » Et elle ramassa les couvertures, reborda le lit, replaça l'oreiller sous la tête de son ancienne maîtresse qui continuait à suffoquer, toute vibrante de vieux souvenirs surgis en son âme.

Elle finit par demander : « Comment es-tu revenue, ma pauvre fille ? »

Rosalie répondit : « Pardi, est-ce que j'allais vous laisser comme ça, toute seule, maintenant ! »

Jeanne reprit : « Allume donc une bougie que je te voie. » Et, quand la lumière fut apportée sur la table de nuit, elles se considérèrent longtemps sans dire un mot. Puis Jeanne tendant la main à sa vieille bonne murmura :

« Je ne t'aurais jamais reconnue, ma fille, tu es bien changée, sais-tu, mais pas tant que moi, encore. »

Et Rosalie, contemplant cette femme à cheveux blancs, maigre et fanée, qu'elle avait quittée jeune, belle et fraîche, répondit : « Ça c'est vrai que vous êtes changée, madame Jeanne, et plus que de raison. Mais songez aussi que v'là vingt-quatre ans que nous nous sommes pas vues. »

Elles se turent, réfléchissant de nouveau. Jeanne, enfin, balbutia : « As-tu été heureuse, au moins ? »

Et Rosalie, hésitant dans la crainte de réveiller quelque souvenir trop douloureux, bégayait : « Mais... oui..., oui..., Madame. J'ai pas trop à me plaindre, j'ai été plus heureuse que vous... pour sûr. Il n'y a qu'une chose qui m'a toujours gâté le cœur, c'est de n'être pas restée ici... » Puis elle se tut brusquement, saisie d'avoir touché à cela sans y songer. Mais Jeanne reprit avec douceur : « Que veux-tu, ma fille, on ne fait pas toujours ce qu'on veut. Tu es veuve aussi, n'est-ce pas ? » Puis une angoisse fit trembler sa voix, et elle continua : « As-tu d'autres... d'autres enfants ?

— Non, Madame.

— Et, lui, ton... ton fils... qu'est-ce qu'il est devenu ? En es-tu satisfaite ?

— Oui, Madame, c'est un bon gars qui travaille d'attaque. Il s'est marié v'là six mois, et il prend ma ferme, donc, puisque me v'là revenue avec vous. »

Jeanne, tremblant d'émotion, murmura : « Alors tu ne me quitteras plus, ma fille ? »

Et Rosalie d'un ton brusque : « Pour sûr, Madame, que j'ai pris mes dispositions pour ça. »

Puis elles ne parlèrent pas de quelque temps.

Jeanne malgré elle se remettait à comparer leurs existences, mais sans amertume au cœur, résignée maintenant aux cruautés injustes du sort. Elle dit : « Ton mari, comment a-t-il été pour toi ?

— Oh ! c'était un brave homme, Madame, et pas feignant, qui a su amasser du bien. Il est mort du mal de poitrine. »

Alors Jeanne, s'asseyant sur son lit, envahie d'un besoin de savoir : « Voyons, raconte-moi tout, ma fille, toute ta vie. Cela me fera du bien, aujourd'hui. »

Et Rosalie, approchant une chaise, s'assit et se mit à parler d'elle, de sa maison, de son monde, entrant dans les menus détails chers aux gens de campagne, décrivant sa cour, riant parfois de choses anciennes déjà qui lui rappelaient de bons moments passés, haussant le ton peu à peu en fermière habituée à commander. Elle finit par déclarer : « Oh ! j'ai du bien au soleil, aujourd'hui. Je ne crains rien. » Puis elle se troubla encore et reprit plus bas : « C'est à vous que je dois ça tout de même : aussi vous savez que je n' veux pas de gages. Ah ! mais non ! Ah ! mais non ! Et puis, si vous n' voulez point, je m'en vas. »

Jeanne reprit : « Tu ne prétends pourtant pas me servir pour rien ?

— Ah ! mais que oui, Madame. De l'argent ! Vous me donneriez de l'argent ! Mais j'en ai quasiment autant que vous. Savez-vous seulement c' qui vous reste avec tous vos gribouillis d'hypothèques et d'empruntages, et d'intérêts qui n' sont pas payés et qui s'augmentent à chaque terme ? Savez-vous ? Non, n'est-ce pas ? Eh bien, je vous promets que vous n'avez seulement plus dix mille livres de revenu. Pas dix mille, entendez-vous. Mais je vas vous régler tout ça, et vite encore. »

Elle s'était remise à parler haut, s'emportant, s'indignant de ces intérêts négligés, de cette ruine menaçante. Et comme un vague sourire attendri passait sur la figure de sa maîtresse, elle s'écria révoltée : « Il ne faut pas rire de ça, Madame, parce que, sans argent, il n'y a plus que des manants. »

Jeanne lui reprit les mains et les garda dans les siennes ;

puis elle prononça lentement, toujours poursuivie par la pensée qui l'obsédait : « Oh ! moi, je n'ai pas eu de chance. Tout a mal tourné pour moi. La fatalité s'est acharnée sur ma vie. »

Mais Rosalie hocha la tête : « Faut pas dire ça, Madame, faut pas dire ça. Vous avez mal été mariée, v'là tout. On n' se marie pas comme ça aussi, sans seulement connaître son prétendu. »

Et elles continuèrent à parler d'elles ainsi qu'auraient fait deux vieilles amies.

Le soleil se leva comme elles causaient encore.

XII

Rosalie, en huit jours, eut pris le gouvernement absolu des choses et des gens du château. Jeanne résignée obéissait passivement. Faible et traînant les jambes comme jadis petite mère, elle sortait au bras de sa servante qui la promenait à pas lents, la sermonnait, la réconfortait avec des paroles brusques et tendres, la traitant comme une enfant malade.

Elles causaient toujours d'autrefois, Jeanne avec des larmes dans la gorge, Rosalie avec le ton tranquille des paysans impassibles. La vieille bonne revint plusieurs fois sur les questions d'intérêts en souffrance ; puis elle exigea qu'on lui livrât les papiers que Jeanne, ignorante de toute affaire, lui cachait par honte pour son fils.

Alors, pendant une semaine, Rosalie fit chaque jour un voyage à Fécamp pour se faire expliquer les choses par un notaire qu'elle connaissait.

Puis un soir, après avoir mis au lit sa maîtresse, elle s'assit à son chevet, et brusquement : « Maintenant que vous v'là couchée, Madame, nous allons causer. »

Et elle exposa la situation.

Lorsque tout serait réglé, il resterait environ sept à huit mille francs de rentes. Rien de plus.

Jeanne répondit : « Que veux-tu, ma fille ? Je sens bien que je ne ferai pas de vieux os ; j'en aurai toujours assez. »

Mais Rosalie se fâcha : « Vous, Madame, c'est possible ; mais M. Paul, vous ne lui laisserez rien alors ? »

Jeanne frissonna. « Je t'en prie, ne me parle jamais de lui. Je souffre trop quand j'y pense.

— Je veux vous en parler au contraire, parce que vous n'êtes pas brave, voyez-vous, madame Jeanne. Il fait des bêtises ; eh bien, il n'en fera pas toujours ; et puis il se mariera ; il aura des enfants. Il faudra de l'argent pour les élever. Ecoutez-moi bien : Vous allez vendre les Peuples !... »

Jeanne, d'un sursaut, s'assit dans son lit : « Vendre les Peuples ! Y penses-tu ? Oh ! jamais, par exemple ! »

Mais Rosalie ne se troubla pas. « Je vous dis que vous les vendrez, moi, Madame, parce qu'il le faut. »

Et elle expliqua ses calculs, ses projets, ses raisonnements.

Une fois les Peuples et les deux fermes attenantes vendues à un amateur qu'elle avait trouvé, on garderait quatre fermes situées à Saint-Léonard [1], et qui, dégrevées de toute hypothèque, constitueraient un revenu de huit mille trois cents francs. On mettrait de côté treize cents francs par an pour les réparations et l'entretien des biens ; il resterait donc sept mille francs sur lesquels on prendrait cinq mille pour les dépenses de l'année ; et on en réserverait deux mille pour former une caisse de prévoyance.

Elle ajouta : « Tout le reste est mangé, c'est fini. Et puis c'est moi qui garderai la clef, vous entendez ; quant à M. Paul, il n'aura plus rien, mais rien ; il vous prendrait jusqu'au dernier sou. »

Jeanne, qui pleurait en silence, murmura :

« Mais s'il n'a pas de quoi manger ?

— Il viendra manger chez nous, donc, s'il a faim. Il y aura toujours un lit et du fricot pour lui. Croyez-vous qu'il aurait fait toutes ces bêtises-là si vous ne lui aviez pas donné un sou du commencement ?

— Mais il avait des dettes, il aurait été déshonoré.

— Quand vous n'aurez plus rien, ça l'empêchera-t-il d'en faire ? Vous avez payé, c'est bien ; mais vous ne payerez plus ; c'est moi qui vous le dis. Maintenant, bonsoir, Madame. »

Et elle s'en alla.

Jeanne ne dormit point, bouleversée à la pensée de vendre les Peuples, de s'en aller, de quitter cette maison où toute sa vie était attachée.

Quand elle vit entrer Rosalie dans sa chambre, le lendemain, elle lui dit : « Ma pauvre fille, je ne pourrai jamais me décider à m'éloigner d'ici. »

Mais la bonne se fâcha : « Faut que ça soit comme ça pourtant, Madame. Le notaire va venir tantôt avec celui qui a envie du château. Sans ça, dans quatre ans, vous n'auriez plus un radis. »

Jeanne restait anéantie, répétant : « Je ne pourrai pas ; je ne pourrai jamais. »

Une heure plus tard, le facteur lui remit une lettre de Paul qui demandait encore dix mille francs. Que faire ? Eperdue, elle consulta Rosalie qui leva les bras : « Qu'est-ce que je vous disais, Madame ? Ah ! vous auriez été propres tous les deux si je n'étais pas revenue ! » Et Jeanne, pliant sous la volonté de sa bonne, répondit au jeune homme :

« Mon cher fils, je ne puis plus rien pour toi. Tu m'as ruinée ; je me vois même forcée de vendre les Peuples. Mais n'oublie point que j'aurai toujours un abri quand tu voudras te réfugier auprès de ta vieille mère que tu as fait bien souffrir.

» Jeanne. »

Et lorsque le notaire arriva avec M. Jeoffrin, ancien raffineur de sucre, elle les reçut elle-même et les invita à tout visiter en détail.

Un mois plus tard, elle signait le contrat de vente, et achetait en même temps une petite maison bourgeoise sise auprès de Goderville, sur la grand-route de Montivilliers, dans le hameau de Batteville.

Puis, jusqu'au soir elle se promena toute seule dans l'allée de petite mère, le cœur déchiré et l'esprit en détresse, adressant à l'horizon, aux arbres, au banc vermoulu sous le platane, à toutes ces choses si connues qu'elles semblaient entrées dans ses yeux et dans son âme, au bosquet, au talus devant la lande où elle s'était si souvent assise, d'où elle avait vu courir vers la mer le comte de Fourville en ce jour terrible de la mort de Julien, à un vieil orme sans tête contre lequel elle s'appuyait souvent, à tout ce jardin familier, des adieux désespérés et sanglotants.

Rosalie la vint prendre par le bras pour la forcer à rentrer.

Un grand paysan de vingt-cinq ans attendait devant la porte. Il la salua d'un ton amical, comme s'il la connaissait de longtemps. « Bonjour, madame Jeanne, ça va bien ? La mère m'a dit de venir pour le déménagement. Je voudrais savoir c' que vous emporterez, vu que je ferais ça de temps en temps pour ne pas nuire aux travaux de la terre. »

C'était le fils de sa bonne, le fils de Julien, le frère de Paul.

Il lui sembla que son cœur s'arrêtait ; et pourtant elle aurait voulu embrasser ce garçon.

Elle le regardait, cherchant s'il ressemblait à son mari, s'il ressemblait à son fils. Il était rouge, vigoureux, avec les cheveux blonds et les yeux bleus de sa mère. Et pourtant il ressemblait à Julien. En quoi ? Par quoi ? Elle ne le savait pas trop, mais il avait quelque chose de lui dans l'ensemble de la physionomie.

Le gars reprit : « Si vous pouviez me montrer ça tout de suite, ça m'obligerait. »

Mais elle ne savait pas encore ce qu'elle se déciderait à enlever, sa nouvelle maison étant fort petite ; et elle le pria de revenir au bout de la semaine.

Alors son déménagement la préoccupa, apportant une distraction triste dans sa vie morne et sans attentes.

Elle allait de pièce en pièce, cherchant les meubles qui lui rappelaient des événements, ces meubles amis qui font partie de notre vie, presque de notre être, connus depuis la jeunesse et auxquels sont attachés des souvenirs de joies ou de tristesses, des dates de notre histoire, qui ont été les compagnons muets de nos heures douces et sombres, qui ont vieilli, qui se sont usés à côté de nous, dont l'étoffe est crevée par places et la doublure déchirée, dont les articulations branlent, dont la couleur s'est effacée.

Elle les choisissait un à un, hésitant souvent, troublée comme avant de prendre des déterminations capitales, revenant à tout instant sur sa décision, balançant les mérites de deux fauteuils ou de quelque vieux secrétaire comparé à une ancienne table à ouvrage.

Elle ouvrait les tiroirs, cherchait à se rappeler des faits ; puis, quand elle s'était bien dit : « Oui, je prendrai ceci », on descendait l'objet dans la salle à manger.

Elle voulut garder tout le mobilier de sa chambre, son lit, ses tapisseries, sa pendule, tout.

Elle prit quelques sièges du salon, ceux dont elle avait aimé les dessins dès sa petite enfance ; le renard et la cigogne, le renard et le corbeau, la cigale et la fourmi, et le héron mélancolique.

Puis, en rôdant par tous les coins de cette demeure qu'elle allait abandonner, elle monta, un jour, dans le grenier.

Elle demeura saisie d'étonnement ; c'était un fouillis d'objets de toute nature, les uns brisés, les autres salis seulement, les autres montés là on ne sait pourquoi, parce qu'ils ne plaisaient plus, parce qu'ils avaient été remplacés. Elle apercevait mille bibelots connus jadis, et disparus tout à coup sans qu'elle y eût songé, des riens qu'elle avait maniés, ces vieux petits objets insignifiants qui avaient traîné quinze ans à côté d'elle, qu'elle avait vus chaque jour sans les remarquer, et qui, tout à coup, retrouvés là, dans ce grenier, à côté d'autres plus anciens dont elle se rappelait parfaitement les places aux premiers temps de son arrivée, prenaient une importance soudaine de témoins oubliés, d'amis retrouvés. Ils lui faisaient l'effet de ces gens qu'on a fréquentés longtemps sans qu'ils se soient jamais révélés et qui soudain, un soir, à propos de rien, se mettent à bavarder sans fin, à raconter toute leur âme qu'on ne soupçonnait pas.

Elle allait de l'un à l'autre avec des secousses au cœur, se disant : « Tiens, c'est moi qui ai fêlé cette tasse de Chine, un soir, quelques jours avant mon mariage. — Ah ! voici la petite lanterne de mère et la canne que petit père a cassée en voulant ouvrir la barrière dont le bois était gonflé par la pluie. [1] »

Il y avait aussi là-dedans beaucoup de choses qu'elle ne connaissait pas, qui ne lui rappelaient rien, venues de ses grands-parents, ou de ses arrière-grands-parents, de ces choses poudreuses qui ont l'air exilées dans un temps qui n'est plus le leur, et qui semblent tristes de leur abandon, dont personne ne sait l'histoire, les aventures, personne n'ayant vu ceux qui les ont choisies, achetées, possédées, aimées, personne n'ayant connu les mains qui les maniaient familièrement et les yeux qui les regardaient avec plaisir.

Jeanne les touchait, les retournait, marquant ses doigts dans la poussière accumulée ; et elle demeurait là au milieu de ces vieilleries, sous le jour terne qui tombait par quelques petits carreaux de verre encastrés dans la toiture.

Elle examinait minutieusement des chaises à trois pieds, cherchant si elles ne lui rappelaient rien, une bassinoire en cuivre, une chaufferette défoncée qu'elle croyait reconnaître et un tas d'ustensiles de ménage hors de service.

Puis elle fit un lot de ce qu'elle voulait emporter, et, redescendant, elle envoya Rosalie le chercher. La bonne indignée refusait de descendre « ces saletés ». Mais Jeanne, qui n'avait cependant plus aucune volonté, tint bon cette fois ; et il fallut obéir.

Un matin le jeune fermier, fils de Julien, Denis Lecocq, s'en vint avec sa charrette pour faire un premier voyage. Rosalie l'accompagna afin de veiller au déchargement et de déposer les meubles aux places qu'ils devaient occuper.

Restée seule, Jeanne se mit à errer par les chambres du château, saisie d'une crise affreuse de désespoir, embrassant, en des élans d'amour exalté, tout ce qu'elle ne pouvait prendre avec elle, les grands oiseaux blancs des tapisseries du salon, des vieux flambeaux, tout ce qu'elle rencontrait. Elle allait d'une pièce à l'autre, affolée, les yeux ruisselants de larmes ; puis elle sortit pour « dire adieu » à la mer.

C'était vers la fin de septembre, un ciel bas et gris semblait peser sur le monde ; les flots tristes et jaunâtres s'étendaient à perte de vue. Elle resta longtemps debout sur la falaise, roulant en sa tête des pensées torturantes. Puis, comme la nuit tombait, elle rentra, ayant souffert en ce jour autant qu'en ses plus grands chagrins.

Rosalie était revenue et l'attendait, enchantée de la nouvelle maison, la déclarant bien plus gaie que ce grand coffre de bâtiment qui n'était seulement pas au bord d'une route.

Jeanne pleura toute la soirée[1].

Depuis qu'ils savaient le château vendu, les fermiers n'avaient pour elle que bien juste les égards qu'ils lui devaient, l'appelant entre eux « la Folle », sans trop savoir pourquoi, sans doute parce qu'ils devinaient, avec leur instinct de brutes, sa sentimentalité maladive et grandissante, ses rêvasseries exaltées, tout le désordre de sa pauvre âme secouée par le malheur.

La veille de son départ, elle entra, par hasard, dans l'écurie. Un grognement la fit tressaillir. C'était Massacre auquel elle n'avait plus guère songé depuis des mois. Aveugle et paralytique, parvenu à un âge que ces animaux n'atteignent guère, il vivotait encore sur un lit de paille, soigné par Ludivine qui ne l'oubliait pas. Elle le prit dans ses bras, l'embrassa et l'emporta dans la maison. Gros comme une tonne, il se traînait à peine sur ses pattes écartées et raides, et il aboyait à la façon des chiens de bois qu'on donne aux enfants.

Le dernier jour enfin se leva. Jeanne avait couché dans l'ancienne chambre de Julien, la sienne étant démeublée.

Elle sortit de son lit, exténuée et haletante, comme si elle eût fait une grande course. La voiture contenant les malles et le reste du mobilier était déjà chargée dans la cour. Une autre carriole à deux roues était attelée derrière, qui devait emporter la maîtresse et la bonne.

Le père Simon et Ludivine resteraient seuls jusqu'à l'arrivée du nouveau propriétaire ; puis ils se retireraient chez des parents, Jeanne leur ayant constitué une petite rente. Ils avaient des économies d'ailleurs. C'étaient maintenant de très vieux serviteurs, inutiles et bavards. Marius, ayant pris femme, avait depuis longtemps quitté la maison.

Vers huit heures la pluie se mit à tomber, une pluie fine et glacée que chassait une légère brise de mer. Il fallut tendre des couvertures sur la charrette. Les feuilles s'envolaient déjà des arbres.

Sur la table de la cuisine des tasses de café au lait fumaient. Jeanne s'assit devant la sienne et la but à petites gorgées, puis, se levant : « Allons ! » dit-elle.

Elle mit son chapeau, son châle, et, pendant que Rosalie la chaussait de caoutchoucs, elle prononça, la gorge serrée : « Te rappelles-tu, ma fille, comme il

pleuvait quand nous sommes parties de Rouen pour venir
ici… »

Elle eut une sorte de spasme, porta ses deux mains sur
sa poitrine et s'abattit sur le dos, sans connaissance.

Pendant plus d'une heure elle demeura comme morte ;
puis elle rouvrit les yeux, et des convulsions la saisirent
accompagnées d'un débordement de larmes.

Quand elle se fut un peu calmée, elle se sentit si faible
qu'elle ne pouvait plus se lever. Mais Rosalie, qui
redoutait d'autres crises si on retardait le départ, alla
chercher son fils. Ils la prirent, l'enlevèrent, l'emportè-
rent, la déposèrent dans la carriole, sur le banc de bois
garni de cuir ciré ; et la vieille bonne, montée à côté de
Jeanne, enveloppa ses jambes, lui couvrit les épaules d'un
gros manteau, puis, tenant ouvert un parapluie au-dessus
de sa tête, elle cria : « Vite, Denis, allons-nous-en. »

Le jeune homme grimpa près de sa mère, et, s'asseyant
sur une seule cuisse, faute de place, il lança au grand trot
son cheval dont l'allure saccadée faisait sauter les deux
femmes.

Quand on tourna au coin du village, on aperçut
quelqu'un marchant de long en large sur la route, c'était
l'abbé Tolbiac qui semblait guetter ce départ.

Il s'arrêta pour laisser passer la voiture. Il tenait d'une
main sa soutane relevée par crainte de l'eau du chemin, et
ses jambes maigres, vêtues de bas noirs, finissaient en
d'énormes souliers fangeux.

Jeanne baissa les yeux pour ne pas rencontrer son
regard ; et Rosalie, qui n'ignorait rien, devint furieuse.
Elle murmurait : « Manant, manant ! » puis, saisissant la
main de son fils : « Fiches-y donc un coup de fouet. »

Mais le jeune homme, au moment où il passait contre le
prêtre, fit tomber brusquement dans l'ornière la roue de
sa guimbarde lancée à toute vitesse, et un flot de boue,
jaillissant, couvrit l'ecclésiastique des pieds à la tête.

Et Rosalie radieuse se retourna pour lui montrer le

poing, pendant que le prêtre s'essuyait avec son grand mouchoir.

Ils allaient depuis cinq minutes quand Jeanne soudain s'écria : « Massacre que nous avons oublié ! »

Il fallut s'arrêter, et Denis, descendant, courut chercher le chien, tandis que Rosalie tenait les guides.

Le jeune homme enfin reparut portant en ses bras la grosse bête informe et pelée qu'il déposa entre les jupes des deux femmes.

XIII

La voiture s'arrêta deux heures plus tard devant une petite maison de briques bâtie au milieu d'un verger planté de poiriers en quenouilles, sur le bord de la grand-route.

Quatre tonnelles en treillage habillées de chèvrefeuilles et de clématites formaient les quatre coins de ce jardin disposé par petits carrés à légumes que séparaient d'étroits chemins bordés d'arbres fruitiers.

Une haie vive très élevée entourait de partout cette propriété, qu'un champ séparait de la ferme voisine. Une forge la précédait de cent pas sur la route. Les autres habitations les plus proches se trouvaient distantes d'un kilomètre.

La vue alentour s'étendait sur la plaine du pays de Caux, toute parsemée de fermes qu'enveloppaient les quatre doubles lignes de grands arbres enfermant la cour à pommiers.

Jeanne, aussitôt arrivée, voulait se reposer, mais Rosalie ne le lui permit pas, craignant qu'elle ne se remît à rêvasser.

Le menuisier de Goderville était là, venu pour l'installation ; et on commença tout de suite l'emménagement des meubles apportés déjà, en attendant la dernière voiture qui ne pouvait tarder.

Ce fut un travail considérable, exigeant de longues réflexions et de grands raisonnements.

Puis la charrette au bout d'une heure apparut à la barrière et il fallut la décharger sous la pluie.

La maison, quand le soir tomba, était dans un complet désordre, pleine d'objets empilés au hasard ; et Jeanne harassée s'endormit aussitôt qu'elle fut au lit.

Les jours suivants elle n'eut pas le temps de s'attendrir tant elle se trouva accablée de besogne. Elle prit même un certain plaisir à faire jolie sa nouvelle demeure, la pensée que son fils y reviendrait la poursuivant sans cesse. Les tapisseries de son ancienne chambre furent tendues dans la salle à manger, qui servait en même temps de salon ; et elle organisa avec un soin particulier une des deux pièces du premier qui prit en sa pensée le nom d' « appartement de Poulet ».

Elle se réserva la seconde, Rosalie habitant au-dessus, à côté du grenier.

La petite maison arrangée avec soin était gentille : et Jeanne s'y plut dans les premiers temps, bien que quelque chose lui manquât dont elle ne se rendait pas bien compte.

Un matin, le clerc de notaire de Fécamp lui apporta trois mille six cents francs, prix des meubles laissés aux Peuples et estimés par un tapissier. Elle ressentit, en recevant cet argent, un frémissement de plaisir ; et, dès que l'homme fut parti, elle s'empressa de mettre son chapeau, voulant gagner Goderville au plus vite pour faire tenir à Paul cette somme inespérée.

Mais, comme elle se hâtait sur la grand-route, elle rencontra Rosalie qui revenait du marché. La bonne eut un soupçon sans deviner tout de suite la vérité ; puis, quand elle l'eut découverte, car Jeanne ne lui savait plus rien cacher, elle posa son panier par terre pour se fâcher tout à son aise.

Et elle cria, les poings sur les hanches ; puis elle prit sa maîtresse du bras droit, son panier du bras gauche, et, toujours furieuse, elle se remit en marche vers la maison.

Dès qu'elles furent rentrées, la bonne exigea la remise de l'argent. Jeanne le donna en gardant les six cents francs ; mais sa ruse fut vite percée par la servante mise en défiance ; et elle dut livrer le tout.

Rosalie consentit cependant à ce que ce reliquat fût envoyé au jeune homme.

Il remercia au bout de quelques jours. « Tu m'as rendu un grand service, ma chère maman, car nous étions dans une profonde misère. »

Jeanne cependant ne s'accoutumait guère à Batteville ; il lui semblait sans cesse qu'elle ne respirait plus comme autrefois, qu'elle était plus seule encore, plus abandonnée, plus perdue. Elle sortait pour faire un tour, gagnait le hameau de Verneuil, revenait par les Trois-Mares, puis, une fois rentrée, se relevait, prise d'une envie de ressortir comme si elle eût oublié d'aller là justement où elle devait se rendre, où elle avait envie de se promener.

Et cela, tous les jours, recommençait sans qu'elle comprît la raison de cet étrange besoin. Mais, un soir, une phrase lui vint inconsciemment qui lui révéla le secret de ses inquiétudes. Elle dit, en s'asseyant, pour dîner : « Oh ! comme j'ai envie de voir la mer ! »

Ce qui lui manquait si fort, c'était la mer, sa grande voisine depuis vingt-cinq ans, la mer avec son air salé, ses colères, sa voix grondeuse, ses souffles puissants, la mer que chaque matin elle voyait de sa fenêtre des Peuples, qu'elle respirait jour et nuit, qu'elle sentait près d'elle, qu'elle s'était mise à aimer comme une personne sans s'en douter.

Massacre vivait également dans une extrême agitation. Il s'était installé, dès le soir de son arrivée, dans le bas du buffet de la cuisine, sans qu'il fût possible de l'en déloger. Il restait là tout le jour, presque immobile, se retournant seulement de temps en temps avec un grognement sourd.

Mais, aussitôt que venait la nuit, il se levait et se traînait vers la porte du jardin, en heurtant les murs. Puis, quand il avait passé dehors les quelques minutes qu'il lui fallait, il rentrait, s'asseyait sur son derrière devant le fourneau encore chaud, et, dès que ses deux maîtresses étaient parties se coucher, il se mettait à hurler.

Il hurlait ainsi toute la nuit, d'une voix plaintive et lamentable, s'arrêtant parfois une heure pour reprendre sur un ton plus déchirant encore. On l'attacha devant la maison dans un baril. Il hurla sous les fenêtres. Puis, comme il était infirme et bien près de mourir, on le remit à la cuisine.

Le sommeil devenait impossible pour Jeanne qui entendait le vieil animal gémir et gratter sans cesse, cherchant à se reconnaître dans cette maison nouvelle, comprenant bien qu'il n'était plus chez lui.

Rien ne le pouvait calmer. Assoupi le long du jour, comme si ses yeux éteints, la conscience de son infirmité, l'eussent empêché de se mouvoir, alors que tous les êtres vivent et s'agitent, il se mettait à rôder sans repos dès que tombait le soir, comme s'il n'eût plus osé vivre et remuer que dans les ténèbres, qui font tous les êtres aveugles.

On le trouva mort un matin. Ce fut un grand soulagement.

L'hiver s'avançait ; et Jeanne se sentait envahie par une invincible désespérance. Ce n'était pas une de ces douleurs aiguës qui semblent tordre l'âme, mais une morne et lugubre tristesse.

Aucune distraction ne la réveillait. Personne ne s'occupait d'elle. La grand-route devant sa porte se déroulait à droite et à gauche presque toujours vide. De temps en temps un tilbury passait au trot, conduit par un homme à figure rouge dont la blouse, gonflée au vent de la course, faisait une sorte de ballon bleu ; parfois c'était une charrette lente, ou bien on voyait venir de loin deux paysans, l'homme et la femme, tout petits à l'horizon, puis grandissant, puis, quand ils avaient dépassé la maison, rediminuant, redevenant gros comme deux insectes, là-bas, tout au bout de la ligne blanche qui s'allongeait à perte de vue, montant et descendant selon les molles ondulations du sol.

Quand l'herbe se remit à pousser, une fillette en jupe courte passait tous les matins devant la barrière, conduisant deux vaches maigres qui broutaient le long des fossés de la route. Elle revenait le soir, de la même allure endormie, faisant un pas toutes les dix minutes derrière ses bêtes.

Jeanne, chaque nuit, rêvait qu'elle habitait encore les Peuples.

Elle s'y retrouvait comme autrefois avec père et petite mère, et parfois même avec tante Lison. Elle refaisait des choses oubliées et finies, s'imaginait soutenir madame Adélaïde voyageant dans son allée. Et chaque réveil était suivi de larmes.

Elle pensait toujours à Paul, se demandant : « Que fait-il ? Comment est-il maintenant ? Songe-t-il à moi quelquefois ? » En se promenant lentement dans le chemin creux entre les fermes, elle roulait dans sa tête toutes ces idées qui la martyrisaient ; mais elle souffrait surtout d'une jalousie inapaisable contre cette femme inconnue qui lui avait ravi son fils. Cette haine seule la retenait, l'empêchait d'agir, d'aller le chercher, de pénétrer chez lui. Il lui semblait voir la maîtresse debout sur la porte et demandant : « Que voulez-vous ici, Madame ? » Sa fierté de mère se révoltait de la possibilité de cette rencontre ; et un orgueil hautain de femme toujours pure, sans défaillances et sans tache, l'exaspérait de plus en plus contre toutes ces lâchetés de l'homme asservi par les sales pratiques de l'amour charnel qui rend lâches les cœurs eux-mêmes. L'humanité lui semblait immonde quand elle songeait à tous les secrets malpropres des sens, aux caresses qui avilissent, à tous les mystères devinés des accouplements indissolubles.

Le printemps et l'été passèrent encore.

Mais quand l'automne revint avec les longues pluies, le ciel grisâtre, les nuages sombres, une telle lassitude de vivre ainsi la saisit, qu'elle se résolut à tenter un grand effort pour reprendre son Poulet.

La passion du jeune homme devait être usée à présent.

Elle lui écrivit une lettre éplorée.

« Mon cher enfant, je viens te supplier de revenir auprès de moi. Songe donc que je suis vieille et malade, toute seule, toute l'année, avec une bonne. J'habite maintenant dans une petite maison auprès de la route. C'est bien triste. Mais si tu étais là, tout changerait pour moi. Je n'ai que toi au monde et je ne t'ai pas vu depuis sept ans ! Tu ne sauras jamais comme j'ai été malheureuse et combien j'avais reposé mon cœur sur toi. Tu étais ma vie, mon rêve, mon seul espoir, mon seul amour, et tu me manques, et tu m'as abandonnée !

» Oh ! reviens, mon petit Poulet, reviens m'embrasser, reviens auprès de ta vieille mère qui te tend des bras désespérés [1].

» Jeanne. »

Il répondit quelques jours plus tard.

« Ma chère maman, je ne demanderais pas mieux que d'aller te voir, mais je n'ai pas le sou. Envoie-moi quelque argent et je viendrai. J'avais du reste l'intention d'aller te trouver pour te parler d'un projet qui me permettrait de faire ce que tu me demandes.

» Le désintéressement et l'affection de celle qui a été ma compagne dans les vilains jours que je traverse, demeurent sans limites à mon égard. Il n'est pas possible que je reste plus longtemps sans reconnaître publiquement son amour et son dévouement si fidèles. Elle a du reste de très bonnes manières que tu pourras apprécier. Et elle est très instruite, elle lit beaucoup. Enfin, tu ne te fais pas l'idée de ce qu'elle a toujours été pour moi. Je serais une brute, si je ne lui témoignais pas ma reconnaissance. Je viens donc te demander l'autorisation de l'épouser. Tu me pardonnerais mes escapades et nous habiterions tous ensemble dans ta nouvelle maison.

» Si tu la connaissais, tu m'accorderais tout de suite ton consentement. Je t'assure qu'elle est parfaite, et très distinguée. Tu l'aimerais, j'en suis certain. Quant à moi, je ne pourrais pas vivre sans elle.

» J'attends ta réponse avec impatience, ma chère maman, et nous t'embrassons de tout cœur.

» Ton fils,

» Vicomte Paul de Lamare. »

Jeanne fut atterrée. Elle demeurait immobile, la lettre sur les genoux, devinant la ruse de cette fille qui avait sans cesse retenu son fils, qui ne l'avait pas laissé venir une seule fois, attendant son heure, l'heure où la vieille mère désespérée, ne pouvant plus résister au désir d'étreindre son enfant, faiblirait, accorderait tout.

Et la grosse douleur de cette préférence obstinée de Paul pour cette créature déchirait son cœur. Elle répétait : « Il ne m'aime pas. Il ne m'aime pas. »

Rosalie entra. Jeanne balbutia : « Il veut l'épouser maintenant. »

La bonne eut un sursaut : « Oh ! Madame, vous ne permettrez pas ça. M. Paul ne va pas ramasser cette traînée. »

Et Jeanne accablée, mais révoltée, répondit : « Ça, jamais, ma fille. Et, puisqu'il ne veut pas venir, je vais aller le trouver, moi, et nous verrons laquelle de nous deux l'emportera. »

Et elle écrivit tout de suite à Paul pour annoncer son arrivée, et pour le voir autre part que dans le logis habité par cette gueuse.

Puis, en attendant une réponse, elle fit ses préparatifs. Rosalie commença à empiler dans une vieille malle le linge et les effets de sa maîtresse. Mais comme elle pliait une robe, une ancienne robe de campagne, elle s'écria : « Vous n'avez seulement rien à vous mettre sur le dos. Je ne vous permettrai pas d'aller comme ça. Vous feriez honte à tout le monde ; et les dames de Paris vous regarderaient comme une servante. »

Jeanne la laissa faire. Et les deux femmes se rendirent ensemble à Goderville pour choisir une étoffe à carreaux verts, qui fut confiée à la couturière du bourg. Puis elles entrèrent chez le notaire Me Roussel, qui faisait chaque année un voyage d'une quinzaine dans la capitale, afin d'obtenir de lui des renseignements. Car Jeanne depuis vingt-huit ans n'avait pas revu Paris.

Il fit des recommandations nombreuses sur la manière d'éviter les voitures, sur les procédés pour n'être pas volé, conseillant de coudre l'argent dans la doublure des vêtements et de ne garder dans sa poche que l'indispensable ; il parla longuement des restaurants à prix moyens dont il désigna deux ou trois fréquentés par des femmes ; et il indiqua l'hôtel de Normandie où il descendait lui-même, auprès de la gare du chemin de fer[1]. On pouvait s'y présenter de sa part.

Depuis six ans, ces chemins de fer dont on parlait partout fonctionnaient entre Paris et Le Havre[2]. Mais Jeanne, obsédée de chagrin, n'avait pas encore vu ces voitures à vapeur qui révolutionnaient tout le pays.

Cependant Paul ne répondait pas.

Elle attendit huit jours, puis quinze jours, allant chaque matin sur la route au-devant du facteur qu'elle abordait en frémissant : « Vous n'avez rien pour moi, père Malandain ? » Et l'homme répondait toujours de sa voix enrouée par les intempéries des saisons : « Encore rien c'te fois, ma bonne dame. »

C'était cette femme assurément qui empêchait Paul de répondre !

Jeanne alors résolut de partir tout de suite. Elle voulait prendre Rosalie avec elle, mais la bonne refusa de la suivre pour ne pas augmenter les frais de voyage.

Elle ne permit pas d'ailleurs à sa maîtresse d'emporter plus de trois cents francs : « S'il vous en faut d'autres, vous m'écrirez donc, et j'irai chez le notaire pour qu'il vous fasse parvenir ça. Si je vous en donne plus, c'est M. Paul qui l'empochera. »

Et, un matin de décembre, elles montèrent dans la carriole de Denis Lecoq qui vint les chercher pour les conduire à la gare, Rosalie faisant jusque-là la conduite à sa maîtresse.

Elles prirent d'abord des renseignements sur le prix des billets, puis, quand tout fut réglé et la malle enregistrée, elles attendirent devant ces lignes de fer, cherchant à comprendre comment manœuvrait cette chose, si préoccupées de ce mystère qu'elles ne pensaient plus aux tristes raisons du voyage.

Enfin, un sifflement lointain leur fit tourner la tête, et elles aperçurent une machine noire qui grandissait. Cela arriva avec un bruit terrible, passa devant elles en traînant une longue chaîne de petites maisons roulantes ; et, un employé ayant ouvert une porte, Jeanne embrassa Rosalie en pleurant et monta dans une de ses cases.

Rosalie, émue, criait :

« Au revoir, Madame ; bon voyage, à bientôt !

— Au revoir, ma fille. »

Un coup de sifflet partit encore, et tout le chapelet de voitures se mit à rouler doucement d'abord, puis plus vite, puis avec une rapidité effrayante.

Dans le compartiment où se trouvait Jeanne, deux messieurs dormaient adossés à deux coins.

Elle regardait passer les campagnes, les arbres, les fermes, les villages, effarée de cette vitesse, se sentant prise dans une vie nouvelle, emportée dans un monde nouveau qui n'était plus le sien, celui de sa tranquille jeunesse et de sa vie monotone.

Le soir venait, lorsque le train entra dans Paris.

Un commissionnaire prit la malle de Jeanne ; et elle le suivit effarée, bousculée, inhabile à passer dans la foule remuante, courant presque derrière l'homme, dans la crainte de le perdre de vue.

Quand elle fut dans le bureau de l'hôtel, elle s'empressa d'annoncer :

« Je vous suis recommandée par M. Roussel. »

La patronne, une énorme femme sérieuse, assise à son bureau, demanda :

« Qui ça, M. Roussel ? »

Jeanne interdite reprit : « Mais le notaire de Goderville, qui descend chez vous tous les ans.

La grosse dame déclara :

« C'est possible. Je ne le connais pas. Vous voulez une chambre ?

— Oui, Madame. »

Et un garçon, prenant son bagage, monta l'escalier devant elle.

Elle se sentait le cœur serré. Elle s'assit devant une petite table et demanda qu'on lui montât un bouillon avec une aile de poulet. Elle n'avait rien pris depuis l'aurore.

Elle mangea tristement à la lueur d'une bougie, songeant à mille choses, se rappelant son passage en cette même ville au retour de son voyage de noces, les premiers signes du caractère de Julien, apparus lors de ce séjour à Paris. Mais elle était jeune alors, et confiante, et vaillante. Maintenant elle se sentait vieille, embarrassée, craintive même, faible et troublée pour un rien. Quand elle eut fini son repas, elle se mit à la fenêtre et regarda la rue pleine de monde. Elle avait envie de sortir, et n'osait point. Elle

allait infailliblement se perdre, pensait-elle. Elle se coucha ; et souffla sa lumière.

Mais le bruit, cette sensation d'une ville inconnue, et le
trouble du voyage la tenaient éveillée. Les heures s'écou-
laient. Les rumeurs du dehors s'apaisaient peu à peu sans
qu'elle pût dormir, énervée par ce demi-repos des grandes
villes. Elle était habituée à ce calme et profond sommeil des
champs, qui engourdit tout, les hommes, les bêtes et les
plantes ; et elle sentait maintenant, autour d'elle, toute une
agitation mystérieuse. Des voix presque insaisissables lui
parvenaient comme si elles eussent glissé dans les murs de
l'hôtel. Parfois un plancher craquait, une porte se fermait,
une sonnette tintait.

Tout à coup, vers deux heures du matin, alors qu'elle
commençait à s'assoupir, une femme poussa des cris dans
une chambre voisine ; Jeanne s'assit brusquement dans son
lit ; puis elle crut entendre un rire d'homme.

Alors, à mesure qu'approchait le jour, la pensée de Paul
l'envahit ; et elle s'habilla dès que le crépuscule[1] parut.

Il habitait rue du Sauvage[2], dans la Cité. Elle voulut s'y
rendre à pied pour obéir aux recommandations d'économie
de Rosalie. Il faisait beau ; l'air froid piquait la chair ; des
gens pressés couraient sur les trottoirs. Elle allait le plus
vite possible, suivant une rue indiquée au bout de laquelle
elle devait tourner à droite, puis à gauche ; puis, arrivée sur
une place, il lui faudrait s'informer à nouveau. Elle ne
trouva pas la place et se renseigna auprès d'un boulanger
qui lui donna des indications différentes. Elle repartit,
s'égara, erra, suivit d'autres conseils, se perdit tout à fait.

Affolée, elle marchait maintenant presque au hasard.
Elle allait se décider à appeler un cocher quand elle aperçut
la Seine. Alors elle longea les quais.

Au bout d'une heure environ, elle entrait dans la rue du
Sauvage, une sorte de ruelle toute noire. Elle s'arrêta
devant la porte, tellement émue qu'elle ne pouvait plus
faire un pas.

Il était là, dans cette maison, Poulet.

Elle sentait trembler ses genoux et ses mains ; enfin elle entra, suivit un couloir, vit la case du portier, et demanda en tendant une pièce d'argent : « Pourriez-vous monter dire à M. Paul de Lamare qu'une vieille dame, une amie de sa mère, l'attend en bas. »

Le portier répondit :

« Il n'habite plus ici, Madame. »

Un grand frisson la parcourut. Elle balbutia :

« Ah ! où... où demeure-t-il maintenant ?

— Je ne sais pas. »

Elle se sentit étourdie comme si elle allait tomber et elle demeura quelque temps sans pouvoir parler. Enfin, par un effort violent, elle reprit sa raison, et murmura :

« Depuis quand est-il parti ? »

L'homme la renseigna abondamment. « Voilà quinze jours. Ils sont partis comme ça, un soir, et pas revenus. Ils devaient partout dans le quartier ; aussi vous comprenez bien qu'ils n'ont pas laissé leur adresse. »

Jeanne voyait des lueurs, des grands jets de flamme, comme si on lui eût tiré des coups de fusil devant les yeux. Mais une idée fixe la soutenait, la faisait demeurer debout, calme en apparence, et réfléchie. Elle voulait savoir et retrouver Poulet.

« Alors il n'a rien dit, en s'en allant ?

— Oh ! rien du tout, ils se sont sauvés pour ne pas payer, voilà.

— Mais, il doit envoyer chercher ses lettres par quelqu'un.

— Plus souvent que je les donnerais. Et puis ils n'en recevaient pas dix par an. Je leur en ai monté une pourtant deux jours avant qu'ils s'en aillent. »

C'était sa lettre sans doute. Elle dit précipitamment : « Ecoutez, je suis sa mère, à lui, et je suis venue pour le chercher. Voilà dix francs pour vous. Si vous avez quelque nouvelle ou quelque renseignement sur lui, apportez-les-moi à l'hôtel de Normandie, rue du Havre, et je vous payerai bien. »

Il répondit : « Comptez sur moi, Madame. »

Et elle se sauva.

Elle se remit à marcher sans s'inquiéter où elle allait. Elle se hâtait comme pressée par une course importante ; elle filait le long des murs, heurtée par des gens à paquets ; elle traversait les rues sans regarder les voitures venir, injuriée par les cochers ; elle trébuchait aux marches des trottoirs auxquelles elle ne prenait point garde ; elle courait devant elle, l'âme perdue.

Tout à coup elle se trouva dans un jardin et elle se sentit si fatiguée qu'elle s'assit sur un banc. Elle y demeura fort longtemps apparemment, pleurant sans s'en apercevoir, car des passants s'arrêtaient pour la regarder. Puis elle sentit qu'elle avait très froid ; et elle se leva pour repartir ; ses jambes la portaient à peine tant elle était accablée et faible.

Elle voulait entrer prendre un bouillon dans un restaurant, mais elle n'osait pas pénétrer dans ces établissements, prise d'une espèce de honte, d'une peur, d'une sorte de pudeur de son chagrin qu'elle sentait visible. Elle s'arrêtait une seconde devant la porte, regardait au-dedans, voyait tous ces gens attablés et mangeant, et s'enfuyait intimidée, se disant : « J'entrerai dans le prochain. » Et elle ne pénétrait pas davantage dans le suivant.

A la fin elle acheta chez un boulanger un petit pain en forme de lune, et elle se mit à le croquer tout en marchant. Elle avait grand-soif, mais elle ne savait où aller boire et elle s'en passa.

Elle franchit une voûte et se trouva dans un autre jardin entouré d'arcades. Elle reconnut alors le Palais-Royal.

Comme le soleil et la marche l'avaient un peu réchauffée, elle s'assit encore une heure ou deux.

Une foule entrait, une foule élégante qui causait, souriait, saluait, cette foule heureuse dont les femmes sont belles et les hommes riches, qui ne vit que pour la parure et les joies.

Jeanne, effarée d'être au milieu de cette cohue brillante, se leva pour s'enfuir ; mais soudain la pensée lui vint, qu'elle pourrait rencontrer Paul en ce lieu ; et elle se mit à errer en épiant les visages allant et revenant sans cesse, d'un bout à l'autre du Jardin, de son pas humble et rapide.

Des gens se retournaient pour la regarder, d'autres riaient et se la montraient. Elle s'en aperçut et se sauva, pensant que, sans doute, on s'amusait de sa tournure et de sa robe à carreaux verts choisie par Rosalie et exécutée sur ses indications par la couturière de Goderville.

Elle n'osait même plus demander sa route aux passants. Elle s'y hasarda pourtant et finit par retrouver son hôtel.

Elle passa le reste du jour sur une chaise, aux pieds de son lit, sans remuer. Puis elle dîna, comme la veille, d'un potage et d'un peu de viande. Puis elle se coucha, accomplissant chaque acte machinalement, par habitude.

Le lendemain elle se rendit à la préfecture de Police pour qu'on lui retrouvât son enfant. On ne put rien lui promettre ; on s'en occuperait cependant.

Alors elle vagabonda par les rues, espérant toujours le rencontrer. Et elle se sentait plus seule dans cette foule agitée, plus perdue, plus misérable qu'au milieu des champs déserts.

Quand elle rentra, le soir, à l'hôtel, on lui dit qu'un homme l'avait demandée de la part de M. Paul et qu'il reviendrait le lendemain. Un flot de sang lui jaillit au cœur et elle ne ferma pas l'œil de la nuit. Si c'était lui ? Oui c'était lui assurément, bien qu'elle ne l'eût pas reconnu aux détails qu'on lui avait donnés.

Vers neuf heures du matin on heurta sa porte, elle cria : « Entrez ! » prête à s'élancer, les bras ouverts. Un inconnu se présenta. Et, pendant qu'il s'excusait de l'avoir dérangée, et qu'il expliquait son affaire, une dette

de Paul qu'il venait réclamer, elle se sentit pleurer sans
vouloir le laisser paraître, enlevant les larmes du bout du
doigt, à mesure qu'elles glissaient au coin des yeux.

Il avait appris sa venue par la concierge de la rue du
Sauvage, et, comme il ne pouvait retrouver le jeune
homme, il s'adressait à la mère. Et il tendait un papier
qu'elle prit sans songer à rien. Elle lut un chiffre[1] :
90 francs, tira son argent et paya.

Elle ne sortit pas ce jour-là.

Le lendemain d'autres créanciers se présentèrent. Elle
donna tout ce qui lui restait, ne réservant qu'une ving-
taine de francs ; et elle écrivit à Rosalie pour lui dire sa
situation.

Elle passait ses jours à errer, attendant la réponse de sa
bonne, ne sachant que faire, où tuer les heures lugubres,
les heures interminables, n'ayant personne à qui dire un
mot tendre, personne qui connût sa misère. Elle allait au
hasard, harcelée à présent par un besoin de partir, de
retourner là-bas, dans sa petite maison sur le bord de la
route solitaire.

Elle n'y pouvait plus vivre quelques jours auparavant
tant la tristesse l'accablait, et maintenant elle sentait bien
qu'elle ne saurait plus, au contraire, vivre que là, où ses
mornes habitudes s'étaient enracinées.

Enfin, un soir, elle trouva une lettre et deux cents
francs. Rosalie disait : « Madame Jeanne, revenez bien
vite, car je ne vous enverrai plus rien. Quant à M. Paul,
c'est moi qu'irai le chercher quand nous aurons de ses
nouvelles.

» Je vous salue. Votre servante,

» Rosalie. »

Et Jeanne repartit pour Batteville, un matin qu'il
neigeait, et qu'il faisait froid.

XIV

Alors, elle ne sortit plus, elle ne remua plus. Elle se
levait chaque matin à la même heure, regardait le temps
par sa fenêtre, puis descendait s'asseoir devant le feu dans
la salle.

Elle restait là des jours entiers, immobile, les yeux
plantés sur la flamme, laissant aller à l'aventure ses
lamentables pensées et suivant le triste défilé de ses
misères. Les ténèbres peu à peu envahissaient la petite
pièce sans qu'elle eût fait d'autre mouvement que pour
remettre du bois au feu. Rosalie alors apportait la lampe et
s'écriait : « Allons, madame Jeanne, il faut vous secouer
ou bien vous n'aurez pas encore faim ce soir. »

Elle était souvent poursuivie d'idées fixes qui l'obsé-
daient et torturée par des préoccupations insignifiantes,
les moindres choses, dans sa tête malade, prenant une
importance extrême.

Elle revivait surtout dans le passé, dans le vieux passé,
hantée par les premiers temps de sa vie et par son voyage
de noces, là-bas en Corse. Des paysages de cette île,
oubliés depuis longtemps, surgissaient soudain devant
elle dans les tisons de sa cheminée ; et elle se rappelait tous
les détails, tous les petits faits, toutes les figures rencon-
trées là-bas ; la tête du guide Jean Ravoli la poursuivait ; et
elle croyait parfois entendre sa voix.

Puis elle songeait aux douces années de l'enfance de
Paul, alors qu'il lui faisait repiquer des salades, et qu'elle
s'agenouillait dans la terre grasse à côté de tante Lison,
rivalisant de soins toutes les deux pour plaire à l'enfant,
luttant à celle qui ferait reprendre les jeunes plantes avec
le plus d'adresse et obtiendrait le plus d'élèves[1].

Et, tout bas, ses lèvres murmuraient : « Poulet, mon
petit Poulet », comme si elle lui eût parlé ; et, sa rêverie
s'arrêtant sur ce mot, elle essayait parfois pendant des
heures d'écrire dans le vide, de son doigt tendu, les lettres
qui le composaient. Elle les traçait lentement, devant le
feu, s'imaginant les voir, puis, croyant s'être trompée, elle
recommençait le P d'un bras tremblant de fatigue,
s'efforçant de dessiner le nom jusqu'au bout ; puis, quand
elle avait fini, elle recommençait.

A la fin elle ne pouvait plus, mêlait tout, modelait
d'autres mots, s'énervant jusqu'à la folie.

Toutes les manies des solitaires la possédaient. La
moindre chose changée de place l'irritait.

Rosalie souvent la forçait à marcher, l'emmenait sur la
route ; mais Jeanne au bout de vingt minutes déclarait :
« Je n'en puis plus, ma fille » ; et elle s'asseyait au bord du
fossé.

Bientôt tout mouvement lui fut odieux, et elle restait au
lit le plus tard possible.

Depuis son enfance une seule habitude lui était demeurée invariablement tenace, celle de se lever tout d'un coup
aussitôt après avoir bu son café au lait. Elle tenait
d'ailleurs à ce mélange d'une façon exagérée ; et la
privation lui en aurait été plus sensible que celle de
n'importe quoi. Elle attendait, chaque matin, l'arrivée de
Rosalie avec une impatience un peu sensuelle ; et, dès que
la tasse pleine était posée sur la table de nuit, elle se
mettait sur son séant et la vidait vivement d'une manière
un peu goulue. Puis, rejetant ses draps, elle commençait à
se vêtir.

Mais peu à peu elle s'habitua à rêvasser quelques secondes après avoir reposé le bol dans son assiette ; puis elle s'étendit de nouveau dans le lit ; puis elle prolongea de jour en jour cette paresse jusqu'au moment où Rosalie revenait furieuse et l'habillait presque de force.

Elle n'avait plus, d'ailleurs, une apparence de volonté et, chaque fois que sa servante lui demandait un conseil, lui posait une question, s'informait de son avis, elle répondait : « Fais comme tu voudras, ma fille. »

Elle se croyait si directement poursuivie par une malchance obstinée contre elle qu'elle devenait fataliste comme un Oriental ; et l'habitude de voir s'évanouir ses rêves et s'écrouler ses espoirs faisait qu'elle n'osait plus rien entreprendre, et qu'elle hésitait des journées entières avant d'accomplir la chose la plus simple, persuadée qu'elle s'engagerait toujours dans la mauvaise voie et que cela tournerait mal.

Elle répétait à tout moment : « C'est moi qui n'ai pas eu de chance dans la vie. » Alors Rosalie s'écriait : « Qu'est-ce que vous diriez donc s'il vous fallait travailler pour avoir du pain, si vous étiez obligée de vous lever tous les jours à six heures du matin pour aller en journée ! Il y en a bien qui sont obligées de faire ça, pourtant, et, quand elles deviennent trop vieilles, elles meurent de misère. »

Jeanne répondait : « Songe donc que je suis toute seule, que mon fils m'a abandonnée. » Et Rosalie alors se fâchait furieusement : « En voilà une affaire ! Eh bien ! et les enfants qui sont au service militaire ! et ceux qui vont s'établir en Amérique. »

L'Amérique représentait pour elle un pays vague où l'on va faire fortune et dont on ne revient jamais.

Elle continuait : « Il y a toujours un moment où il faut se séparer, parce que les vieux et les jeunes ne sont pas faits pour rester ensemble. » Et elle concluait d'un ton féroce : « Eh bien, qu'est-ce que vous diriez s'il était mort ? »

Et Jeanne, alors, ne répondait plus rien.

Un peu de force lui revint, quand l'air s'amollit aux premiers jours du printemps, mais elle n'employait ce retour d'activité qu'à se jeter de plus en plus dans ses pensées sombres.

Comme elle était montée au grenier, un matin, pour chercher quelque objet, elle ouvrit par hasard une caisse pleine de vieux calendriers ; on les avait conservés selon la coutume de certaines gens de campagne.

Il lui sembla qu'elle retrouvait les années elles-mêmes de son passé, et elle demeura saisie d'une étrange et confuse émotion devant ce tas de cartons carrés.

Elle les prit et les emporta dans la salle en bas. Il y en avait de toutes les tailles, des grands et des petits. Et elle se mit à les ranger par années sur la table. Soudain elle retrouva le premier, celui qu'elle avait apporté aux Peuples.

Elle le contempla longtemps, avec les jours biffés par elle le matin de son départ de Rouen, le lendemain de sa sortie du couvent. Et elle pleura. Elle pleura des larmes mornes et lentes, de pauvres larmes de vieille en face de sa vie misérable étalée devant elle sur cette table.

Et une idée la saisit qui fut bientôt une obsession terrible, incessante, acharnée. Elle voulait retrouver presque jour par jour ce qu'elle avait fait.

Elle piqua contre les murs, sur la tapisserie, l'un après l'autre, ces cartons jaunis, et elle passait des heures, en face de l'un ou de l'autre, se demandant : « Que m'est-il arrivé, ce mois-là ? »

Elle avait marqué de traits les dates mémorables de son histoire, et elle parvenait parfois à retrouver un mois entier, reconstituant un à un, groupant, rattachant l'un à l'autre tous les petits faits qui avaient précédé ou suivi un événement important.

Elle réussit, à force d'attention obstinée, d'efforts de mémoire, de volonté concentrée, à rétablir presque entiè-

rement ses deux premières années aux Peuples, les
souvenirs lointains de sa vie lui revenant avec une facilité
singulière et une sorte de relief.

Mais les années suivantes lui semblaient se perdre dans
un brouillard, se mêler, enjamber, l'une sur l'autre ; et
elle demeurait parfois un temps infini, la tête penchée
vers un calendrier, l'esprit tendu sur l'Autrefois, sans
parvenir même à se rappeler si c'était dans ce carton-là
que tel souvenir pouvait être retrouvé.

Elle allait de l'un à l'autre autour de la salle qu'entouraient, comme des gravures d'un chemin de la croix, ces
tableaux des jours finis. Brusquement elle arrêtait sa
chaise devant l'un d'eux, et restait jusqu'à la nuit
immobile à le regarder, enfoncée en ses recherches.

Puis tout à coup, quand toutes les sèves se réveillèrent
sous la chaleur du soleil, quand les récoltes se mirent à
pousser par les champs, les arbres à verdir, quand les
pommiers dans les cours s'épanouirent comme des boules
roses et parfumèrent la plaine, une grande agitation la
saisit [1].

Elle ne tenait plus en place ; elle allait et venait, sortait
et rentrait vingt fois par jour, et vagabondait parfois au
loin le long des fermes, s'exaltant dans une sorte de fièvre
de regret.

La vue d'une marguerite blottie dans une touffe
d'herbe, d'un rayon de soleil glissant entre les feuilles,
d'une flaque d'eau dans une ornière où se mirait le bleu
du ciel, la remuait, l'attendrissait, la bouleversait en lui
redonnant des sensations lointaines, comme l'écho de ses
émotions de jeune fille, quand elle rêvait par la campagne.

Elle avait frémi des mêmes secousses, savouré cette
douceur et cette griserie troublante des jours tièdes,
quand elle attendait l'avenir. Elle retrouvait tout cela
maintenant que l'avenir était clos. Elle en jouissait encore
dans son cœur ; mais elle en souffrait en même temps,
comme si la joie éternelle du monde réveillé en pénétrant

sa peau séchée, son sang refroidi, son âme accablée, n'y pouvait plus jeter qu'un charme affaibli et douloureux.

Il lui semblait aussi que quelque chose était un peu changé partout autour d'elle. Le soleil devait être un peu moins chaud que dans sa jeunesse, le ciel un peu moins bleu, l'herbe un peu moins verte ; et les fleurs, plus pâles et moins odorantes, n'enivraient plus tout à fait autant.

Dans certains jours, cependant, un tel bien-être de vie la pénétrait, qu'elle se reprenait à rêvasser, à espérer, à attendre ; car peut-on, malgré la rigueur acharnée du sort, ne pas espérer toujours, quand il fait beau ?

Elle allait, elle allait devant elle, pendant des heures et des heures, comme fouettée par l'excitation de son âme. Et parfois elle s'arrêtait tout à coup, et s'asseyait au bord de la route pour réfléchir à des choses tristes. Pourquoi n'avait-elle pas été aimée comme d'autres ? Pourquoi n'avait-elle pas même connu les simples bonheurs d'une existence calme ?

Et parfois encore elle oubliait un moment qu'elle était vieille, qu'il n'y avait plus rien devant elle, hors quelques ans lugubres et solitaires, que toute sa route était parcourue ; et elle bâtissait, comme jadis, à seize ans, des projets doux à son cœur ; elle combinait des bouts d'avenir charmants. Puis la dure sensation du réel tombait sur elle ; elle se relevait courbaturée comme sous la chute d'un poids qui lui aurait cassé les reins ; et elle reprenait plus lentement le chemin de sa demeure en murmurant : « Oh vieille folle ! vieille folle ! »

Rosalie maintenant lui répétait à tout moment : « Mais restez donc tranquille, Madame, qu'est-ce que vous avez à vous émouver comme ça ? »

Et Jeanne répondait tristement : « Que veux-tu, je suis comme « Massacre » aux derniers jours. »

La bonne, un matin, entra plus tôt dans sa chambre, et déposant sur sa table de nuit le bol de café au lait : « Allons, buvez vite. Denis est devant la porte qui nous

attend. Nous allons aux Peuples parce que j'ai affaire là-
bas. »

Jeanne crut qu'elle allait s'évanouir tant elle se sentit
émue ; et elle s'habilla en tremblant d'émotion, effarée et
défaillante à la pensée de revoir sa chère maison.

Un ciel radieux s'étalait sur le monde ; et le bidet, pris
de gaietés, faisait parfois un temps de galop. Quand on
entra dans la commune d'Etouvent, Jeanne sentit qu'elle
respirait avec peine tant sa poitrine palpitait ; et quand
elle aperçut les piliers de brique de la barrière, elle dit à
voix basse deux ou trois fois, et malgré elle : « Oh ! oh !
oh ! » comme devant les choses qui révolutionnent le
cœur.

On détela la carriole chez les Couillard ; puis, pendant
que Rosalie et son fils allaient à leurs affaires, les fermiers
offrirent à Jeanne de faire un tour au château, les maîtres
étant absents, et on lui donna les clefs.

Elle partit seule, et, lorsqu'elle fut devant le vieux
manoir du côté de la mer, elle s'arrêta pour le regarder.
Rien n'était changé au-dehors. Le vaste bâtiment grisâtre
avait ce jour-là sur ses murs ternis des sourires de soleil.
Tous les contrevents étaient clos.

Un petit morceau d'une branche morte tomba sur sa
robe, elle leva les yeux ; il venait du platane. Elle
s'approcha du gros arbre à la peau lisse et pâle, et le
caressa de la main comme une bête. Son pied heurta, dans
l'herbe, un morceau de bois pourri ; c'était le dernier
fragment du banc où elle s'était assise si souvent avec tous
les siens, du banc qu'on avait posé le jour même de la
première visite de Julien.

Alors elle gagna la double porte du vestibule et eut
grand-peine à l'ouvrir, la lourde clef rouillée refusant de
tourner. La serrure enfin céda avec un grincement des
ressorts ; et le battant, un peu résistant lui-même,
s'enfonça sous une poussée.

Jeanne tout de suite, et presque courant, monta jusqu'à

sa chambre. Elle ne la reconnut pas, tapissée d'un papier clair ; mais, ayant ouvert une fenêtre, elle demeura remuée jusqu'au fond de sa chair devant tout cet horizon tant aimé, le bosquet, les ormes, la lande, et la mer semée de voiles brunes qui semblaient immobiles au loin.

Alors elle se mit à rôder par la grande demeure vide. Elle regardait, sur les murailles, des taches familières à ses yeux. Elle s'arrêta devant un petit trou creusé dans le plâtre par le baron qui s'amusait souvent, en souvenir de son jeune temps, à faire des armes avec sa canne contre la cloison quand il passait devant cet endroit.

Dans la chambre de petite mère elle retrouva, piquée derrière une porte, dans un coin sombre, auprès du lit, une fine épingle à tête d'or qu'elle avait enfoncée là autrefois (elle se le rappelait maintenant), et qu'elle avait, depuis, cherchée pendant des années. Personne ne l'avait trouvée. Elle la prit comme une inappréciable relique et la baisa.

Elle allait partout, cherchait, reconnaissait des traces presque invisibles dans les tentures des chambres qu'on n'avait point changées, revoyait ces figures bizarres que l'imagination prête souvent aux dessins des étoffes, des marbres, aux ombres des plafonds salis par le temps.

Elle marchait à pas muets, toute seule dans l'immense château silencieux, comme à travers un cimetière. Toute sa vie gisait là-dedans.

Elle descendit au salon. Il était sombre derrière ses volets fermés et elle fut quelque temps avant d'y rien distinguer ; puis, son regard s'habituant à l'obscurité, elle reconnut peu à peu les hautes tapisseries où se promenaient des oiseaux. Deux fauteuils étaient restés devant la cheminée comme si on venait de les quitter ; et l'odeur même de la pièce, une odeur qu'elle avait toujours gardée, comme les êtres ont la leur, une odeur vague, bien reconnaissable cependant, douce senteur indécise des vieux appartements, pénétrait Jeanne, l'enveloppait de souvenirs, grisait sa mémoire. Elle restait haletante, aspirant cette haleine du passé, et les yeux fixés sur les deux sièges. Et soudain, dans une brusque hallucination qu'enfanta son idée fixe, elle crut voir, elle vit, comme elle les avait vus si souvent, son père et sa mère chauffant leurs pieds au feu.

Elle recula épouvantée, heurta du dos le bord de la porte, s'y soutint pour ne pas tomber, les yeux toujours tendus sur les fauteuils.

La vision avait disparu.

Elle demeura éperdue pendant quelques minutes ; puis elle reprit lentement la possession d'elle-même et voulut s'enfuir, ayant peur d'être folle. Son regard tomba par hasard sur le lambris auquel elle s'appuyait ; et elle aperçut l'échelle de Poulet.

Toutes les légères marques grimpaient sur la peinture à des intervalles inégaux ; et des chiffres tracés au canif indiquaient les âges, les mois, et la croissance de son fils. Tantôt c'était l'écriture du baron, plus grande, tantôt la sienne, plus petite, tantôt celle de tante Lison, un peu tremblée. Et il lui sembla que l'enfant d'autrefois était là, devant elle, avec ses cheveux blonds, collant son petit front contre le mur pour qu'on mesurât sa taille.

Le baron criait : « Jeanne, il a grandi d'un centimètre depuis six semaines. »

Elle se mit à baiser le lambris, avec une frénésie d'amour.

Mais on l'appelait au-dehors. C'était la voix de Rosalie : « Madame Jeanne, madame Jeanne, on vous attend pour déjeuner. » Elle sortit, perdant la tête. Et elle ne comprenait plus rien de ce qu'on lui disait. Elle mangea des choses qu'on lui servit, écouta parler sans savoir de quoi, causa sans doute avec les fermières qui s'informaient de sa santé, se laissa embrasser, embrassa elle-même des joues qu'on lui tendait, et elle remonta dans la voiture.

Quand elle perdit de vue, à travers les arbres, la haute

toiture du château, elle eut dans la poitrine un déchire-
ment horrible. Elle sentait en son cœur qu'elle venait de
dire adieu pour toujours à sa maison.

On s'en revint à Batteville.

Au moment où elle allait rentrer dans sa nouvelle
demeure, elle aperçut quelque chose de blanc sous la
porte ; c'était une lettre que le facteur avait glissée là en
son absence. Elle reconnut aussitôt qu'elle venait de Paul,
et l'ouvrit, tremblant d'angoisse. Il disait :

« Ma chère maman, je ne t'ai pas écrit plus tôt parce
que je ne voulais pas te faire faire à Paris un voyage
inutile, devant moi-même aller te voir incessamment. Je
suis à l'heure présente sous le coup d'un grand malheur et
dans une grande difficulté. Ma femme est mourante après
avoir accouché d'une petite fille, voici trois jours ; et je
n'ai pas le sou. Je ne sais que faire de l'enfant que ma
concierge élève au biberon comme elle peut, mais j'ai peur
de la perdre. Ne pourrais-tu t'en charger ? Je ne sais
absolument que faire et je n'ai pas d'argent pour la mettre
en nourrice. Réponds poste pour poste.

» Ton fils qui t'aime,

»Paul. »

Jeanne s'affaisa sur une chaise, ayant à peine la force
d'appeler Rosalie. Quand la bonne fut là, elles relurent la
lettre ensemble, puis demeurèrent silencieuses, l'une en
face de l'autre, longtemps.

Rosalie, enfin, parla : « J' vas aller chercher la petite,
moi, Madame. On ne peut pas la laisser comme ça. »

Jeanne répondit : « Va, ma fille. »

Elles se turent encore, puis la bonne reprit : « Mettez
votre chapeau, Madame, et puis allons à Goderville chez
le notaire. Si l'autre va mourir, faut que M. Paul l'épouse,
pour la petite, plus tard. »

Et Jeanne, sans répondre un mot, mit son chapeau.

Une joie profonde et inavouable inondait son cœur, une joie perfide qu'elle voulait cacher à tout prix, une de ces joies abominables dont on rougit, mais dont on jouit ardemment dans le secret mystérieux de l'âme : — la maîtresse de son fils allait mourir.

Le notaire donna à la bonne des indications détaillées qu'elle se fit répéter plusieurs fois ; puis, sûre de ne pas commettre d'erreur, elle déclara : « Ne craignez rien, je m'en charge maintenant. »

Elle partit pour Paris la nuit même.

Jeanne passa deux jours dans un trouble de pensée qui la rendait incapable de réfléchir à rien. Le troisième matin elle reçut un seul mot de Rosalie annonçant son retour par le train du soir. Rien de plus.

Vers trois heures elle fit atteler la carriole d'un voisin qui la conduisit à la gare de Beuzeville[1] pour attendre sa servante.

Elle restait debout sur le quai, l'œil tendu sur la ligne droite des rails qui fuyaient en se rapprochant là-bas, là-bas, au bout de l'horizon. De temps en temps elle regardait l'horloge. — Encore dix minutes — Encore cinq minutes — Encore deux minutes — Voici l'heure — Rien n'apparaissait sur la voie lointaine. Puis tout à coup elle aperçut une tache blanche, une fumée, puis, au-dessous, un point noir qui grandit, grandit, accourant à toute vitesse. La grosse machine enfin, ralentissant sa marche, passa, en ronflant, devant Jeanne, qui guettait avidement les portières. Plusieurs s'ouvrirent ; des gens descendaient, des paysans en blouse, des fermières avec des paniers, des petits bourgeois en chapeau mou. Enfin elle aperçut Rosalie qui portait en ses bras une sorte de paquet de linge.

Elle voulut aller vers elle, mais elle craignait de tomber tant ses jambes étaient devenues molles. Sa bonne, l'ayant vue, la rejoignit avec son air calme ordinaire ; et elle dit : « Bonjour, Madame ; me v'là revenue, c'est pas sans peine. »

Jeanne balbutia : « Eh bien ? »

Rosalie répondit : « Eh bien, elle est morte c'te nuit. Ils sont mariés, v'là la petite. » Et elle tendit l'enfant qu'on ne voyait point dans ses linges.

Jeanne la reçut machinalement et elles sortirent de la gare, puis montèrent dans la voiture.

Rosalie reprit : « M. Paul viendra dès l'enterrement fini. Demain à la même heure, faut croire. »

Jeanne murmura « Paul... » et n'ajouta rien.

Le soleil baissait vers l'horizon, inondant de clarté les plaines verdoyantes, tachées de place en place par l'or des colzas en fleur, et par le sang des coquelicots. Une quiétude infinie planait sur la terre tranquille où germaient les sèves. La carriole allait grand train, le paysan claquant de la langue pour exciter son cheval.

Et Jeanne regardait droit devant elle en l'air, dans le ciel que coupait, comme des fusées, le vol cintré des hirondelles. Et soudain une tiédeur douce, une chaleur de vie traversant ses robes, gagna ses jambes, pénétra sa chair ; c'était la chaleur du petit être qui dormait sur ses genoux.

Alors une émotion infinie l'envahit. Elle découvrit brusquement la figure de l'enfant qu'elle n'avait pas encore vue : la fille de son fils. Et comme la frêle créature, frappée par la lumière vive, ouvrait ses yeux bleus en remuant la bouche, Jeanne se mit à l'embrasser furieusement, la soulevant dans ses bras, la criblant de baisers.

Mais Rosalie, contente et bourrue, l'arrêta. « Voyons, voyons, madame Jeanne, finissez ; vous allez la faire crier. »

Puis elle ajouta, répondant sans doute à sa propre pensée : « La vie, voyez-vous, ça n'est jamais si bon ni si mauvais qu'on croit. »

Dossier

CHRONOLOGIE

1850. Guy de Maupassant naît le 5 août, soit au château de Miromesnil, près de Dieppe, soit à Fécamp. Mort de Balzac.

1854. Publication en français des *Récits d'un chasseur*, de Tourgueniev.

1856. Naissance du frère de Guy, Hervé, qui mourra fou. Ce qui ne sauve pas le ménage des parents — père égoïste, léger, faible, coureur, dépensier ; mère hypersensible, autoritaire, qui se pique de littérature. Séparation. Mme de Maupassant se retire aux Verguies, à Etretat, avec ses deux enfants.

1857. *Les Fleurs du Mal. Madame Bovary.* Procès intentés, pour immoralité, à Flaubert, puis à Baudelaire par le gouvernement impérial.

1862. *Père et fils*, de Tourgueniev. Apparition du mot *nihilisme*.

1863. Fin, pour le jeune Guy, de l'enfance libre et vagabonde ; il entre à l'Institution ecclésiastique d'Yvetot. *Dominique*, de Fromentin *Vie de Jésus*, d'Ernest Renan. Protectorat français sur le Cambodge. Guerre du Mexique. Aux élections législatives, progrès de l'opposition à Napoléon III.

1868. Guy fait sa rhétorique au collège impérial de Rouen. Il a pour correspondant Louis Bouilhet, poète, ami intime de Gustave Flaubert. C'est grâce à Bouilhet que le jeune Maupassant va connaître Flaubert et que Flaubert va devenir son père « littéraire ». Alphonse Daudet publie *Le Petit Chose.*

1869. Maupassant s'inscrit à la Faculté de Droit de Paris. Flaubert publie *L'Education sentimentale*, Daudet *Lettres de mon moulin*, les Goncourt *Madame Gervaisais*.

1870-1871. Guerre franco-allemande. Maupassant appartient à la classe 70. Il est versé dans l'Intendance à Rouen. Il assiste aux horreurs de la déroute. Il n'est démobilisé qu'en novembre 1871. Fin de l'Empire. Commune de Paris. *La Bonne Chanson*, de Paul Verlaine. *De l'Intelligence*, par H. Taine. Mort de Dickens.

1871-1872. Maupassant entre au ministère de la Marine, où il occupe une situation médiocre. Il trouve une compensation dans les exercices sportifs, en particulier dans le canotage sur la Seine. « Ma grande, ma seule, mon absorbante passion, pendant dix ans, ce fut la Seine. » Travaux littéraires sous la direction de Flaubert.

1873. Gouvernement de Mac-Mahon, dit « d'ordre moral ». Maupassant brocarde *l'imbécillité solennelle de ce crétin*. Daudet publie *Contes du Lundi*.

1875. Débuts littéraires. Un premier conte, *La Main d'écorché*, paraît dans l'*Almanach lorrain* de Pont-à-Mousson. Quelques pièces de vers ici et là ; il prépare une pièce de théâtre (*La Comtesse de Rhune*). Relations littéraires : chez Flaubert, Guy rencontre Zola, Daudet, E. de Goncourt, Tourgueniev ; chez Catulle Mendès, Mallarmé et Villiers de l'Isle-Adam. Il fréquente chez la princesse Mathilde. Il participe au groupe qui se forme autour de Zola et qui sera le groupe de Médan. Zola : *La Faute de l'abbé Mouret*.

1876. Premier repas Flaubert-Zola-Daudet, au café Riche. Constitution du groupe qui sera celui des « Soirées de Médan ».

1877. Maupassant souffre de troubles de santé. Cure aux eaux de Loèche. Flaubert : *Trois Contes*. Goncourt : *La Fille Elisa*. A la fin de l'année fait le plan d'un roman qui sera, sans doute, *Une vie*.

1878. Le 18 décembre, il donne sa démission du ministère de la Marine, puis, grâce à Flaubert, entre à celui de l'Instruction Publique. Il déteste ce métier de gratte-papier ; il espère avec impatience le jour où il pourra « claquer la porte ».

1879. Débuts au théâtre : Maupassant fait jouer un acte :

Histoire du Vieux Temps. Démission de Mac-Mahon. Fin de l'Ordre moral. *Nana*, de Zola.

1880. 16 avril : *Les Soirées de Médan;* Maupassant a donné *Boule de Suif;* admiration de Flaubert ; grand succès. 25 avril : *Des vers*, recueil poétique. 8 mai : mort de Flaubert, foudroyé par l'apoplexie ; immense chagrin de Maupassant. Juin : Maupassant, enfin ! « claque la porte », il quitte l'administration. Septembre : voyage en Corse. Premiers « mardis » chez Mallarmé. Dostoïevski : *Les Frères Karamazov*. Le 14 juillet devient fête nationale. Loi d'amnistie : retour des anciens communards. Décrets sur l'expulsion des Jésuites.

1881. Maupassant est lancé. Il entre au *Gaulois*, au *Gil Blas*, au *Figaro*, à *L'Echo de Paris*. Intense activité journalistique qui va nourrir son œuvre. Mai : *La Maison Tellier*, recueil de contes. Voyage en Afrique du Nord (Tunisie, Algérie). A. France : *Le Crime de Sylvestre Bonnard*, P. Verlaine . *Sagesse*, Ibsen : *Les Revenants*. Renoir peint *Le Déjeuner des canotiers*, Manet : *Le Bar des Folies-Bergère*.

1882. Nouveau recueil de contes, *Mademoiselle Fifi*. Voyage estival en Bretagne. Henri Becque : *Les Corbeaux*.

1883. Premier roman : *Une vie*, d'abord publié en feuilleton dans *Gil Blas*, du 27 février au 6 avril. Juin : *Contes de la Bécasse*. Maupassant a fait construire *La Guillette* sur la route de Criquetot, près d'Etretat. Mort de Tourgueniev, de Manet, de Wagner. Renan : *Souvenirs d'enfance et de jeunesse*. Nietzsche : *Ainsi parlait Zarathoustra*. Villiers de l'Isle-Adam : *Contes cruels*.

1884. Travail intense. En janvier : un récit de voyages, *Au soleil;* en avril : un autre recueil de contes, *Clair de lune;* en juillet, autre recueil, *Miss Harriet*, et encore un autre recueil, *Les Sœurs Rondoli*. En préface à la publication des lettres de Flaubert à George Sand, il écrit une étude sur Flaubert. Début des troubles nerveux (maux de tête, irritabilité, angoisses). Verlaine : *Jadis et naguère;* Daudet : *Sapho;* J.-K. Huysmans : *A Rebours;* Ibsen : *Le Canard sauvage;* Massenet : *Manon*.

1885. Trois recueils de contes : *Yvette*, *Contes du jour et de la nuit*, *Toine*. Mai : *Bel-ami*, publié en feuilleton dans *Gil Blas*, du 6 avril au 30 mai. Maupassant déménage de la rue

Dulong à la rue de Montchanin (aujourd'hui rue Jacques-Bingen), dans le quartier de la plaine Monceau. Appartement cossu. Printemps : voyage en Italie, en Sicile Eté : cure à Châtelguyon. Zola : *Germinal ;* Jules Laforgue : *Complaintes ;* Paul Bourget : *Cruelle énigme.* Pasteur découvre le vaccin contre la rage. Ouverture du grenier des Goncourt. Mort de Jules Vallès et de Victor Hugo.

1886. Toujours des contes : *Monsieur Parent, La Petite Roque.* Court séjour en Angleterre. Navigation sur le voilier *Bel-Ami.* Vie trépidante : Maupassant s'épuise. Pierre Loti : *Pêcheur d'Islande.* Rimbaud . *Les Illuminations ;* Drumont : *La France Juive ;* Moréas : *Manifeste symboliste ;* Nietzsche : *Par-delà le bien et le mal ;* E. de Vogüé : *Le Roman russe.* Dernière exposition des impressionnistes ; Seurat présente *La Grande Jatte.*

1887. Un roman, *Mont-Oriol,* publié en feuilleton dans *Gil Blas,* du 23 décembre 1886 au 6 février 1887. Un recueil de contes, en mai, *Le Horla.* Octobre en Algérie. Zola : *La Terre.* Manifeste antinaturaliste des Cinq. Mallarmé : *Poésies.* Fondation du Théâtre libre d'Antoine. Strindberg : *Le Père.*

1888. Un roman : *Pierre et Jean,* publié en feuilleton dans *La Nouvelle Revue,* du 1er décembre 1887 au 1er janvier 1888 et précédé d'une *Etude sur le roman.* Un deuxième journal de voyage : *Sur l'eau.* Un autre recueil de contes, *Le Rosier de Madame Husson.* Voyage en Tunisie dans l'hiver 88-89. Les troubles s'aggravent. Van Gogh peint *Les Tournesols.* Barrès : *Sous l'œil des Barbares.*

1889. Contes : *La Main gauche, Fort comme la mort :* roman. Agonie de son frère Hervé, victime de la folie. Croisière sur *Bel-Ami II* en Italie. Maux de tête et d'yeux insupportables. Zola : *La Bête humaine ;* Barrès : *Un homme libre ;* Claudel : *Tête d'or ;* Bourget : *Le Disciple ;* Maeterlinck : *La Princesse Maleine ;* D'Annunzio : *Le Plaisir ;* Bergson : *Essai sur les données immédiates de la conscience.* Exposition universelle de Paris, avec la tour Eiffel.

1890. Récit de voyages : *La Vie errante.* Dernier recueil de contes : *L'Inutile Beauté.* Dernier roman : *Notre cœur,* paru en feuilleton dans *La Revue des Deux Mondes* de mai et de juin. Dernière pièce de théâtre, *Musotte.* Déménagement

vers la rue du Boccador dans le quartier des Champs-
Elysées. Tentative de cure à Aix-les-Bains, Plombières,
Gérardmer. Tentatives de repos à Cannes, à Alger. Fonda-
tion du Théâtre d'Art par Paul Fort. Renan : *L'Avenir de la
Science*. W. James : *Principes de psychologie*. Mort de Van
Gogh.

1891. Cures à Divonne et à Champel-les-Bains, Maupassant
s'acharne au travail. Il commence *L'Ame étrangère, L'Angélus*. Zola : *L'Argent*. Gide : *Les Cahiers d'André Walter*.
Barrès : *Le Jardin de Bérénice*.

1892. 1ᵉʳ janvier : tentative de suicide. 6 janvier : folie, interne-
ment dans la clinique du docteur Blanche à Passy. Pierre
Loti : *Fantôme d'Orient*. France : *L'Etui de nacre*. Claudel .
La jeune fille Violaine.

1893. Mort de Maupassant (6 juillet). Il a 43 ans. Inhumation le
8 au cimetière Montparnasse.

NOTICE

Une vie fut publié en feuilleton dans le *Gil Blas*, du 27 février au 6 avril 1883, et parut presque aussitôt chez Victor Havard, l'éditeur auquel Maupassant faisait alors confiance. La publication de fragments de la correspondance de Maupassant par René Dumesnil dans l'édition de la Librairie de France des *Œuvres complètes* (*Chroniques, études et correspondance*, 1938), puis par Artine Artinian et Edouard Maynial (*Correspondance inédite*, Wapler, 1951), celle (malheureusement incomplète) d'un important manuscrit par Louis Barthou dans *La Revue des Deux Mondes* le 15 octobre 1920 (« Maupassant inédit. Autour d'*Une vie* »), la découverte d'autres manuscrits correspondant à des chapitres isolés du livre, l'excellente étude enfin d'André Vial (*La Genèse d'* « *Une vie* », Les Belles Lettres, 1954) permettent de reconstituer de façon à peu près vraisemblable l'histoire du roman.

Cette histoire est longue et, pour son premier roman, Maupassant s'est visiblement donné beaucoup de mal. Le 10 décembre 1877 il écrit à Flaubert : « J'aurai achevé de refaire mon drame vers le 15 janvier... J'ai fait aussi le plan d'un roman que je commencerai aussitôt mon drame terminé. » (René Dumesnil, *op. cit.*, p. 234.) On sait que Maupassant apprit son métier auprès de Flaubert et qu'il faisait le plus grand cas de ses avis lesquels durent être, en la circonstance, favorables puisqu'il écrit à sa mère, le 21 janvier 1878 : « Flaubert... s'est montré fort enthousiaste du projet de roman que je lui ai lu. Il m'a dit : " Ah ! oui cela est excellent, voilà un vrai roman, une vraie idée. " Avant de m'y mettre définitivement, je vais encore travailler mon plan pendant un mois ou six semaines. » (Artinian, *op. cit.*, p. 36.) Nouvelle lettre à sa mère le 15 février 1878 : « Je travaille ferme à mon roman et j'espère que j'en aurai un bon bout de fait avant l'été... Enfin, avec beaucoup de retards, je finirai toujours certainement pour le jour de l'an prochain. Et peut-être aurai-je terminé bien avant. » (Artinian, *op. cit.*, p. 39.) Puis c'est une autre lettre à sa mère, le 21 mars 1878 : « J'ai interrompu en ce moment mon roman pour finir ma *Vénus rustique* » (Dumesnil, *op. cit.*, p. 236). Il est encore question du roman dans deux lettres d'avril 1878 adressées à sa mère et à Robert Pinchon puis, après une dernière lettre à sa mère écrite pendant l'été (« Je travaille en ce moment beaucoup à mon roman », Albert Lumbroso — *Souvenirs sur Maupassant*, Rome, Bocca, 1905, p. 115), on n'entend plus parler du projet dans la correspondance, rassemblée, il est vrai, et publiée de façon tout à fait incomplète.

Ce roman qui occupe si fort Maupassant en 1878 est-il le point de départ d'*Une vie* ? Edouard Maynial pensait que non, qu'il s'agissait d'un projet juvénile auquel Maupassant, changeant de manière et ayant achevé sa puberté littéraire, avait par la suite renoncé : comment le même homme aurait-il pu mettre en chantier en même temps des œuvres aussi différentes de sujet, de ton, d'intention morale que la *Vénus rustique* et *Une vie* ? L'argument ne manque pas de poids et André Vial l'a moins réfuté qu'il n'a entrepris de démontrer que le roman de 1878 ne peut être qu'*Une vie,* si l'on s'en tient à un examen attentif de la correspondance et des divers manuscrits qui ont été retrouvés depuis la publication par Louis Barthou dans *La Revue des Deux Mondes* (art. cité, p. 746-755) du plus important d'entre eux, celui que Maupassant appelait le « vieux manuscrit » et qui correspond aux quatre premiers chapitres de l'œuvre définitive. Pour l'ensemble de la démonstration, nous renvoyons à l'ouvrage d'André Vial (*La Genèse d' « Une vie »*) dont nous résumons les conclusions : le roman a été commencé au printemps de 1878, les premiers chapitres étant rondement menés jusqu'à ce que l'été 1878 marque une défaillance dans le travail de l'écrivain, qui écrit alors à sa mère. « C'est rudement difficile ; surtout pour la mise en place de chaque chose et les transitions » (Lumbroso, *op. cit.*, p. 115). A l'automne Maupassant se remet au travail, rédige le chapitre VII, « conçoit et consomme l'unité technique de son roman » (Vial), puis le laisse en plan au moment où les jeunes mariés sont revenus aux Peuples après leur voyage de noces : c'est en effet la partie la plus délicate de l'histoire, celle où il ne se passe rien, où l'on tombe dans le rien, où Jeanne s'aperçoit qu'elle « n'a plus rien à faire, plus jamais rien à faire », que son mari est un mufle et que le mariage est un « trou sans bords » dans lequel elle est « tombée ». Maupassant comprend peut-être à ce moment-là que son sujet le conduit à écrire une autre Bovary, qu'il faut être Flaubert ou rien, et « à la fin de 1878 commence pour *Une vie* un sommeil qui durera deux ans » (Vial, *op. cit.*, p. 19). Maupassant, par ailleurs astreint à d'ennuyeuses fonctions au ministère de l'Instruction publique, écrit le 13 janvier 1879 à Flaubert : « Je me sépare de plus en plus de mon pauvre roman ; j'ai peur que le cordon ombilical soit coupé » (Dumesnil, *op. cit.*, p. 260), et, sans vouloir faire intervenir ces trop faciles considérations sur la mort du père, il n'est pas impossible que la disparition en mai 1880 de Flaubert, présence bien-aimée mais écrasante, soit l'événement qui plus ou moins consciemment lui donne le courage de se remettre au travail, sans doute après le voyage en Corse de l'été 80 (dont il fera le voyage de noces de Jeanne et Julien). Au printemps suivant, il semble bien, en tout cas, avoir fermement repris la conduite du roman, puisqu'il publie le 7 mai 1881 dans *Le Gaulois* une nouvelle, *Par un soir de printemps*, dont l'anecdote se retrouve dans le chapitre IV d'*Une vie*. D'autres nouvelles dont l'*Histoire corse* de décembre 81 (voir les notes) nous permettent de reconstituer la chronologie de l'œuvre dont le brouillon, selon Vial (*op. cit.*, p. 24), « fut achevé au plus tard en mai 1882 ». En somme, pour citer encore Vial : « De l'automne 1877, où l'on perçoit le premier tressaillement de l'œuvre, à avril 1883 où le fruit apparaît à la devanture des libraires, Maupassant a porté son roman presque six ans. » On voit que l'image traditionnellement appliquée à Maupassant de l'écrivain produisant ses œuvres « comme un pommier pousse ses pommes » demande à être corrigée.

Les manuscrits conservés ne concernent que les premiers chapitres du roman. Ils n'en permettent pas moins de suivre de très près le travail de l'écrivain, au moment où il apprend ce métier de romancier qu'il possédera bientôt mieux que personne. Là encore, nous renvoyons à l'étude d'André Vial (et aux notes

de cette édition). Rien d'inattendu d'ailleurs ; Maupassant
resserre, accélère le récit, supprime ou élague les épisodes qui
auraient fait double emploi l'un avec l'autre (le repas de baptême
de la « Jeanne » et le repas de noces, le chien « Massacre » et le
jeune aveugle), accuse les ombres, durcit les traits de quelques
personnages (de Julien en particulier), élimine certaines figures
secondaires : ainsi les deux tantes et les deux cousines de Jeanne
qui céderont la place à tante Lison, si efficace dans son
effacement, ou Henry, le frère de Jeanne, dont la pénible
vulgarité aurait rendu Julien, par comparaison, moins antipathi-
que, et pouvait contredire le caractère d'innocence un peu niaise
mais charmante qui s'attache à toute la famille Le Perthuis des
Vauds. Un beau travail de « mise en place », logique, serré,
frugal, sans complaisance, « sans ficelles, sans combinaisons
dramatiques et savantes, sans trop de recherche de style, en quoi
il se sépare de la poétique flaubertienne », écrit René Dumesnil
(*Guy de Maupassant*, p. 188), même s'il y a dans le roman
quelques effets d'un lyrisme un peu facile, qu'exigeait sans doute
la place importante faite au décor et aux évocations de nature.
Mais *Une vie* nous montre déjà le meilleur Maupassant, le vrai,
pas celui de *Fort comme la Mort* et des nouvelles mondaines, celui
qui dès 1878 écrivait à son père : « Je ne désire qu'une chose,
c'est de n'avoir pas de goût » (Dumesnil, *Correspondance*, *op.
cit.*, p. 237) et qui dix ans plus tard, dans la préface de *Pierre et
Jean*, réglera leur compte aux « collectionneurs de termes
rares », c'est-à-dire aux Goncourt, et au « vocabulaire bizarre,
compliqué, nombreux et chinois qu'on nous impose aujourd'hui
sous le nom d'écriture artiste ». « Un travailleur consciencieux et
tenace », c'est ainsi que, trop modestement, il se définit ; c'est
bien ainsi qu'il apparaît à travers la genèse d'*Une vie*.

Le choix du texte pose des problèmes assez délicats. En
principe, le plus simple serait de se reporter à l'originale de 1883
(c'est ce qu'a fait, par exemple, le responsable de l'édition
Conard de 1908) : celle-ci cependant paraît assez peu soignée
(elle reproduit purement et simplement les placards du *Gil Blas*),
comporte des bizarreries de ponctuation, d'évidentes et assez
nombreuses coquilles (ainsi le château du comte de Fourville au
chapitre IX, page 160 de notre édition, est décrit comme un
« manoir de comte » alors qu'il ne peut s'agir que d'un « manoir
de conte ») et surtout on a l'impression que Maupassant n'a pas

très soigneusement corrigé les épreuves, tant ses yeux étaient à l'époque fatigués. Il écrit à Victor Havard en février 83 (Artinian, *Correspondance, op. cit.*) : « Je commence à corriger les épreuves d'*Une vie*, mais je ne puis aller plus vite, ayant les yeux très malades. » Et au début d'avril 1883, aux éditeurs Rouveyre et Blond, qui préparaient *Les Contes de la Bécasse* : « Je ne puis vous renvoyer les épreuves par le retour du courrier. Ayant les yeux malades, je suis obligé de les faire relire par un ami. » (Dumesnil, *Correspondance, op. cit.*).

Si l'on s'en tient aux catalogues (celui de la Nationale en particulier) et aux bibliographies, la seconde édition est celle qui parut chez Ollendorff en 1901, donc après la mort de l'écrivain, dans la série des *Œuvres complètes*. Cette édition qui est assez correcte (bien que la dédicace à Mme Brainne ait été supprimée) comporte un certain nombre de variantes sur le plan de la ponctuation et même du texte, dont on ne voit pas très bien à qui les attribuer. Nous avons pensé qu'il devait y avoir une édition intermédiaire, qu'Ollendorff avait reproduite en 1901, et Edouard Maynial (*La vie et l'œuvre de Guy de Maupassant*, Mercure de France, 1906, p. 132) fait en effet état d'une édition parue en 1893, par les bons soins déjà d'Ollendorff, *édition revue*, précise-t-il, et ornée d'un portrait et de la reproduction d'un autographe de l'écrivain. Albert Lumbroso mentionne également cette édition Ollendorff 1893 aux pages 232 et 270 de ses *Souvenirs sur Maupassant* (Rome, Bocca Frères, 1905).

Or cette édition n'est citée nulle part en dehors de Maynial et Lumbroso, et ne figure dans aucune bibliothèque (ni la Nationale et les meilleures bibliothèques parisiennes ni la Bibliothèque municipale de Rouen, etc.). Nous en avons retrouvé un exemplaire grâce à l'obligeance de M. Max-Ph. Delatte, le libraire bien connu de la rue de la Pompe. Mais cette découverte, dont nous attendions beaucoup, n'a fait qu'accroître nos perplexités : il s'agit d'une édition soignée, mais qui paraît intermédiaire entre l'édition de 1883 et celle de 1901. Elle corrige en certains points l'originale mais ne comporte pas (surtout en ce qui concerne la ponctuation) certaines des modifications que l'on relève dans l'édition de 1901, dont il faut bien admettre qu'elle a subi certaines interventions, à vrai dire mineures, qui ne sont pas le fait de Maupassant, même si quelques-unes de ces interventions (encore une fois sur le plan surtout de la ponctuation) nous paraissent plutôt améliorer le texte. Il n'en reste pas moins que l'édition de 1893 est bien celle qui a été revue par l'écrivain : celui-ci, rompant avec Havard et confiant l'ensemble de son œuvre à Ollendorff, a pu travailler vers la fin de 1891, avant de tomber dans la démence, à ces rééditions, à certaines d'entre elles, en tout cas, puisqu'*Une vie* est le seul des volumes Ollendorff avec *Mademoiselle Fifi* (réédité également en 1893) qui porte la mention : *édition revue*.

Nous avons donc pris le parti de nous en tenir à l'édition de 1893 ; notre intention n'étant pas d'établir une édition critique, nous avons seulement signalé quelques-unes des différences les plus importantes qu'elle présente par rapport aux éditions de 1883 et 1901 et corrigé les quelques coquilles évidentes qu'elle comporte. Pour la ponctuation le relevé des variantes nous aurait entraîné trop loin ; nous nous en sommes tenu à 1893, étant bien entendu que la ponctuation de Maupassant, comme celle de beaucoup d'écrivains de son temps, présente des bizarreries que nous entendons aujourd'hui assez mal.

Un mot sur l'accueil fait au roman : très bon si l'on en croit les extraits de presse recueillis par René Dumesnil dans son édition de la Librairie de France. Notons cependant que les critiques, en général hostiles au « naturalisme » et au « cynisme » de l'auteur de *Boule de Suif*, le félicitent surtout d'avoir mis une bonne quantité d'eau dans son vin, ainsi Brunetière dans un article aimablement intitulé « Les petits naturalistes » (*La Revue des Deux Mondes*, 1er août 1884) et Maxime Gaucher (*La Revue Bleue*, 21 avril 1883), qui est enchanté de l' « humble vérité » : « La vérité était moins humble, n'est-ce pas, dans *La Maison Tellier* ? Vous verrez que le réalisme — il faut dire aussi que M. de Maupassant n'est qu'un demi-réaliste — finira par quitter les bas-fonds et les cloaques. » Maupassant est bien encore un peu brutal mais il plaît aux femmes qui « croiront plus ou moins avoir été Jeanne, retrouveront leurs propres émotions et seront particulièrement attendries » (Paul Alexis, *Le Réveil*, 15 avril 1883), il a des « attaches solides d'athlète », se recommande par son « exubérance de santé » (*idem*), compliment qui est rarement fait aux « élèves de Zola », et Paul Bourget écrira l'année suivante que Maupassant traduit « les tendances de la génération nouvelle » mais de façon conforme à « la vieille tradition française » (*Journal des Débats*, 21 mai 1884). En somme tout le monde est content, sauf le ministre de l'Intérieur qui défendit pendant quelque temps la vente d'*Une vie* dans les gares, ce qui n'empêcha pas le roman de se vendre en huit mois à 22 000 exemplaires.

NOTES

Page 26.

1. L'ami mort, c'est évidemment Flaubert, le roman étant ainsi présenté comme un hommage au maître disparu. Mme Brainne était la fille de H. Rivoire, ancien directeur du *Mémorial de Rouen* (qui devint *Le Nouvelliste*) et la femme de Charles Brainne, normalien et journaliste de talent qui mourut en 1864. Sa sœur avait épousé Charles Lapierre. Mme Brainne et Mme Lapierre étaient grandes amies de Flaubert qui, « dans ses lettres à sa nièce, les appelle toujours " Les Anges " surnom qu'elles méritaient autant pour leur beauté que pour leur gentillesse à l'égard du solitaire » (René Dumesnil, *Guy de Maupassant*, Tallandier, 1947). Maupassant était, à Paris, parmi les plus assidus des familiers de Mme Brainne, qui d'ailleurs lui reprochait souvent de ne pas l'être assez (voir une lettre de l'écrivain citée à la page 275 de *Etudes, chroniques et correspondance*, recueillies et annotées par René Dumesnil, Librairie de France, 1930). Elle essaya de l'apprivoiser, de lui donner le goût de la bonne société et des relations mondaines (goût que Maupassant, par la suite, ne prit que trop et avec de funestes résultats pour la seconde partie de son œuvre), d'exercer même sur lui une influence littéraire. La crudité réaliste, qui était le fond du caractère de Maupassant, lui paraissait déplacée, comme le montre cette lettre adressée par l'auteur de *La Maison Tellier* à Flaubert le 5 juillet 1878 : « De temps en temps, je vais passer une heure ou deux chez notre bonne amie Mme Brainne, qui est la meilleure femme de la terre et que j'aime de tout mon cœur. Je

lui raconte beaucoup d'histoires qui lui semblent, je crois, par moments, un peu crues. Elle me trouve bien peu sentimental. Elle me raconte ses rêves et je lui narre des réalités. » (*Correspondance* recueillie par Dumesnil, *op. cit.*) C'est peut-être parce que Maupassant se montre relativement « sentimental » dans *Une vie* que son livre est dédié à Mme Brainne et aussi parce que celle-ci avait été profondément choquée par *Boule de Suif*. Le 1er février 1880, Flaubert écrit à sa nièce : « *Boule de Suif...* [est] un chef-d'œuvre de composition, de comique et d'observation, et je me demande pourquoi il a choqué Mme Brainne. J'en ai le vertige. Serait-elle bête ? », et un peu plus tard à Maupassant lui-même : « Le scandale de Mme Brainne me donne le vertige » (lettre citée par Dumesnil, *Guy de Maupassant*, p. 163). Quoi qu'il en soit, Mme Brainne appartient à ce groupe d'amis de Maupassant qui s'efforcèrent de « civiliser » l'écrivain et de l'amener à peindre avec complaisance les classes « supérieures » de la société. Ainsi Taine qui lui écrit en mars 1882 (lettre citée par Louis Barthou dans un article de *La Revue des Deux Mondes*, 15 octobre 1920, « Maupassant inédit. Autour d'*Une vie* ») : « Vous peignez des paysans, des petits-bourgeois, des ouvriers, des étudiants et des filles. Vous peindrez sans doute un jour la classe cultivée, la haute bourgeoisie... A mon sens, la civilisation est une puissance ; un homme né dans l'aisance, héritier de trois ou quatre générations honnêtes, laborieuses et rangées, a plus de chances d'être probe, délicat et instruit... Cette doctrine est bien aristocratique ; mais elle est expérimentale et je serai heureux quand votre talent prendra pour objet les femmes et les hommes qui, par leur culture et leurs sentiments, sont l'honneur et la force de leur pays. » La peinture de la « classe cultivée » est moins féroce et provocante dans *Une Vie* que dans *Boule de Suif*, mais elle est encore sans complaisance, d'où « l'humble vérité ».

Quant à l'épigraphe, Maupassant y tenait beaucoup ; elle résume en effet les intentions littéraires et morales du roman (voir la préface). Dans une lettre de mars 1883 adressée à Victor Havard et reproduite par Edouard Maynial et Artine Artinian (*Correspondance inédite de Maupassant*, Wapler 1951), il écrit : « *L'humble vérité* doit être mis en épigraphe, comme je l'indique. »

Page 27.

1. Sur cette date, voir la préface.

Page 28.

1. Le couvent, aujourd'hui école, du Sacré-Cœur, dans le quartier du même nom, à Rouen.

Page 29.

1. L'allusion n'est pas très claire. Il s'agit sans doute de ces statuettes ou de ces pichets à bière en forme de personnages assis masculin et féminin (les « jacquots » et les « jacquelines ») qu'on fabriquait à Delft à la fin du XVIIᵉ et au XVIIIᵉ siècle, bien que le bleu de leurs yeux ne soit pas particulièrement frappant. On peut aussi penser aux plats et aux carreaux en faïence de Delft, souvent décorés de personnages bleus aux yeux dilatés.

2. Tout ce début est beaucoup plus développé dans la première version du roman, le « vieux manuscrit » publié par Louis Barthou (voir la notice). Il y est assez longuement question du départ du couvent, des « adieux à la bonne sœur qui pleurait » ; le voyage, du couvent au manoir des Peuples, est coupé par une étape à Rouen dans la maison familiale (à l'occasion de laquelle on fait connaissance avec Henry, le frère indigne de Jeanne, personnage supprimé par la suite, toute la noirceur masculine étant reportée sur Julien). Diverses anecdotes illustrent la générosité presque pathologique du baron et surtout le début du roman n'est pas placé sous le signe de la pluie.

3. *Peuples* est le nom normand pour peupliers. Yport est un bourg de pêcheurs (aujourd'hui petite station balnéaire) situé entre Fécamp et Etretat dans une crique, au débouché d'un vallon boisé. L'aspect du village et ses environs sont exactement rendus dans le roman.

Page 31.

1. Le mont Riboudet, lui-même dominé par le mont Saint-Aignan, est une colline de faible hauteur à l'ouest de Rouen. Le « long boulevard du mont Riboudet » (qui existe encore sous ce nom) est bien la sortie que doivent prendre nos voyageurs pour gagner Yport, qu'ils prennent la route de Croisset et Caudebec ou celle d'Yvetot.

2. L'édition Ollendorff de 1901 dit : « tombantes ». Nous maintenons « pendantes » qu'attestent l'édition originale et celle de 1893.

Page 32.

1. Eletot est un village situé au nord-est de Fécamp, dans la direction de Saint-Valery-en-Caux. C'est à Eletot que naquit Adrienne Legay, l'héroïne de *Boule de Suif.*

2. Si l'on admet que le franc de 1820 a à peu près la même valeur que le franc balzacien et que celui-ci représente environ quatre de nos nouveaux francs, on voit que les revenus du baron sont, en effet, assez confortables : 120 000 F par an. Plus confortables même que ne le dit ce chiffre, les équivalences entre le franc de la Restauration et le franc actuel étant toujours très approximatives par suite du prix très différent des denrées, de la terre, des loyers, des domestiques, des biens de consommation, etc., et, dans un milieu rural comme celui des Le Perthuis des Vauds, l'approximation joue plutôt en faveur du franc 1820. Il est en particulier certain qu'une ferme dans le pays de Caux vaudrait aujourd'hui beaucoup plus de $6\,400 \times 4 = 25\,600$ F.

Page 34.

1. On dit en général que le château des Peuples est le château de Grainville-Ymauville où Maupassant passa une partie de son enfance. Ainsi René Dumesnil (*op. cit.*, p. 83) : « Quatre ans après la naissance de Guy, les Maupassant s'installèrent au château de Grainville-Ymauville, canton de Goderville, arrondissement du Havre.... C'est le château décrit dans *Une vie* très fidèlement. Maupassant dit à Pinchon (de qui je tiens ce détail) qu'il n'avait eu, pour peindre le cadre extérieur du roman, qu'à transcrire ses souvenirs d'enfance. Mais peut-être leur dut-il davantage. C'est à Grainville-Ymauville que naquit Hervé en 1856. C'est là que son père eut certaines aventures ancillaires qui, un peu plus tard, furent cause de la rupture entre les époux. » Quelle que soit la valeur du témoignage de Robert Pinchon (un des camarades de jeunesse de l'écrivain et un des canotiers d'Argenteuil, celui qu'on surnommait « la Tôque »), il ne parle que de « souvenirs d'enfance » et Grainville-Ymauville n'est pas sur une falaise qui domine la mer, mais à l'intérieur des terres. D'ailleurs Maupassant n'y vécut que deux ans (de 54 à 56)

et, pour évoquer les Peuples, il s'est peut-être aussi souvenu de la maison, « les Verguies », que sa mère habitait à Etretat après s'être séparée de son mari, et aussi de bien d'autres châteaux du pays cauchois.

Page 35

1. Toutes les tapisseries sont sans doute « flamandes » et « très vieilles » pour Maupassant, dont la culture artistique est assez vague.

Page 36.

1. Pyrame, jeune Babylonien, aime Thisbé. Celle-ci l'attend sous un mûrier blanc, lorsqu'elle voit accourir une lionne à la gueule ensanglantée. Elle s'enfuit en abandonnant son voile que la lionne déchire. Pyrame arrive, voit le lambeau sanglant du voile de Thisbé et se tue. Thisbé revient et se tue à son tour. Le mûrier désormais ne produit que des fruits rouges.

Page 39.

1. L'édition Ollendorff de 1901 porte « indescriptible ». Bizarre coquille ou correction intempestive (qui s'expliquerait par le léger pléonasme que fait « indestructible » par rapport à « indéfiniment ») ; nous maintenons « indestructible » qu'attestent l'édition originale et celle de 1893.

Page 42.

1. Ce hameau ne figure sur aucune carte. Maupassant a pu l'imaginer à partir d'Epivent, lieu-dit situé près de Bordeaux-Saint-Clair ou du château et de la plaine que l'on appelait communément Touvent sur la route de Gruchet-le-Valasse. (Nous devons ces suggestions à l'obligeance de M. Lucien Dufils, de Froberville.)

Page 43.

1. Il y a, à cet endroit, dans le « vieux manuscrit », une longue incidente consacrée à un petit aveugle que Jeanne recueille. De même qu'il a supprimé beaucoup de personnages secondaires et inutilement encombrants, Maupassant a éliminé cet épisode, d'ailleurs très sentimental et même « misérabiliste », qui aurait alourdi le roman d'une présence inutile et faisait à

certains égards double emploi avec celui du chien « Massacre » (v. chap. X). Sur ce problème, se reporter à André Vial : *La Genèse d' « Une vie »*, Les Belles Lettres, 1954 (p. 69 et *sq.*). L'image de la jeune femme portant la barbue avec son père termine le chapitre de façon beaucoup plus heureuse.

Page 45.

1. Les prouesses nautiques de Jeanne ne sont pas très vraisemblables, même si nous sommes à l'époque où la duchesse de Berry allait mettre (à Dieppe) les bains de mer à la mode. Maupassant évoque ici ses propres expériences d'excellent nageur et il a voulu peut-être insister sur le contraste entre l'exceptionnelle vitalité physique de Jeanne et sa nullité psychologique et intellectuelle.

Page 46.

1. Le baron, c'est évidemment ici Maupassant lui-même.

Page 47.

1. De Mme de Staël, publié en 1807.

Page 48.

1. Parce qu'on venait de le traduire, avec un succès considérable dans la bonne société et le public de la Restauration. De *Corinne* à Walter Scott, en passant par Béranger, la culture de la baronne est parfaitement cohérente. Remarquons tout de même un léger anachronisme : nous sommes en 1819, et Walter Scott ne semble pas avoir été traduit avant 1820. (*La Dame du lac* a été traduit en 1820 et *Ivanhoé* en 1821.) Mais la baronne sait peut-être l'anglais.

Page 49.

1. Ollendorff 1901 omet « noires » qui est attesté par l'édition originale de 1883 et celle de 1893.

Page 53.

1. On croirait le portrait de Maupassant lui-même (avec la barbe en plus), qui a mis (expulsé) un peu de sa propre nature dans le personnage de Julien (comme aussi bien dans celui de « Bel-Ami »).

Page 56.

1. La « Petite porte », ou porte d'Amont, est la grande arcade naturelle qui termine la falaise d'Amont. L'autre « porte » est la porte d'Aval, en forme d'arcade gothique, devant laquelle se dresse la fameuse aiguille, gloire d'Etretat.

2. Là encore, c'est Maupassant qui parle.

Page 59.

1. Le cousin est une sorte de moustique de grande taille ; l'image n'est pas très heureuse et bien inutile. Maupassant a voulu faire d'*Une vie*, à certains égards, un roman « poétique », descriptif, sensible ; cela ne lui réussit pas toujours. Le ton du passage hésite entre Flaubert et Hugo.

Page 60.

1. La Chambre-aux-Demoiselles est une petite grotte creusée dans la partie supérieure d'une aiguille de la falaise d'Aval.

Page 61.

1. Cet excellent passage, où l'énumération des lieux communs sur le voyage s'achève par l'éloge obligatoire de la France, de son « climat tempéré » et de son ascendance athénienne, aurait enchanté Flaubert, le Flaubert de *Bouvard et Pécuchet* et du *Dictionnaire des idées reçues*. Il peut faire penser à la première conversation d'Emma avec Léon, lors de son arrivée à Yonville (*Madame Bovary*, II, 2).

Page 65.

1. Le serpent est un instrument à vent en bois recouvert de cuir et recourbé en forme de S. D'origine très ancienne et d'effet musical sommaire, il était encore utilisé au début du XIXe siècle pour accompagner les chantres à l'église ou dans les processions.

Page 67.

1. 1883 et 1893 portent « plutôt », coquille évidente, rectifiée dans la plupart des éditions postérieures.

2. Ce paragraphe est tout ce qui reste de la description très longue et colorée, avec quantité de personnages secondaires et d'insistance sur les ripailles à la normande, que Maupassant avait

faite du repas de baptême de la « Jeanne » dans le « vieux manuscrit ». André Vial (*op. cit.*, p. 73 et *sq.*) a montré les raisons de ce « resserrement sacrificiel ». Maupassant a supprimé ce passage, d'ailleurs fort pittoresque et très flaubertien de ton, qui ralentissait le récit et aurait fait double emploi avec la scène du repas de mariage, au chapitre suivant.

Page 70.

1. Dans le « vieux manuscrit », Maupassant donnait à Jeanne deux tantes, « tante Valérie et tante Augusta, l'une maigre et petite, l'autre grande et forte, toutes deux marquées d'aristocratie, portant dans tous leurs gestes, malgré leur complète simplicité, des signes indéniables de race », et deux cousines : Rose et Claire. Le quatuor parental se réduit, dans le roman, à un seul personnage, Tante Lison, et il n'est plus question de « signe indéniable de race » mais d'une sorte de créature fantôme, dont le caractère convient fort bien à la manière dont Maupassant décrit le milieu de son héroïne.

Page 71.

1. L'édition originale dit : « et elle n'avait jamais compté… ». Ce *et* disparaît dès 1893 et ne reparaît pas en 1901.

Page 72.

1. « Voilà tout », dans l'édition originale. *Et* apparaît en 1893 et se maintient en 1901.

Page 76.

1. Cette scène est le sujet d'une nouvelle de 1881, *Par un soir de printemps* (Edition Albert-Marie Schmidt des *Contes et Nouvelles*, Albin Michel, 1970, T. II, p. 305-310).

Page 80.

1. Là encore, Maupassant fait penser à Flaubert et au repas de noces de *Madame Bovary*, mais sans s'en inspirer directement ni le répéter.

Page 88.

1. Tout ce chapitre est né du voyage que Maupassant fit en Corse pendant l'été de 1880.

Page 95.

1. Sagone est un port situé à 38 km au nord d'Ajaccio. Jeanne et Julien suivent la route d'Ajaccio au golfe de Porto.

Page 96.

1. Cargèse fut en effet fondée en 1676 par une colonie de Maïnotes, population grecque du sud du Péloponnèse qui, fuyant la tyrannie ottomane, était venue demander asile à la république de Gênes, alors maîtresse de la Corse. Le village est brûlé en 1731 par les habitants du voisinage et reconstruit sur les ordres du comte de Marbeuf, la Corse devenue française : il y a à Cargèse une église grecque et on y parlait encore grec au siècle dernier.

2. Il s'agit des rochers des Calanche au nord de Piana, dont Maupassant a plusieurs fois parlé. Le « nouveau golfe ceint tout entier d'une muraille sanglante de granit rouge » est le golfe de Porto.

Page 97.

1. Ota est un petit village à l'est du golfe de Porto, bâti en amphithéâtre au pied du Capo d'Ota. La description de Maupassant est très exacte : les deux jeunes mariés traversent les gorges de la Spelunca pour rejoindre Evisa où ils s'arrêteront le soir chez Paoli Palabretti.

Page 99.

1. Tout l'épisode qui suit, la toux du mari et le pistolet demandé en cadeau par la jeune femme compris, constitue la trame d'*Histoire corse*, nouvelle de 1881 qu'Albert-Marie Schmidt publie comme un inédit dans le tome I (p. 43-48) des *Contes et Nouvelles* de l'édition Albin Michel.

Page 102.

1. Pour ne pas multiplier les descriptions, Maupassant a accéléré le retour de Jeanne et de Julien. Il est vrai qu'à cette époque il n'avait pas encore été en Italie et qu'il ne parle pratiquement jamais de ce qu'il n'a pas vu.

2. Dans un manuscrit donné par Maupassant à Léon Hennique, le séjour à Paris est plus longuement raconté et de façon

toute différente : les jeunes gens descendus dans un grand hôtel vont au cabaret et au spectacle. Jeanne « jolie et gaie faisait se retourner les hommes » tandis que Julien attire le regard des femmes « par sa forte beauté... cet aspect naturellement gentil-homme [qui était]... un air de race, une apparence de noblesse rustique, cette sorte d'apparence héraldique » (Vial, *op. cit.*, p. 100-101). Il ne reste rien de tout cela dans la version définitive : le roman s'assombrit et il est mis définitivement fin, par le pénible épisode de la bourse non restituée, aux illusions de Jeanne, dès le retour en France. Julien n'a plus un « aspect naturellement gentilhomme », c'est un mufle indélicat, ignoble-ment avare et Maupassant en 1883, qui règle ses comptes avec son milieu d'origine, ne croit plus à « l'air de race » ni à « l'apparence héraldique ». Il y reviendra, malheureusement, quelques années plus tard.

Page 103.

1. Nous maintenons ici la leçon de l'édition originale, « ne *le* gaspille pas » que donnent 1893 et 1901 n'étant guère correct.

Page 104.

1. C'est une des phrases clefs du roman : elle définit le mariage, la situation personnelle de Jeanne et résume la nullité d'une classe sociale.

Page 110.

1. Dans le manuscrit remis à Léon Hennique (voir Vial, *op. cit.*, p. 83-88), Julien est décrit comme « tout entier à ses projets de réforme et d'agriculture ». Il parle avec son beau-père « des terres qu'il allait reprendre aux Couillard, aux Martin et aux Lelièvre pour les faire valoir lui-même et tenter des méthodes de culture étrangère ». Rien de tel dans la version définitive : le gentilhomme campagnard, agronome éclairé et épris de réformes, n'est plus qu'un petit propriétaire terrien, avare et tracassier, odieux pour ses paysans comme pour sa famille (voir la préface). Les « chimères agronomiques », comme dit André Vial, sont désormais réservées au baron, brave homme mais aussi dérisoire et velléitaire qu'un personnage de Tchekhov. La suite du chapitre (l'histoire des armoiries, la visite aux Briseville) accentue le côté satirique du roman : Julien est bien le symbole

d'une classe sociale sans grandeur et parvenue à son terme d'indélicatesse et de mesquinerie.

Page 119.

1. Et ils ont (ou auraient) bien raison : sans ces modestes érudits locaux, l'histoire n'existerait pas. Mais pour Maupassant, qui déteste l'Eglise, faire l'histoire religieuse de la Normandie est une occupation grotesque.

Page 121.

1. Le perret (ou perré) est la partie du bord de mer qui est recouverte de sable ou de galets (cf. H. Moisy, *Dictionnaire du patois normand*, 1887).

Page 124.

1. Dans le manuscrit qui appartient à Léon Fontaine (voir Vial, *op. cit.*, p. 92), on pouvait lire : « on les fit remplacer par du pain rôti sur lequel on laissa fondre un peu de beurre ». Dans la version définitive, la pauvre Jeanne est condamnée au pain sec.

Page 137.

1. L'édition de 1893 porte : « Puis elle eut *un réveil*, un réveil las... » Nous n'avons pas conservé cette répétition qu'il nous paraît peu vraisemblable d'attribuer à une correction de Maupassant, étant donné le · « Elle se sentait faible, faible » de la ligne suivante.

Page 164.

1. Le phaéton était une voiture à quatre roues et deux sièges tournés vers l'avant, très rapide et légère d'allure, d'où son nom (d'ailleurs peu rassurant quant aux accidents possibles).

2. Les identifications qu'on a proposées pour le château de la Vrillette ne sont guère convaincantes, quantité de manoirs cauchois peuvent correspondre à sa description

Page 165.

1. La sauvagine, c'est l'ensemble des oiseaux de mer, d'étang ou de marais dont la chair a le goût de « sauvagin ».

2. 1883 et 1893 donnent : « manoir de *comte* », coquille évidente et rectifiée dans les éditions postérieures (mais non dans toutes !).

Page 168.

1. Il existe bien un château plus ou moins Louis XIV à Cany (village situé à 20 km à l'est de Fécamp) mais on n'y voit pas, dans le parc, les ruines d'un ancien château. Dans une première version du passage, Maupassant parle d'une « grande pièce imposante toute à tapisserie », ce qui fait dire à M. André Vial (*op. cit.*, p. 97) que le château de Reminil est bien le château de Cany.

Page 169.

1. Maupassant avait d'abord écrit (dans le manuscrit Léon Hennique) : « ... et surmontés d'un toupet à l'imitation de son ancien maître ». L'ancien maître, s'il avait porté toupet, aurait été Charles X, ce qui aurait été, sur le plan de la chronologie, impossible. Les Coutelier sont aussi nuls que les Briseville, mais dans le genre important.

Page 189.

1. Tout l'épisode constitue la matière d'une nouvelle en 1882, *La Veillée* (Albert-Marie Schmidt, *op. cit.*, I, p. 795-798). La morte est, dans cette nouvelle, veillée par son fils, « un magistrat aux principes inflexibles » et sa fille qui est religieuse, sœur Eulalie. Le curé se retire également après avoir déclaré, comme dans le roman : « C'était une Sainte. » Mais les enfants découvrent que la sainte avait un amant. Consternation : on rejette les lettres dans le tiroir. « Et quand le jour fit pâlir les bougies qui veillaient sur la table, le fils, lentement quitta son fauteuil, et sans revoir une fois la mère qu'il avait séparée d'eux, condamnée, il dit : « Maintenant, retirons-nous, ma sœur. »

Page 194.

1. Toute la scène qui suit est un écho direct, mais certainement volontaire et très personnel, de l'entrevue d'Emma avec l'abbé Bournisien.

Page 201.

1. C'est la profession de foi, que Maupassant ne prend pas à son compte (il la met dans la bouche d'un personnage obscur), de toute la bonne société de la Restauration (cf. Balzac, *La Duchesse*

de Langeais, et *Une vie,* chap. XI, p. 217). Jeanne et son père, qui sont des libéraux, n'ont aucune sympathie pour cette alliance du trône et de l'autel ; Julien au contraire, le « réactionnaire » type, trouve l'abbé Tolbiac très à son goût, d'où l'ironie de sa mort.

Page 208.

1. Cette scène où Maupassant a mis toute l'antipathie que le clergé lui inspirait, constitue, avec celle de la maison du berger, la trame d'une nouvelle de 1882, *Le Saut du Berger,* où le prêtre apparaît sous un jour pire encore : c'est lui (il n'a pas, comme le comte de Fourville, l'excuse de la passion) qui pousse la cabane et les deux amants vers la mort (Albert-Marie Schmidt, *op. cit.,* II, p. 9-13).

Page 210.

1. Un hameau tout proche d'Yport.

Page 212.

1. La « maison voyageuse » rappelle évidemment la « maison roulante », *La Maison du Berger* de Vigny, qui semble avoir mis à la mode cette équivalence rustique, et fort commode pour les couples soucieux de discrétion, de la retraite sentimentale.

Page 215.

1. C'est la dernière image que Maupassant nous laisse du comte de Fourville ; il ne sera plus question de lui dans le roman.

Page 220.

1. « Tel un lion rugissant, il tourne en tous sens, cherchant qui dévorer. » Citation empruntée à la première des Epîtres de Pierre (V, 8) qui désigne le démon et est devenue un exemple de grammaire latine.

Page 223.

1. A l'époque de Maupassant (comme sous la Restauration et pour de longues années encore), les paysans écoutent les prêtres et votent pour les châtelains (quand ils ont le droit de vote).

Page 224.

1. *Repiquer :* transplanter. Les « femmes de journée » sont les ouvrières agricoles ou les domestiques qui se louent et sont payées à la journée.

Page 235.

1. Après son père, propriétaire terrien avare, borné et rançonneur de paysans, Paul essaye de faire des affaires, évolution normale dans son milieu mais qui est placée ici sous le signe de la déchéance d'une famille et d'une classe sociale (voir la préface) ; on ne peut être plus anti-balzacien.

Page 243.

1. On trouve un Saint-Léonard en quittant Fécamp sur la route d'Etretat . est-ce ce Saint-Léonard auquel fait allusion Maupassant ? Quant au hameau de Batteville où Jeanne va habiter « auprès de Goderville, sur la grand-route de Montivilliers » (p. 245), nous n'en avons pas trouvé trace sur les cartes, pas plus que de Verneuil et des Trois-Mares (p. 254).

Page 247.

1. Tout ce passage, auquel Maupassant pensait dès le « vieux manuscrit » (Voir Vial, *op. cit.*, p. 82), fait le fonds d'une nouvelle de 1882, *Vieux objets* (Albert-Marie Schmidt, *op. cit.*, II, p. 1221-1224). L'héroïne de cette nouvelle, Adélaïde, trouve dans la pièce au débarras de sa maison, « la pièce aux vieux objets », « la petite lanterne de maman dont elle se servait pour aller au salut les soirs d'hiver » et un objet brisé « le soir où Paul est parti pour Lyon ». Elle découvre également des objets venus de ses grands-parents et dont elle ne sait rien. La nouvelle est souvent pour Maupassant entre 80 et 83 le banc d'essai du roman.

Page 248.

1 Encore ! Est-ce pour faire plaisir à Mme Brainne (cf. n. 1, p. 26) que l'on pleure tellement dans ce roman qui commence sous un déluge de pluie et finit dans un torrent de larmes ? On se demande si Maupassant ne se prend pas dans les derniers chapitres d'une exaspération sadique à l'égard de son héroïne,

sur laquelle il accumule les catastrophes, et qui multiplie, par conséquence et compensation, les évanouissements, les crises de nerfs et les sanglots

Page 257.

1. L'amour maternel a rarement pris des formes aussi abusives. Maupassant s'en donne à cœur joie. Il s'était préparé à cette description par deux nouvelles de 82 et 83, *Rencontre* et *Humble drame* (Albert-Marie Schmidt, *op. cit.*, II, p. 330-334 et 400-405) et toutes ces scènes sont autant de clins d'yeux à la sentimentalité du public que le naturalisme mettait rarement à telle fête.

Page 259.

1. Rue du Havre, tout près de l'embarcadère, comme on disait alors, des chemins de fer de l'Ouest, l'actuelle gare Saint-Lazare.

2. Prévue dès 1838, inscrite à la loi-programme de 1842, la ligne Paris-Le Havre fut ouverte le 2 mai 1843 pour le trajet Paris-Colombes-Rouen et le 22 mars 1846 sur le parcours Rouen-Le Havre. Nous sommes donc en 1852. Jeanne a attendu six ans (et des circonstances exceptionnelles, dramatiques même) pour prendre les chemins de fer dont en effet « on parlait partout ». On voit à quel point ce qu'elle est et ce qu'elle représente demeure à l'écart du « progrès », du mouvement du siècle.

Page 262.

1. Rappelons que le crépuscule désigne aussi bien le moment qui précède l'arrivée de la lumière que celui qui annonce la tombée de la nuit. Si Baudelaire intitule un poème célèbre : « Crépuscule du soir », c'est évidemment qu'il y a un crépuscule du matin.

2. Nous n'avons trouvé trace de cette rue dans aucune description, aucun plan de Paris antérieur à Haussmann (ni postérieur, bien entendu). Il peut s'agir d'une de ces ruelles ou passages que créait spontanément l'écroulement de quelques maisons dans ce quartier très délabré, et qui, baptisés par les habitants du cru, n'étaient pas enregistrés par l'administration parisienne. Plus vraisemblablement, on peut imaginer que Maupassant a donné ce nom à la rue qu'habite le malheureux

vicomte de Lamare, pour montrer qu'il est descendu jusqu'au plus bas de l'échelle et aussi pour rappeler l'assimilation qui est si fréquente dans le journalisme et la littérature après 1830 entre les prolétaires, l' « underground » parisien et les « sauvages » de telle ou telle partie du globe. (Sur ce Paris « sauvage » qui terrorise le Paris bourgeois, voir Louis Chevalier : *Classes laborieuses et classes dangereuses à Paris pendant la première moitié du XIXᵉ siècle*, 1958 ; passim.) Ainsi Eugène Sue dans l'avant-propos des *Mystères de Paris* écrit : « Tout le monde a lu les admirables pages dans lesquelles Cooper, le Walter Scott améri-cain, a tracé les mœurs féroces des sauvages... Nous allons essayer de mettre sous les yeux du lecteur quelques épisodes de la vie d'autres barbares aussi en dehors de la civilisation que les sauvages peuplades si bien peintes par Cooper... Seulement les barbares dont nous parlons sont au milieu de nous... Comme les sauvages, enfin, ces gens s'appellent généralement entre eux, etc. » Et l'on sait que l'action des *Mystères de Paris* commence dans l'île de la Cité.

Page 266.

1. 1883 et 1893 donnent : « Elle lut un chiffre 90 francs. » Nous avons adopté, en mettant les deux points, le parti de l'éditeur de 1901.

Page 268.

1. *Reprendre*, c'est « en parlant des végétaux, prendre de nouveau racine, après avoir été transplanté » et un *élève* est « un croît de plantes provenant de semis » (Littré).

Page 271.

1. Probablement provoquée par la ménopause, à laquelle il faut sans doute attribuer tous les symptômes décrits dans les pages suivantes.

Page 277.

1. Beuzeville-la-Grenier, sur la route de Goderville à Bolbec, est bien la gare la plus proche de la maison de Jeanne.

BIBLIOGRAPHIE

PRINCIPALES ÉTUDES

ARTINIAN (Artine) et MAYNIAL (Édouard), *Correspondance inédite de Guy de Maupassant* (Wapler, 1951).

ARTINIAN (Artine), *Pour et contre Maupassant* (Nizet, 1955).

BANCQUART (Marie-Claire), *Maupassant et le fantastique* (Archives des lettres modernes, Minard, 1976).

BOURGET (Paul), *Études et Portraits*, III (Plon, 1906). *Nouvelles pages de critique et de doctrine*, I (Plon, 1922).

CASTELLA (Charles), *Structures romanesques et vision sociale chez G. de Maupassant* (L'âge d'homme, Lausanne, 1972).

DELAISEMENT (Gérard), *Maupassant journaliste et chroniqueur* (recueil d'articles non réédités de Maupassant. Albin Michel, 1956).

DUMESNIL (René), *Études, chroniques et correspondance de Maupassant* (Librairie de France, 1938).

DUMESNIL (René), *Guy de Maupassant* (Tallandier, 1947).

GERVEX, *Souvenirs* (Flammarion, 1924).

LUMBROSO (Albert), *Souvenirs sur Maupassant* (Bocca, Rome, 1905).

MAYNIAL (Édouard), *La vie et l'œuvre de Guy de Maupassant* (Mercure de France, 1906).

SCHMIDT (Albert-Marie), *Maupassant par lui-même* (Le Seuil, 1962).

TASSART (François), *Souvenirs sur Guy de Maupassant par François, son valet de chambre* (Plon, 1911).

Nouveaux souvenirs intimes sur Guy de Maupassant, présentation et notes de Pierre Cogny (Nizet, 1962).

VIAL (André), *Guy de Maupassant et l'art du roman* (Nizet, 1954).
La Genèse d'« Une vie » avec de nombreux documents inédits (Belles Lettres, 1954).
Faits et significations (contient plusieurs articles sur Maupassant, Nizet, 1973).

ARTICLES DE REVUES

BARTHOU (Louis), « Maupassant inédit, Autour d'*Une vie* » (*La Revue des Deux Mondes*, t. LIX, 15 octobre 1920).

GUERINOT (A.), « Maupassant et Louis Bouilhet » (*Mercure de France*, 1er juin 1922).

GUERINOT (A.), « Maupassant à Étretat » (*Mercure de France*, 15 août 1925).

Numéro spécial de la revue *Europe*, juin 1969, consacré à Maupassant.

DU MÊME AUTEUR

Dans la même collection

DANS LA COLLECTION
FOLIO CLASSIQUE

MOLIÈRE. *L'Avare*. Édition présentée et établie par Georges Couton.

MOLIÈRE. *Le Bourgeois gentilhomme*. Édition présentée et établie par Georges Couton.

MOLIÈRE. *Dom Juan*. Édition présentée et établie par Georges Couton.

MOLIÈRE. *L'École des femmes*. Édition présentée et établie par Jean Serroy.

MOLIÈRE. *Les Femmes savantes*. Édition présentée et établie par Georges Couton.

MOLIÈRE. *Les Fourberies de Scapin*. Édition présentée et établie par Georges Couton.

MOLIÈRE. *Le Malade imaginaire*. Édition présentée et établie par Georges Couton.

MOLIÈRE. *Le Médecin malgré lui*. Édition présentée et établie par Georges Couton.

MOLIÈRE. *Le Misanthrope*. Édition présentée et établie par Jacques Chupeau.

MOLIÈRE. *Le Tartuffe*. Édition présentée et établie par Jean Serroy.

PERRAULT. *Contes*. Édition présentée par Nathalie Froloff. Texte établi par Jean-Pierre Collinet.

PRÉVOST. *Manon Lescaut*. Édition présentée et établie par Claire Jaquier.

RACINE. *Andromaque*. Préface de Raymond Picard. Édition établie par Jean-Pierre Collinet.

RACINE. *Britannicus*. Édition présentée et établie par Georges Forestier.

RACINE. *Phèdre*. Édition présentée et établie par Raymond Picard.

RIMBAUD. *Poésies. Une saison en enfer. Illuminations*. Préface de René Char. Édition établie par Louis Forestier.

ROSTAND. *Cyrano de Bergerac*. Édition présentée et établie par Patrick Besnier.

SAND. *La Mare au Diable*. Édition présentée et établie par Léon Cellier.

SHAKESPEARE. *Roméo et Juliette*. Préface et traduction d'Yves Bonnefoy.

STENDHAL. *Le Rouge et le Noir*. Préface de Jean Prévost. Édition établie par Anne-Marie Meininger.

Impression Bussière Camedan Imprimeries
à Saint-Amand (Cher), le 17 septembre 2001.
Dépôt légal : septembre 2001.
1ᵉʳ dépôt légal dans la collection : juin 1999.
Numéro d'imprimeur : 014172/1.
ISBN 2-07-041084-6./Imprimé en France.

6330